Kapitel 1

Hunters Finger packten den Griff der Gerte, und er tat es bedächtig, sodass die Sub den Anblick ausreichend verinnerlichen konnte. Ein Schaudern erfasste den biegsamen Leib, und gebannt klebte Lucilles Blick förmlich auf ihm, obwohl er nicht der einzige Dom im Raum und zudem nicht ihr Dom war. Bei dieser Züchtigung war er jedoch für sie verantwortlich und hielt im Moment die Zügel in seinen sadistischen Händen. Sie war gut ausgebildet und wusste meistens, was sich gehörte. Zumindest bei Hunter. Und das war irgendwie … langweilig! Wann hatte er angefangen, gehorsames Verhalten als fade zu empfinden? Vielleicht war es eins zu eins mit seiner Wandlung einhergegangen.
So bezeichnete Hunter den Umbruch in seinem Leben, die Selbsterkenntnis, dass er zu einem kalten Arschloch geworden war, das keine Mimik in seinem Spiegelbild erkennen konnte, sondern nur eine glatt polierte Fratze.

Ein hektisch ausgestoßener Atemzug lenkte seine ganze Aufmerksamkeit zurück auf Lucille. Ein unaufmerksamer Dom war des Titels nicht würdig, etwas, das die Kleine auch nicht verdiente.

Hunter hatte ihr nicht befohlen, auf den Boden zu sehen, denn er arbeitete gerne mit visueller Pein, die den empfangenden Part bereits vorab in eine köstliche Angst versetzte.

Auch Barnaby, von allen nur B genannt, achtete akribisch auf alles, was Hunter in seinem Auftrag tat. Hunter erinnerte sich zu gut daran, wie er B nach der seltsamen Abkürzung gefragt hatte. „Welche Sub bricht nicht in Lachen bei dem Namen Barnaby aus? Meine Eltern sind so unglaublich konservativ und haben nicht nur einen Stock im Arsch, sondern gleich ein ganzes Arsenal." Hunter sah noch immer B's Mimik vor sich, als er das gesagt hatte.

B war Lucilles Master, Geliebter und inzwischen auch ihr Gatte. Lucille wünschte sich eine Bestrafung, die jenseits von B's jetzigen Möglichkeiten lag. Er war nicht mehr sadistisch genug und arbeitete mit eher mildem Schmerz, der Lucille jedoch nicht ausreichte. Aber das war nicht der eigentliche Grund, warum B bei Lucille versagte. Das waren die Worte, die sein Freund benutzt hatte. Natürlich wussten alle Anwesenden, dass ein Versagen hier nicht im Spiel war, das gab es bei BDSM nicht, jedenfalls nicht, wenn vernünftige Praktizierende ihren Kink auslebten. Hunter hoffte, dass er mit seinem Können die Blockade in B nach und nach auflösen konnte, die der umsichtige Master von dem Augenblick an aufgebaut hatte, als er Zeuge der Handlungen einer Gruppe Sadisten ohne Gewissen wurde. An dem Tag hatten sie Zoe, Hunters Assistentin, gerettet, gerade noch rechtzeitig. Doch das Erlebte hatte Narben auf der Seele seines Freundes hinterlassen. B wusste zwar, dass Schmerz nicht mit Perversion gleichzusetzen war, allerdings hatte ihn der abartige Mist seine Neigungen infrage stellen lassen. Zoe hatten sie retten können, andere waren nicht so glücklich gewesen. Die seelischen und körperlichen Schäden waren bei den Opfern bis zum heutigen Tag beträchtlich.

B räusperte sich und verbarg seine Nervosität nur halbherzig. Das Rauschen des Meeres war in der Ferne durch die geöffneten Verandatüren zu hören. Barnaby besaß eine Insel mit einem Landhaus vor der Küste von Cornwall, das er exquisit eingerichtet und zudem für gewisse Vorlieben vollendet ausgestattet hatte. Ein Sadist fand hier alles, was sein Herz ersehnte, aber B hatte leider herausfinden müssen, dass sein Sadismus inzwischen gegen null tendierte, und bei diesem Dilemma nutzte nicht einmal eine edle Umgebung. Er konnte Lucille nicht geben, was sie begehrte, und hatte daher Hunter kontaktiert, denn der war ein Sadist, der es liebte und obendrein brauchte, einer willigen Beute die Pein zuzufügen, die sie nicht nur herbeisehnte, sondern über alles benötigte, um glücklich zu sein. B wusste zwar, dass Hunter mit dem Gossenabschaum ebenso wenig etwas gemein hatte wie er selbst, doch das allein half ihm nicht aus diesem paralysierten Zustand. Er musste mit eigenen Augen sehen, dass es anders ging.

Zudem war auch Lucille nicht erfahren in der Welt des starken Schmerzes, dennoch führte sie sich bei B sehr ungezogen auf, weil sie nicht anders konnte, da sie nicht mit sich im Einklang war. Die schöne Sub hatte ihre devoten Neigungen spät zugelassen und sich erst mit Mitte vierzig getraut, sie auszuleben. Der Grund dafür war B. Der dominante Mann hatte sie auf einer Party kennengelernt und sie waren sich gegenseitig vom ersten Moment an verfallen. Eins hatte zum anderen geführt und sie waren glücklich, ihre Beziehung beinahe perfekt. Doch die beiden wussten, zu was es führen konnte, wenn

Sehnsüchte nur Sehnsüchte blieben und nie erfüllt wurden. Das konnte die größte Liebe vernichten.

„Du hast dir diese Strafe verdient, nicht wahr, Lucille?"

Ob sie sich trauen würde, ihm eine schnippische oder respektlose Antwort zu geben? Fast wünschte Hunter es sich, denn die Subs, mit denen er spielte, hielten sich ausnahmslos an das Protokoll und würden es nie wagen, offen gegen ihn zu rebellieren. Das war ein Jammer! Ehrlich gesagt, war das mit dem *Willigsein* doch nicht das, was er wirklich begehrte. Falls ihm jemals eine Frau begegnen sollte, die ihn von der ersten Sekunde an herausforderte, würde er sie sich schnappen, um den Ungehorsam weiter aus ihr herauszukitzeln, damit er sich anschließend für die Früchte seiner Bemühungen belohnen konnte. Und dazu wäre ihm jedes Mittel recht.

Insgeheim gierte er nach einer wilden, ungezähmten Frau, die zwar devot war, aber sich aus ganzer Kraft gegen ihre Unterwerfung wehrte, die sich bis zum Schluss gegen ihn sträubte und es ihm richtig schwer machte. Doch leider war so eine rare Perle nicht in Sicht.

„Das habe ich wohl, Sir." Lucilles Stimme spiegelte Angst, aber auch eine gewisse Vorfreude wider.

„Nimm ihre Hände und halt sie fest. Sie wird nicht stillhalten können und deinen Beistand brauchen, B."

Lucille lag mit dem Oberkörper auf einem gepolsterten Bock und ihre Füße berührten nicht den Boden. Sie war nackt, so wie Hunter es bevorzugte. Er stand nicht auf Lack und Leder, egal, wie raffiniert das Outfit aussah. Wozu etwas verhüllen, das man mühsam auspacken musste, um an die Haut und das Fleisch ranzukommen? Ihr knackiger Arsch präsentierte sich ihm höchst einladend, und ihr dunkles Haar hing wie ein Vorhang nach unten, sobald sie den Kopf hängen ließ. Sein Freund packte die Hände seiner Geliebten und sie würde den Griff niemals brechen können. Diese Stärke würde ihr helfen, mit dem unbekannten, heftigen Schmerz fertigzuwerden. Aber sie war ebenso für B, denn er brauchte den Halt genauso wie Lucille, vielleicht sogar noch mehr.

Hunter ließ sich Zeit, bis er richtig anfing, und das steigerte Lucilles Furcht beträchtlich. Er umrundete sein fügsames Opfer und traf B's Blick, dessen braune Augen in dem flackernden Licht der Kerzen beinahe schwarz wirkten. Das passte perfekt zu Hunters Absichten. Er blieb hinter Lucille stehen und berührte kaum merklich mit der Spitze der Gerte ihren Po. Sie zuckte dennoch zusammen. Langsam und bedächtig folgte er den Kurven ihres Hinterns und sie erschauderte entzückend. Schon wieder!

Und dann schlug er mit dem Paddel zu, das er – unbemerkt von ihr – inzwischen in der anderen Hand hielt. Er fing zart an, erhitzte ihre Haut und vor allem das darunterliegende Gewebe, damit es nicht zu ungewollten schweren Verletzungen kam. Nachdem ihr Po ein flächiges schönes Rot aufwies, lief er um den Bock herum.

„Sieh mich an, Lucille."

Sie schaute zuerst ihren Dom an und anschließend ihn. Ihre Wangen waren erhitzt und ein leichter

Schweißfilm glänzte auf ihrem Rücken. Doch ihr Blick war klar und Hunter legte seine Handfläche gegen ihre Wange. Sie schmiegte sich dagegen und schenkte ihm ein zaghaftes Lächeln, welches er allerdings nicht erwiderte. Jetzt war nicht der Moment für Nettsein.

„Gib Lucille einen Schluck zu trinken, ehe wir fortfahren."

Nachdem sie etwas Wasser getrunken hatte und sein Freund ihre Hände wieder hielt, holte Hunter aus und die ersten drei Treffer waren für seine Verhältnisse eher zärtlich. Die Kleine stieß dennoch mehrere Schreie aus, denn obwohl sie das Brennen über alles herbeigesehnt hatte, kam das Feuer doch überraschend für sie. Hunter schlug anschließend mit abwechselnder Stärke zu, sodass sie ertragen konnte, was er ihr antat. Dabei richtete er seine Aufmerksamkeit nicht nur auf Lucille, sondern auch auf B. Erleichtert stellte Hunter fest, dass B sich in die Szene eingefunden hatte, sie ihn sogar erregte, und sein Freund machte seine Sache gut. B, als erfahrener Master, wusste genau, wann ein paar liebevolle Worte angebracht waren.

Die Atmosphäre des Raums, mit den vielen in Glasbehältern stehenden dicken flackernden Kerzen, dem dunklen Dielenboden, den weiß verputzten Wänden und den Möbelstücken aus massivem Holz und Leder, strahlte Ruhe aus und diese war essenziell für eine erfüllende Session. Um sie zu zerstören, gab es nichts Schlimmeres als Hektik und Krach. Daher mochte Hunter auch keine Clubs. Sie waren ihm zu laut und unpersönlich. Er bevorzugte es intim, privat und kuschlig.

Hunter hielt kurz inne, damit er sein Werk bewundern konnte. Der Po sah perfekt aus. Schließlich passte er bei jedem Schlag auf, dass er nicht die Haut durchbrach. Blut würde heute auf keinen Fall fließen.

„Sieht sie nicht wunderschön aus?"

Sein Freund schaute gebannt auf die lebendige Leinwand, und mit Tränen in den Augen nickte er.

„Noch drei Stück, die ziemlich fies werden."

Diese Ankündigung erreichte zwei Dinge: Lucille würde sie leichter aushalten, weil ein Ende in Sicht war, und sie steigerte ihren Angstlevel erneut, sodass Lucille ihr Gefühlsleben im Vorfeld stärker spürte. Hunter setzte die Treffer untereinander und sie schrie bei jedem auf. Das hübsche Streifenmuster war ein Fest für seinen Sadismus, dennoch fehlte ihm etwas, und das lag keinesfalls daran, dass Lucille nicht seine Sub war. Hunter vermisste die Würze, die Spannung, die inneren Konflikte, die eine widersprüchliche Sub in ihm auslösen würde.

Hunter gab B ein Zeichen, dass er zu ihm kommen solle.

„Fass sie an. Fühle ihre Lust, ihr Leid und ihre Geilheit."

B legte vorsichtig seine Handfläche auf den geschundenen Po, und er schluckte hart, sobald er die Hitze und die Schwellungen bewusst wahrnahm. Lucille stöhnte leicht, und sie versuchte, sich gegen ihren Master zu schmiegen. Ihr ging es prächtig, und das trotz oder vielmehr wegen der Schmerzen, die sie als hochgradig erfüllend empfand.

„Umdrehen, Lucille!", befahl Hunter ihr mit schneidender Stimme. Noch war die Session nicht vorbei. Er nahm B's vorherigen Platz ein, und nachdem die Sub auf dem Rücken lag, sah er in ihr zwar tränenüberströmtes, aber auch glückliches Gesicht. Hunter packte ihre Handgelenke und hielt sie, als B den äußerst leistungsstarken Vibrator mit dem breiten Kopf aufnahm.

„Spreiz die Beine, meine kleine Schlampe. Du weißt, wie ich es gerne habe." Genau, wie sie es abgesprochen hatten, übernahm B jetzt die Kontrolle über die Szene und somit über Lucille. „Und du wirst Hunter die ganze Zeit in die Augen sehen. Falls du mir nicht gehorchst, wird ein weiterer Orgasmus deine Strafe sein. Wie wir aus Erfahrung wissen, fallen dir die ersten drei ziemlich leicht, die anschließenden jedoch keinesfalls. Diese neue Qual wird sich höchst prächtig mit der auf deinem Arsch vermischen."

Anscheinend erwachte B's Appetit auf Sadismus erneut. Perfekt!

Hunter musste zugeben, dass B mit einem wahrhaft sadistischen Grinsen das Sextoy einschaltete. Das Summen vermischte sich alsbald mit Lucilles Stöhnen und ihrem Flehen, dass sie doch aufhören sollten, was sie allerdings nicht taten – für eine längere Zeit nicht.

***

Eine Stunde nach der Session servierte Lucille nackt das Abendessen, wobei sie ziemlich steif durch die Gegend lief. Allerdings hatte sie nicht selbst kochen müssen, sondern brauchte nur den italienischen Nudelsalat, das Brot und die Antipasti auf den Tisch zu stellen. Charles, B's Mann für alle Fälle, hatte das Essen zubereitet.

Barnaby vergnügte sich ein paarmal damit, über die geschwollenen Striemen zu streicheln und den Schmerz somit zu neuem Leben zu erwecken. B war sichtlich ebenso glücklich, wie Lucille es war. „Zieh dir den Morgenmantel über und setz dich, Liebes. Du bist bestimmt ausgehungert. Vergiss nicht, dich vorher bei Hunter zu bedanken."

Lucille sank neben Hunters Stuhl auf die Knie und senkte den Kopf, bis er sie an der Schulter berührte. Sie sah ihn an und ihr Strahlen beschränkte sich nicht nur aufs Lächeln. Die harten Schläge hatten ihr gutgetan, wirkten nach, und dieser Zustand hielt auch einige Zeit an.

„Ich danke dir, Hunter." Sie küsste ihn auf den Handrücken, und für einen Moment hatte er das Bild im Kopf, wie sie hineinbiss und sich anschließend nicht freiwillig über seine Knie legen würde. Doch das würden weder Lucille noch Zoe, seine gelegentliche Spielpartnerin, jemals machen.

Er reichte Lucille die Hand. Sie stand auf, zog danach den bereitliegenden Morgenmantel über und setzte sich grinsend hin. Die Kleine lebte die Session erneut im Kopfkino durch.

„Du hast was gut bei mir, Hunter", sagte B. „Was immer es auch ist, wobei ich dir helfen kann, es ist schon erledigt."

Sie aßen ein paar Minuten schweigend.

„Stimmen die Gerüchte, dass du eine neue Firma gekauft hast und deine Rastlosigkeit endlich ein Ende hat?"

Hunter sah von seinem Teller hoch. „Ja, ich habe genügend Leben zerstört und dieses Mal will ich alles richtig machen. Ich erwarte keine großen Überraschungen, und das wird das Unternehmen sein, mit dem ich mich zur Ruhe setze. Mittelständisch, bodenständig und nicht börsennotiert. Das ist genau das, was ich brauche. Ein bisschen wohltuende Langeweile."

Na klar!

Kapitel 2

Möglicherweise träume ich, bin unwach, schließlich ist eine Untote tot, aber nicht richtig tot. The Walking Awake. Hauptdarstellerin: Gillian Cross. Oh mein Gooootit!

Gillian stieß einen Atemzug aus, der sich in ihren Ohren wie eine Hüpfburg anhörte, auf die gerade ein Pferd sprang, ein großes Pferd, definitiv kein Pony, und die Seitennähte platzten auf, sodass erst zischend Luft entwich, ehe das ganze Ding mit einem ohrenbetäubenden Knall explodierte.

Soll ich lachen oder weinen? Schreien oder kreischen? Vor Scham endgültig sterben?

Mit den Händen stützte sie sich auf dem Waschbecken ab, doch auch das änderte nichts an der zum Himmel schreienden Karotte, die ihr aus dem Spiegel entgegenblinkte, mit blauen Augen, die unglaublich leuchtend erschienen. Wohlgemerkt, eine Karotte, die man mit Schokolade lasiert hatte.

Auf der Verpackung des Selbstbräuners stand vollmundig: *Für helle Haut geeignet. Leichte Tönung. Schnappen Sie sich Ihren Sommerteint frisch vom Meer.*

Ihre Gesichtsfarbe dagegen erinnerte an einen Schiffbrüchigen, der, ehe er gerettet wurde, drei Wochen ungeschützt auf einer Insel vegetiert hatte. Gillians Magen plumpste bis in ihre Fußspitzen, denn heute war ein wichtiger und entscheidender Tag. Sie hatte einen guten Eindruck bei dem neuen Besitzer von *Spice on the Tongue,* Hunter Silsbury, hinterlassen wollen. Ihre teigige Oberfläche in eine lebendige gesunde verwandeln wollen, die ihm auf der Stelle vermittelte: *Ich bin eine fähige, wertvolle Mitarbeiterin. Bitte entlassen Sie mich nicht.*

Als er vor zwei Wochen in die Firma gekommen war, hatte sie mit dem ekligsten grippalen Infekt, den sie jemals gehabt hatte, im Bett gelegen. Lizzy, ihre Freundin und Kollegin, hatte ihr alles berichtet, auch, dass seine übertrieben schlanke, unglaublich gut aussehende Begleitung mit der Ausstrahlung eines Eisblocks, der absichtlich unter einem Eisbären wegschmolz, sich Gillians Namen notiert hatte. Laut Lizzy hätten ihre Augen dabei wie böse Opale geglänzt.

Bei *Spice* fürchteten alle um ihren Job, sogar Lizzy, die in der Patisserie arbeitete und für einige der am meisten verkauften Kreationen bei *Spice on the Tongue* zuständig war. Mr Bohman Junior, dessen Vater die Firma gegründet hatte, ging nächsten Monat offiziell in den Ruhestand und er hatte sich bereits zurückgezogen. Sein Rückzug war überraschend gekommen. Er hatte vor ein paar Monaten einen Herzinfarkt erlitten und sich von einem Tag auf den anderen entschieden, dass er sich nicht zu Tode schuften wollte. Sein Sohn hatte kein Interesse an einem mittelständischen Familienunternehmen, das unter anderem erlesene Pralinen, Cupcakes, Trüffel und Schokolade verkaufte und einen Börsengang vehement ablehnte. Bis jetzt wurden die Mitarbeiter höher gehandelt als irgendwelche fiktiven Kurse, Gewinne und Anteilseigner, denen nichts an *Spice* lag und die nur ihren Profit im Sinn hatten! Leider würde es keinen Mr Bohman Junior II geben. Mr Bohmans Sohn war Arzt, und daher hatte Mr Bohman Junior das Unternehmen an Hunter

Silsbury verkauft, der den Gerüchten nach expandieren wollte. Und jeder wusste, was bei einer Übernahme passierte. Es wurden immer Betriebsangehörige entlassen, entsorgt, als wären sie ausgediente Möbelstücke, und da zählte es auch nicht, wie treu und fleißig sie in der Vergangenheit gewesen waren. Zudem eilte Mr Silsbury sein Ruf voraus. Er sanierte Firmen, und dabei war es ihm egal, wie viele Leichen er im Zuge dessen zurückließ. Gillian hasste ihn bereits jetzt. Überhaupt verabscheute sie egoistische, skrupellose Männer, die anstatt eines Herzens einen Hochleistungscomputerchip in der Brust hatten.

Warum nur musste sie ausgerechnet zu dem ungünstigsten Zeitpunkt so schrecklich krank werden? Dazu noch mit der allseits gefürchteten Männergrippe!

Und wie Lizzy von Hunter Silsbury geschwärmt hatte, allerdings mit einem ehrfürchtigen Unterton, den man auch als ängstlich-fasziniert bezeichnen könnte. Sie übertrieb bestimmt schamlos. Verräterin! Denn nach ihrer Beschreibung war er eine Mischung aus David Gandy, Chris Hemsworth, David Beckham und Aragon, mit einer Prise von Dean Winchester und einem blutverschmierten Jamie Fraser. Wahrscheinlich hatte Lizzy von dem Brandy genascht, anstatt ihn in die Pralinenfüllung zu rühren, weil sie unglaublich nervös gewesen war, als Mr Silsbury nach der Besprechung mit allen Mitarbeitern zu ihr gekommen war. Lizzy vertrug noch weniger Alkohol als Gillian, und wenn es nach der Freundin ging, hatte sie den König von *Spice Imperial* und nicht von *Spice on the Tongue* empfangen. Gillian wünschte sich zum hundertsten Male, dass auch sie anwesend gewesen wäre. Irgendwie fühlte sie sich, als hätte man sie in ihrer Abwesenheit verurteilt.

Weshalb nur war das Leben so grausam zu ihr? Krank, single, ungeliebt und verschmäht. Arbeitslos wollte sie keinesfalls zu der Liste hinzufügen. Dabei war sie bescheiden, was ihre Erwartungen anging. Gillian wollte keinen Prinzen, sondern einen Jon Snow, einen Kerl, der mit Ungeheuern und Drachen fertigwurde und der nicht bei dem Anblick einer Frau in Ohnmacht fiel, die nicht nackt joggen konnte, weil ihre Oberschenkel aneinanderrieben und deren Brüste nicht voll und fest waren, sondern nur voll.

Thigh Gap – du kannst mich mal kreuzweise.

Und jetzt hatte sie alles nur weiter verschlimmert! So konnte sie doch unmöglich bei *Spice* auftauchen. Aber zu Hause zu bleiben, war ebenso utopisch. Niemals zuvor war sie so lange krankgeschrieben gewesen, und wenn sie noch einen Tag länger ausfiel, konnte sie gleich ihre Habseligkeiten packen. Mr Silsbury würde den Posten der Abteilungssekretärin/Rezeptionistin sicherlich mit einer blonden Schönheit besetzen, die auf jeder Datingplattform unter Hunderten von geeigneten Männern auswählen konnte. Männer wie er schmückten sich immer mit den passenden stromlinienförmigen Accessoires, die mit einem riesigen Abstand zwischen den Oberschenkeln ausgestattet waren. Wahrscheinlich konnte man dort einen Medizinball hindurchschießen.

Sie glotzte mit steigender Verzweiflung auf ihr Spiegelbild. Eventuell konnte sie der Mohrrübe mit einem Peeling aus Glassplittern zu Leibe rücken! Ein hysterisches Kichern platzte aus Gillian, denn das war wieder einmal typisch für sie. Wenn es etwas gab, das man versauen konnte, schaffte Gillian Cross es mit Bravour und Anlauf. Sie war sowieso schon spät dran und musste gleich noch in die Apotheke, um sich Kopfschmerztabletten und Nasenspray zu kaufen, andernfalls würde sie den Tag nicht überstehen. Und einen Kaffee, am besten einen doppelten mit Milchschaum sowie ein wenig Zimt und Kakaopulver bestäubt. Gillian rannte in die Küche, um sich den Zucker zu holen, mit dem sie ein provisorisches Peeling machen konnte.

Zehn Minuten später sah sie weitaus schlimmer als vorher aus, denn jetzt war sie nicht mehr orangebraun, sondern rotorangebraun. Wenn sie Glück hatte, würde Mr Silsbury sie nicht bemerken. Sobald er auftauchte, könnte sie sich auf der Toilette verstecken. Man munkelte sowieso, dass die Eisscholle seine Assistentin bei *Spice* und Gillians Stelle bereits zur Hälfte gestrichen war. Mr Bohman Junior war immer mit ihr zufrieden gewesen und Gillian hatte hervorragend mit seiner Assistentin Veronica zusammengearbeitet. Doch Veronica ging mit ihrem Chef in Rente, und das sehr persönlich. Schlussendlich hatten sie sich als Liebespaar geoutet. Alles änderte sich und nichts war mehr sicher.

Sie musste los! Gillian musterte ihren dunkelblauen knielangen Rock, die pflaumenfarbene Bluse und ihre dunklen langen Haare, die immer so wirkten, als wenn sie gerade aus einem Hurrikan geflüchtet wäre. Nie schaffte sie es, sie glatt und ordentlich hinzubekommen. Aber eigentlich liebte sie das.

Mr Bohman Junior hatte sie des Öfteren „seinen kleinen Wildfang“ genannt. Und er hatte alle Mitarbeiter gerecht und familiär behandelt. Ja, ihr Einkommen war nicht sonderlich großzügig, doch es reichte, um über die Runden zu kommen, und wenn sie weiter sparte, konnte sie sich bald einen neueren Wagen leisten. Sie hatte immer bei *Spice on the Tongue* bleiben wollen, denn sie liebte ihren Job, Beständigkeit und Sicherheit. Eine gut bezahlte Karriere zu machen, die mit endlosen Arbeitsstunden einherging, befand sich nicht auf ihrer Agenda. Eigentlich war sie einigermaßen zufrieden mit ihrem Leben, auch wenn es nicht perfekt war. Doch jetzt stand all das zum Ausverkauf bereit. Gillian schluckte hart und versuchte, das ungute kalte Gefühl zu ignorieren, das sich in ihrem Magen einnistete. Sie schnappte sich Tasche und Jacke und stürzte nach draußen.

Auf der Fahrt verwünschte sie eine Schafsherde in die Todeszone des Mount Everest, da die wolligen Biester mitten auf der Straße standen, sich nicht vom Fleck bewegten und sie höhnisch anblökten. Als sie endlich den Parkplatz des Shoppingcenters erreichte, war dort die Hölle los, weil der ansässige Markt für Elektroartikel mit sensationellen Angeboten lockte, die nur bis zehn Uhr bereitstanden.

Wie könnte es auch anders sein!

Gillian kreiste mit ihrem altersschwachen Fiat auf dem Parkplatz wie ein Hai herum, der sein Opfer belauerte, mit dem alleinigen Ziel, ihm den Todesbiss zu versetzen. Sie entdeckte eine ältere Dame, die einen riesigen Flachbildschirm auf ihrem Einkaufswagen vor sich herschob und offensichtlich zu ihrem Auto unterwegs war. Sie stoppte tatsächlich hinter einem SUV und öffnete die Heckklappe, wobei sie ziemlich verzweifelt aussah. Gillian machte sich bereit, sie zu erlegen. Doch so ein großprotziger Nobelschlitten stand schon in Lauerstellung. Aber er hielt in ausreichendem Abstand, setzte den Warnblinker und es war Pech für den Fahrer, dass er ausstieg, um der Dame beim Einladen zu helfen. Er war nicht nur hilfsbereit, sondern sah auch sexy aus in seinem dunkelgrauen Anzug, dem puderblauen Hemd, allerdings ohne Krawatte, und mit den kurzen dunkelblonden Haaren, und als er sich vorbeugte, konnte sie nicht umhin, seinen Po zu bewundern.

Geiles Fahrgestell …

Schmacht! Konzentrier dich! Zeig kein Mitleid und beschäm deine Mum!

Er lächelte die Frau an und sie lächelte völlig hingerissen zurück. Gillian konnte es ihr nicht verdenken, denn er war ein Sahneschnittchen, allerdings mit Chili gewürzt, das bei jeder Altersklasse punktete. Es gab diese Männer. Sie wusste, dass es arschig war, was sie vorhatte, doch die nächste Apotheke war Kilometer entfernt in der entgegengesetzten Richtung von *Spice on the Tongue* angesiedelt, und ihre Nase war bereits wieder so zugeschwollen, dass sie kaum Luft bekam. Wenn sie auch noch zu spät auftauchte … Nein, sie durfte kein Erbarmen zeigen. Sobald die Dame eingestiegen war und rückwärts aus der Lücke setzte, rollte Gillian vor. Und dann gab sie Gas, schlug den Nichtschlipsträger um zwei Sekunden und schnappte ihm die Beute weg. Wenigstens etwas, das heute geklappt hatte.

Oh himmelschreiende Scheiße!

Der Typ fuhr nicht weiter, sondern blieb hinter ihrem Fiat stehen und sprang aus seinem Bentley. Er marschierte auf sie zu und wirkte verständlicherweise äußerst sauer. Aber was wollte er ihr schon antun? Sie packen und ihr den Hals umdrehen? Den Kopf abschlagen? Jon Snow würde das möglicherweise tun, doch zum Glück waren sie nicht in *Winterfell*. Dennoch schlug ihr das Herz bis in den Kehlkopf hinein, als sie verzagt, aber entschlossen aus dem Wagen kletterte und ihm, eher weniger als mehr, mutig entgegentrat. Er mochte vielleicht einen Anzug tragen, wie ein Bürohengst wirkte er jedoch überhaupt nicht.

„Lady!“ Seine Stimme war tief und befehlsgewohnt, sodass sie sich instinktiv in ihr Fahrzeug flüchten wollte, um ihm den Parkplatz zu überlassen.

Das tust du nicht! Du kannst jetzt unmöglich deinen nicht vorhandenen Schwanz einkneifen und dir diese Blöße geben. Du bist nicht deine Mutter! Sei eine Warrior-Gillian!

Er musterte sie von oben bis unten und machte ein schnaubendes Geräusch, das man nur als geringschätzig einstufen konnte, ehe er seinen durchdringenden Blick aus blaugrünen Augen nicht auf sie richtete, stattdessen in sie hineinstampfte. Unwillkürlich wich sie einen Schritt nach hinten, was sie wütend machte, daher lief sie nach vorn, was sie allerdings so nah an ihn heranbrachte, dass sie sein Aftershave, das sie an einen schattigen Sommerwald erinnerte, sogar durch ihre verstopfte Nase riechen konnte. Er blieb an Ort und Stelle und machte ihr keinen Millimeter Platz. Sie könnte auch andersherum um ihren Wagen laufen, aber das wäre feige. Außerdem hatte sie wirklich keine Zeit, um sich auf ein Duell einzulassen. Sie öffnete den Mund, um ihm zu sagen, dass er ihr gefälligst aus dem Weg gehen sollte, doch leider musste sie niesen, und zwar so überraschend, dass sie es nicht schaffte, sich das Taschentuch vor die Nase zu halten, das sie aus ihrer Jackentasche zerrte.

„Das glaube ich jetzt nicht!“ Ein Donnergrollen in einer ansonsten totenstillen Nacht.

Gillian glaubte es ebenso wenig und weigerte sich, darüber nachzudenken, was auf dem Revers seiner Jacke gelandet war. Vielleicht sollte sie sich wirklich entschuldigen. Normalerweise benahm sie sich nie so selbstsüchtig! Das war das peinlichste Erlebnis ihres Lebens!

„Haben dir deine Eltern keine Manieren beigebracht? Oder hat man dich in einer Höhle voller Unrat gefunden, wo du Ratten als Freunde hattest?“

Irgendwie hatte er es geschafft, sie gegen die Seite ihres Autos zu drängen. Allerdings wirkte er nicht gewalttätig, sondern er hatte sich unter Kontrolle. Dieser Mann verlor niemals die Beherrschung, es sei denn, er wollte es. Er schaffte es, dass sie sich ihm unterlegen fühlte, und zwar nicht nur körperlich. Offener Jähzorn wäre weniger einschüchternd.

„Es tut mir leid.“ Sie ignorierte seine Beleidigungen, obwohl sie dazu ihre Zunge förmlich verknoten musste.

„Tatsächlich?“

„Das sagte ich doch gerade, oder soll ich vielleicht noch auf den Knien herumrutschen?“

„Wenn du vor mir kniest, dann bestimmt aus einem anderen Grund."

Wie bitte?!

„Ich habe jetzt keine Muße für solch dämliche Machosprüche."

„Du fährst also nicht deinen Wagen aus meiner Parklücke?"

Sie rollte mit den Augen und verzog die Lippen. „Geh mir aus dem Weg! Oder …"

„Oder? Du willst um Hilfe rufen? Wirklich? Du bist diejenige, die sich wie ein egoistischer XXL-Trampel aufführt, der einem fetten Kürbis die Schau stehlen würde."

XXL-Trampel!

Fetter Kürbis!

Dabei starrte er ihr auf den Busen und er ließ es auch nicht subtil wirken. Dieser Mann hatte etwas an sich, das ihre Stacheln aufstellte. Ja, sie war unverschämt gewesen, aber er hatte weder das Recht, sie zu beleidigen, noch sie derart einzuschüchtern.

„Dein Aftershave brennt mir in den Augen! Und wenn du nicht sofort deinen winzigen …" An ihm war gar nichts winzig.

„Man sollte keine Drohungen ausstoßen, die man nicht mit Taten untermauern kann, Lady!" Er betonte das letzte Wort, und es war deutlich, dass er Miststück meinte.

„Aber du kannst das sicherlich!"

Oh Hilfe! Er beugte sich zu ihr runter, und das waren gute dreißig Zentimeter. „Wenn wir an einem anderen Ort wären, würde ich dich über meine Knie zwingen, dir deinen hässlichen Rock nach oben schieben und dir deinen sicherlich noch viel hässlicheren Schlüpfer nach unten ziehen, um dir deinen plumpen Arsch zu versohlen."

Plump!

Sein schmales Gesicht mit der etwas zu großen Nase war absolut ausdruckslos, aber seine Augen, die untermalten das Gesagte auf eine schreckliche Weise, bestätigten ihr, dass er wusste, wovon er sprach. „Ich würde es mit der bloßen Hand tun, bis meine Handfläche brennt und du den Allmächtigen darum anflehst, dass du keine Haut mehr hättest, die so fürchterlich schmerzt."

So ein arrogantes widerliches Arschloch erster Güte!

Zeig ihm nicht, wie schmerzhaft das eine Wort dich getroffen hat! Gillian wusste, dass der Rest, den er gesagt hatte, viel schlimmer war. Doch irgendwie verbiss sich ihr Gehirn, und damit auch ihr Ego, in die Beleidigung.

„Und dann …", sein Atem streifte über ihre Stirn, „wäre der perfekte Moment für dich, um vor mir auf die Knie zu gehen. Du würdest dich bei mir entschuldigen und noch nie hättest du eine Entschuldigung ernster gemeint."

„Wofür hältst du dich? Du … du Fünfachtelgott!"

Seine Lippen verzogen sich zu einem schneidenden Lächeln, während sich seine Augen verengten, ehe er sich aufrichtete und sie einfach stehen ließ. Gillian schlug sich die Hand vor den Mund, um sich nicht dazu hinreißen zu lassen, ihm etwas ganz und gar Unflätiges hinterherzukreischen. Doch eine Sekunde später machte sie eine obszöne Geste, und zwar mit beiden Fingern, die sich dafür eigneten. Und genau in diesem Moment drehte er sich um!

Beim Allmächtigen!

Er stieß einen Atemzug aus und ein wütender Stier könnte es nicht effektiver hinbekommen.

Was war nur los mit ihr!? Einerseits schämte sie sich für ihr Verhalten halb zu Tode, andererseits würde sie ihn am liebsten wie eine kreischende Furie anspringen, doch außer, dass sich sein Blick verdüsterte, zeigte er keine weitere Regung. Dennoch bebte ihr Körper vor Aufregung, denn sie traute ihm zu, genau das zu tun, was er ihr gerade angedroht hatte. Aber zu ihrer grenzenlosen Erleichterung stieg er in sein Fahrzeug, knallte nicht einmal die Tür zu und fuhr weiter.

Nachdem sie mehrere Male heftig geschluckt hatte, ihr Herzschlag ihr nicht mehr ganz so arg in den Ohren dröhnte, lief Gillian zur Apotheke. Dort holte sie sich ihre Medikamente und anschließend im *Beany* den Kaffee sowie einen Eistee und bemerkte, dass ihr Puls noch immer zu schnell schlug. Als sie endlich wieder in ihrem Auto saß, verriegelte sie die Türen, und sie hatte sich die ganze Zeit über die Schulter geschaut, um herauszufinden, ob er nicht irgendwo auf sie lauerte.

Armselig! Sie lehnte sich mit der Stirn gegen das Lenkrad, ehe sie das Nasenspray benutzte und Sekunden später erleichtert einatmete.

Gillian beschloss, das Erlebte mit dem heißesten und gefährlichsten Typen, den sie jemals getroffen hatte, als positiv zu erachten. Schließlich konnte der Tag jetzt nur besser werden, und wenn sie ihm die Stirn geboten hatte, dann würde es ihr erst recht bei Hunter Silsbury gelingen. *Das nennst du Stirnbieten!*

Dreißig Minuten später erreichte sie *Spice on the Tongue* und sie fuhr auf den mit Bäumen gesäumten Parkplatz. Sie liebte das alte Fabrikgebäude, und das fing bereits hier an. Die Backsteinmauern des Haupthauses mit den großen weißen Fenstern und der Nebengebäude waren geschichtsträchtig. Gillian glaubte zwar nicht an Geister, dennoch meinte sie an manchen Tagen, die ehemaligen Bewohner zu spüren, sobald sie durch die hölzerne Flügeltür mit den Glaseinfassungen trat - Schatten ihrer einstigen Persönlichkeiten, die den Mauern Leben einhauchten. Das Anwesen lag beschaulich an den Ausläufern von Bristol und sie fühlte sich nicht nur hier zu Hause, sie war hier zu Hause. Es würde ihr das Herz brechen, wenn man sie wegrationalisierte. Tief atmete sie die Seeluft ein und versuchte sich einzureden, dass es ihr besser ging. Den Kaffee hatte sie bereits ausgetrunken, doch der Eistee wartete darauf, die Schmerzen ihres wunden Halses zu lindern. Eigentlich wäre es vernünftiger gewesen, noch eine Woche im Bett zu bleiben. Obwohl sie nicht mehr ansteckend war, merkte sie beim Aussteigen, wie schlapp sie sich fühlte. Die Konfrontation mit IHM hatte ihre spärlichen Kräfte aufgezehrt. Aber ihr Job stand auf der Kippe und ein neuer war nicht so leicht zu bekommen. Wenigstens musste sie körperlich nicht schwer arbeiten und sie konnte sich nachher sofort hinlegen.

Allein zu sein, wenn man krank war, war echt scheußlich. Zwar war Lizzy einige Male vorbeigekommen und auch Ginger, ihre Freundin aus Schulzeiten, um sie mit ein paar Lebensmitteln zu versorgen, doch Ginger hatte drei Kinder und Lizzy war frisch verliebt, sodass sie die meiste Zeit allein gewesen war.

Allein!

Nach dem Desaster mit Andy hatte sie anscheinend die Fähigkeit verloren, einem Mann genügend zu vertrauen, um sich richtig mit ihm einzulassen. Dabei war das bereits etliche Jahre her. Doch Andy hatte seine Spuren nachhaltig in ihr hinterlassen. Aber es war sowieso nicht der Fall, dass die Männer reihenweise bei ihr Schlange standen, besonders, da man sich heute nicht mehr persönlich in einem Pub kennenlernte, stattdessen seinen Wunschkandidaten per Internetplattform orderte, wie einen neuen Kleiderschrank, den man sich nach Maß und mit komplettem Innenleben zusammenstellte. Ihr kam es hauptsächlich auf das Innenleben an, und sie hatte sich normal aussehende Männer zum Daten ausgewählt, doch auch diese wollten das Deluxepaket, obwohl sie selbst mit Bäuchlein und schütterem Haar daherkamen. Zudem hatte sie ihr Augenmerk auf ungefährlich und liebenswert langweilig gelegt. Jedoch war ihre Rechnung nicht aufgegangen. Vielleicht war sie nach all der Zeit einfach nicht mehr beziehungsfähig, und jeder Kerl, der sich etwas Ernsteres erhoffte, witterte das aus kilometerweiter Entfernung.

Seufz!

Gillian stieg aus, nahm sich ihren Eistee und lief die vier Stufen hoch, die ins Foyer führten. Wer bei dem Anblick der großflächigen Fotos hinter Glas keinen Hunger bekam, war entweder kein Mensch oder krank. Beinahe wäre sie wie angewurzelt stehen geblieben, denn der Sitzbereich war komplett mit wunderschönen Frauen belegt, die allesamt aussahen, als würden sie bei *Britain and Ireland's Next Top Model* mitmachen. Ihre schlimmsten Befürchtungen bewahrheiteten sich. Wahrscheinlich hätte sie auch gleich zu Hause bleiben können, um sich die Schmach zu ersparen.

Hillary aus der Buchhaltung lief ihr mit wogendem Busen entgegen. „Zum Glück bist du da. Mein Gott, was ist mit deinem Gesicht passiert? Hast du allergisch auf ein Medikament reagiert?"

Gillian nickte. Das war eine perfekte Ausrede für ihr Aussehen. „Wer sind die?"

„Das sind alles Bewerberinnen für die Assistentenstelle bei Mr Silsbury." Hillary legte ihr eine Hand auf den Unterarm. „Du brauchst dir keine Sorgen um deinen Arbeitsplatz zu machen, wenigstens nicht für ein Jahr. Mr Bohman hat das für uns ausgehandelt, das haben wir vorhin durch eine Rundmail erfahren. Kannst du überhaupt arbeiten? Du siehst wirklich krank aus."

„Ich beiße mich da schon durch. Muss ich mich um die Bewerberinnen kümmern?" Das unheilvolle Gefühl wollte einfach nicht weichen und ein Jahr konnte verdammt kurz sein.

Hillary schüttelte den Kopf. „Das macht Zoe, eine seiner Assistentinnen aus irgendeiner Filiale von irgendwas aus London. Sie hat sich wohl geweigert, nach Bristol zu ziehen, und daher stellt er jemand Neues ein. Sie hilft nur bei der Einarbeitung und bleibt für zwei Wochen hier. Kannst du dir vorstellen, dass er mehrere Assistentinnen hat? Und er soll sie angeblich alle vögeln. Wenn ich mir die da so ankucke, weiß ich, worauf sein Hauptaugenmerk liegt."

„Hillary! Das ist bestimmt nur ein blödes Gerücht."

„Du denkst immer nur das Züchtigste von allen. Aber ich sage dir, falls nur die Hälfte des Flurfunks stimmt, dann ist Mr Silsbury der Teufel in einer schönen Gestalt. Laut Luigi soll sein Blick einen versteinern können. Angeblich hat er vorher noch nie jemanden mit einer derartigen Macht in seinen Augen getroffen. Ich hatte ja leider Urlaub, als er zu *Spice* gekommen ist."

Bestimmt war Luigi noch nie dem Kerl von vorhin über den Weg gelaufen! Gillian musste immerzu an ihn denken. Da war etwas an ihm gewesen, das sie auf eine undefinierbare Weise unglaublich angemacht hatte und es auch weiterhin tat, sobald sie sich den Ausdruck in seinen Augen in Erinnerung rief. Die ruhige Autorität, die sie auf der Stelle wahrgenommen hatte. Ein Mann wie er brauchte nicht zu schreien, um seinen Willen durchzusetzen. In einer Herde wäre er das Alphatier, und obwohl sie die Gefahren eines derartigen Anführers kannte, wollte sie keinesfalls ein rangniederes Tier in ihrem Bett. Zu blöd!

„Luigi ist eine Drama Queen." Auf den temperamentvollen Italiener traf wirklich jedes Klischee hinsichtlich seiner Gene zu. Er war für den Einkauf der Zutaten zuständig, und zu behaupten, dass er es verabscheute, wenn man ihm reinredete, wäre eine Untertreibung. Fairerweise musste man anerkennen, dass er seinen Bereich im Griff hatte und eigentlich keine Unterstützung brauchte.

Die Dunkelhaarige warf einen neidischen Blick in Richtung der Models, dem aber sichtlich Verzweiflung anhaftete. Hillary war bestimmt nicht jemand, der sich unter einem Stein verstecken musste, doch sie spielte ebenso in einer anderen Liga wie Gillian. „Ich glaube, ich muss wirklich mal mit dieser Saftkur anfangen, für die nächsten sechs Monate oder so. Meinst du, dass sie auch etwas essen?“ Hillary presste die Lippen aufeinander. „Sorry. Ich quatsche und quatsche. Dabei solltest du dich erst einmal hinsetzen und die Tabletten einwerfen, die du in der Tüte hast. Aber am besten wäre es, wenn du dich wieder ins Bett legst.“

„Keine Sorge, ich schaffe das schon. Wir sehen uns später.“

Die Bewerberinnen starrten sie alle mehr oder weniger auffällig an. Gillian konnte es ihnen nicht verdenken, schließlich sah sie zum Kreischen aus. Sie ging zu ihrem Schreibtisch, der am Ende des Foyers platziert war und der von einer Theke aus weiß lackiertem Holz eingerahmt wurde. Rechts und links standen Pflanzen in großen Kübeln. Das war ein weiteres Merkmal, warum sie ihren Arbeitsplatz liebte. Mr Bohman Junior hatte bei der Einrichtung der Büros und auch des Foyers nicht gespart. Die Belichtung war abgestimmt, und sie konnte jedes Fenster öffnen, sofern sie es wollte. Überhaupt hatte er viel Wert auf eine angenehme Atmosphäre gelegt, jetzt jedoch stand alles auf dem Spiel. In einem Großraumbüro mit Neonlicht und Klimaanlage würde sie eingehen. Gillian zog ihren Stuhl zurück, und das Geräusch der Rollen auf dem Laminat in Holzoptik war vertraut, genauso wie der Geruch nach Zitrone von dem Putzmittel, mit dem Marge und Peter die Geschäftsräume reinigten. Auch sie zitterten mit Sicherheit um ihren Job, denn die meisten Betriebe beschäftigten lieber unterbezahlte anonyme Putzunternehmen. Das Ehepaar gehörte genauso zu *Spice on the Tongue* wie jeder andere Mitarbeiter und sie waren überall beliebt. Gillian setzte sich und schaltete den Computer ein. Das Passwort war noch immer dasselbe, das sie sich vor zehn Jahren ausgedacht hatte. *Alleinseinistdoof.* Ted aus der IT-Abteilung ärgerte sie andauernd damit und hatte ihr angeboten, diesen Status zu ändern. Doch er war einfach nicht für sie. Ted war nett und sie war gern mit ihm zusammen. Allerdings fehlte das Flattern im Bauch, obwohl sie sich wirklich bemüht hatte, einen Hauch von Erotik bei ihm zu fühlen, jedoch vergeblich. Ein Toastbrot machte sie genauso an wie er.

Sie gab das Wort ein und sogleich blinkte eine Nachricht auf, dass sie ein neues vergeben musste, eines mit mindestens einem Sonderzeichen, zwölf bis fünfzehn Zeichen, drei Zahlen und einem Großbuchstaben. Das fing ja großartig an! Ihr umnebeltes Gehirn wünschte sich ins Bett zurück. Vielleicht sollte sie erst den Eistee trinken, die Medikamente nehmen und hoffen, dass diese Maßnahmen ihr helfen würden, den Tag zu überstehen. Die Aktenstapel auf ihrem Schreibtisch konnten ein paar weitere Tage warten. Gillian löste die Tablette aus der Verpackung und spülte sie mit der herrlich kalten Flüssigkeit herunter. Sie nahm sogleich noch einen tiefen Schluck durch den Strohhalm und schloss erleichtert die Lider. Es tat wirklich gut, als die Kühle ihren wunden Hals beruhigte.

Irgendetwas stimmte nicht! Es war plötzlich totenstill im Foyer, bis auf das Räuspern, das direkt vor ihr ertönte. Gillian riss mit vollem Mund die Augen auf und tauchte in einen blaugrünen Strudel ein, der sie direkt wieder ausspuckte, genau wie sie ihren Tee, der auf seinem puderblauen Hemd landete, weil sie husten musste. Natürlich war ER es und natürlich war ER Hunter Silsbury! Der Name war mehr als zutreffend, denn die juckende Pestbeule war ein Jäger, nur dass er keine Tiere tötete, sondern Frauen nachstellte, sie jagte und zur Strecke brachte, indem er seinen Pfahl in sie hineinstieß, und das, nachdem er ihr den Arsch versohlt hatte. All das glaubte sie in seiner Miene zu erspähen.

Er rührte sich nicht, gaffte sie stattdessen an, dermaßen bedrohlich, dass Gillian die tiefschwarze Wolke förmlich spürte, die über ihrem Haupt schwebte und in diesem Moment golfballgroße Hagelkörner auf sie niederprasseln ließ. Neben ihm stand die Blondine, die genauso schön war, wie Hillary sie beschrieben hatte. Gillian hustete erneut und wollte nur eins: von hier verschwinden und nach Alaska auswandern. Entsetzt betrachtete sie die braunen Flecken und erwartete ein RAUS, das sicherlich im gesamten Gebäude zu hören wäre, vielleicht sogar bis nach Alaska. Sie war nur froh, dass es keine Security bei *Spice* gab, die sie am Kragen packten und vor die Tür warfen. Doch so wie Mr Silsbury aussah, brauchte er niemanden, der diese Aufgabe für ihn übernahm. Seine Hände waren groß, seine Unterarme muskulös, und Gillian wünschte sich wirklich, dass er die Ärmel nicht hochgekrempelt hätte. Seine vollgerotzte Jacke trug er nicht mehr. Die Blondine, die etwas hinter ihm herumzappelte, wirkte allerdings gar nicht unterkühlt, versuchte stattdessen, nicht loszuprusten, was ihr erstaunlicherweise eher mäßig gelang, sodass sie überhaupt nicht unsympathisch wirkte. Doch dann wandte sich Mr Silsbury ihr zu und innerhalb eines Sekundenbruchteils verriet ihr Gesicht keine einzige Regung. Das war unheimlich. Gillian erhob sich so schnell, dass ihr Stuhl zurückrollte und gegen den Aktenschrank knallte, der ein paar Meter hinter ihr an der Wand stand. Sie fühlte alle Blicke auf sich. Das war schrecklich! Sie schnappte sich den Behälter mit den Papiertüchern, der auf ihrem Schreibtisch lag, und rupfte eines heraus, um damit sein Hemd abzutupfen.

Er riss es ihr aus der Hand, und sie verspürte jetzt tatsächlich das Bedürfnis, auf die Knie zu sinken, sein Bein zu umklammern und ihn um Gnade anzuflehen, während er sie über den Boden schleifte, bis zu den Klippen, und sie dort abschüttelte. Sein fieses Lachen würde sie beim Fall in die Tiefe begleiten, denn Barmherzigkeit war sicherlich das Letzte, was ihm im Moment im Kopf herumging. Wenn sie seine starre Mimik in Betracht zog, spießte er sie gerade in seinen Fantasien auf und ergötzte sich an ihren Schreien.

„Es tut mir leid. Wirklich!“

Er hob die Hand, und sie verstummte mit einem glucksenden Geräusch, das ihn dazu brachte, seine schönen Augenbrauen noch enger zusammenzuziehen. Das unterstrich seine teuflische Ausstrahlung. Sie war so was von gefeuert!

Dieses impertinente, orangefarbene, interessante Miststück! *„Womit zur Hölle hat sie ihr Gesicht eingeschmiert?“*, fragte er sich zum wiederholten Male. Hunter musste zugeben, dass ihr Anblick ihm wirklich die Sprache verschlug. Wenn er vorhin so gekonnt hätte, wie er es gewollt hatte, dann würde sie jetzt nur unter Schmerzen auf ihrem Bürostuhl sitzen können, und das für eine sehr, sehr, sehr lange Zeit. Er hätte nie gedacht, sie so schnell oder überhaupt wiederzusehen. Sie offensichtlich auch nicht. Das musste Gillian Cross sein, von der ihm Mr Bohman vorgeschwärmt und die bei seinem offiziellen Besuch krank im Bett gelegen hatte. Hunter schenkte ihr seine gesamte Aufmerksamkeit, und da er ein praktizierender Master des BDSM war, war dies keine angenehme Erfahrung für sie. Er versuchte, seinen Kiefer zu entspannen, denn er malmte seine Zähne aufeinander und musste wirklich den Reiz, sie zu packen und hinter sich in sein Büro zu schleifen, um ihr eine Lehre zu erteilen, unterdrücken. Doch das hier war eine Angestellte, seine Angestellte, und er war ihr Boss, nicht ihr Master. Manchmal wünschte er sich ins alte Rom zurück, da wäre seine Position viel einfacher gewesen, und eine Sklavin zu disziplinieren wäre sein gutes Recht, das niemand infrage gestellt hätte. Er hätte es gleich an Ort und Stelle erledigen können.

Zoe presste noch immer ihre Lippen aufeinander und versuchte, nicht zu lachen. Er war nicht zufrieden mit ihren Bemühungen. Ganz und gar nicht.

Zoe war im Moment noch seine Spielgefährtin, doch ihre Wege würden sich bald einvernehmlich trennen. Sie liebten sich nicht und hatten über einen Zeitraum von zwei Jahren hin und wieder ihre gegenseitigen Bedürfnisse gestillt. Bei Zoe hatte er eine Ausnahme gemacht, Arbeit und Vergnügen strikt zu trennen. Es war nicht geplant gewesen, und das Bild, wie er sie von dem Kreuz befreit hatte, war noch lebendig. Damals hatte er sie auch vor sich selbst gerettet. Das Leben machte oft die seltsamsten Dinge mit einem, und so eins stand gerade zappelnd vor ihm.

„Kommen Sie in zehn Minuten in mein Büro." Er konnte nicht anders, als das Gesagte in seiner ruhigsten, sehr leisen Stimme zu hauchen. Manch eine Sub war bei diesem Tonfall in Tränen ausgebrochen, weil sie wusste, dass sie nicht mit ein paar Striemen davonkommen würde. Hunter war nicht nur dominant, er war auch bis zu einem gewissen Grad ein Sadist. In diesem Moment fühlte er seinen Gradpegel in dieser Hinsicht ansteigen.

„Ja, Sir!"

Sir?

Sie schien genauso überrascht zu sein wie er, dass sie diese Anrede benutzt hatte. Doch er bezweifelte, dass sie ahnte, wie sehr er diesen Respektbeweis mochte, besonders, wenn sie tränenüberströmt wäre. Zoe sah zu Boden und folgte ihm in sein Büro. Sie leckte sich über die Lippen, sobald sie die Tür hinter sich geschlossen hatte.

„Hunter …"

„Hast du dich amüsiert?" Er trat dicht an sie heran und Zoe stieß ein kehliges Lachen aus.

„Eigentlich bist du nicht mehr mein Herr, Hunter, und ich möchte jetzt einen Schlussstrich ziehen." Beinahe erwartungsvoll schaute Zoe ihn an, als ob sie eine bestimmte Reaktion von ihm erwartete.

Er ließ ihr ein wenig Raum und sah ihr tief in die grünen Augen. „Das ist jammerschade, denn ich könnte jetzt wirklich einen willigen Arsch gebrauchen. Dieses Biest!"

Zoe runzelte die Stirn und hob dann ihre Augenbrauen. „Ist das etwa … Wie hast du sie genannt? Der orangefarbene Troll, der dir den Parkplatz weggeschnappt und dir auf das Revers gerotzt hat?"

„Genau der ist sie."

„Was für ein Zufall! Wirst du sie feuern?"

„Nein. Das wäre armselig. Ich will sie über die Knie legen und ihr noch ein paar Dinge antun, die ich selbst bei dir nicht gemacht habe."

„Ernsthaft? Sie ist doch gar nicht dein Typ."

„Nicht mein Typ?"

„Normalerweise bevorzugst du groß, schlank und elegant. Sie ist …"

„… interessant und reizvoll. Und außerdem hat sie mich herausgefordert, allerdings ohne es zu wissen und die Konsequenzen zu kennen." Hunter hatte sich in letzter Zeit weiter gelangweilt, etwas, das Zoe nicht wusste und auch nie erfahren würde. Er sehnte sich insgeheim immer noch nach einer störrischen devoten Frau, einer, die sich ihm nicht sofort hingab, und Gillian Cross würde sich nicht so einfach über seine Knie beugen. Er wollte sie unbedingt. Miss Cross hatte von ersten Moment an sein Blut zum Kochen gebracht und obendrein seine Fantasien angeregt. Er hatte die ganze Fahrt über an sie gedacht und daran, was er alles mit ihr anstellen wollte. Denn wenn jemand eine Bestrafung verdiente, dann zweifelsohne sie.

„Vielleicht ist sie nicht devot."

„Dominant ist sie sicherlich nicht." Hunter setzte sich hinter seinen Schreibtisch und schaltete den Computer ein. Nachdem er das Passwort eingeben hatte, rief er Gillians Akte auf. Es gab nichts Negatives in ihr und sie war erst dreimal in zehn Jahren krank gewesen.

Sie war ledig und als Notfallkontakt war Lizzy Garner angegeben. Perfekt! Es gab also keinen Beau in ihrem Leben, der sie vor ihm retten konnte. Ihr Gehalt war nicht üppig, und Hunter merkte selbst, dass er ziemlich finster lächelte. Er sah vom Bildschirm hoch und Zoe stieß ein Seufzen aus. „Ich soll die Bewerberinnen nach Hause schicken?"

„Nicht ganz. Du kannst sie interviewen und herausfinden, ob eine von ihnen als Rezeptionistin arbeiten möchte. Du hast freie Hand bei der Auswahl." Er knöpfte sein Hemd auf und zum Glück waren auf dem T-Shirt keine Teeflecken.

Zoe kannte ihn gut genug, um zu wissen, wann eine Diskussion sinnlos war, und verließ sein Büro. Hunter wartete ungeduldig auf seine Beute, die bereits jetzt eine Schlinge um ihren Hals hatte, allerdings ohne etwas davon zu ahnen. Wenn er es nicht besser wüsste, könnte er daran glauben, dass er an der Lampe gerieben hätte und ihm ein verschlagener Dschinn seinen sehnlichsten Wunsch erfüllte, der ihn von Anfang an in den Allerwertesten biss.

Ein paar Minuten später klopfte es an der Tür und Gillian trat hinein. Sie dachte natürlich, dass er sie jetzt feuern wollte. Aber er hatte weitaus mehr mit ihr im Sinn. Ja, der Erwerb von *Spice on the Tongue* reizte ihn, und er hatte genug davon, in der Welt herumzureisen, Mitarbeiter zu entlassen und für irgendwelche geldgierigen anonymen Idioten das meiste an Gewinn herauszuholen. Er hatte selbst viel zu lange dazu gezählt und war vielleicht der schlimmste machtbesessene Arsch gewesen, doch diesen Hunter wollte er zurücklassen. Für einen Moment sah er das Gesicht von Samuel Higgins vor sich, und dieser schwarze Fleck würde für immer auf seiner Seele lasten. Es gab nichts, was er tun konnte, um die Tragödie ungeschehen zu machen, die Zeit zurückzudrehen und wieder zu dem Mann zu werden, der er damals gewesen war. Allerdings verdiente er keine Absolution und hatte kein Recht, sie sich herbeizuwünschen. Er war schuldig und musste sich seinen Taten stellen!

Es war totenstill in seinem Büro, sodass er hören konnte, wie unsicher Gillian atmete, auch, dass sie mit den Tränen kämpfte. Hunter liebte Tränen, doch aus anderen Gründen. Gillian hielt sie jedoch hartnäckig zurück und straffte die Schultern. Sie stand direkt vor der geschlossenen Tür und sah ihm geradewegs in die Augen.

Beweg deinen Arsch hierher!

„Miss Cross!" Er wartete ein paar Sekunden, ehe er weitersprach, genoss ihre Angst. Er konnte einfach nicht anders. Nach der Nummer auf dem Parkplatz verdiente sie es, und noch viel mehr.

Zieh den Rock hoch, das Höschen runter und beug dich über meinen Schreibtisch.

„Nehmen Sie doch Platz." Er zeigte auf den Stuhl, den er absichtlich etwas weiter vor dem Schreibtisch platziert hatte. Es gab auch eine Sitzgruppe in dem Büro, doch sie sollte ruhig ein wenig schwitzen. Ihr Blick verdüsterte sich! Sie durchschaute sein Vorgehen.

Niedlich!

Er war gespannt auf ihre Reaktion und wartete ab, nachdem sie sich auf den mit Leder überzogenen Stuhl gesetzt hatte. Eins musste er Mr Bohman Junior lassen, er hatte einen ausgezeichneten Geschmack bei der Ausstattung des Büros bewiesen. Cremefarbene Wände und Stores, bodentiefe Fenster und cognacfarbene Ledermöbel. Der Schreibtisch war groß und weiß lasiert und passte genau zum Parkettboden. Überhaupt war das ganze Gebäude exzellent und äußerst mitarbeiterfreundlich eingerichtet. Er gedachte nicht, etwas daran zu ändern. Ja, er wollte expandieren, doch dieses Mal nicht für die Börsenkurse, sondern für die Firma, für die Mitarbeiter und für sich.

Sie presste ihre Knie und Unterschenkel aneinander und setzte ihre Füße zur Seite. Ihre Wirbelsäule war gerade wie ein Stock, und sie kämpfte mit dem Drang, nicht nur ihre Hände ineinander zu verschränken, sondern würde das Gleiche am liebsten mit ihren Armen vor der Brust machen. Gillian hatte fantastische volle Titten, und er wusste, dass sie echt waren. Wann hatte er das letzte Mal einen echten üppigen Busen berührt? Vielleicht war auch das ein Grund, warum ihn optische Perfektion mittlerweile anödete. Er hatte zu viel davon gehabt.

Schlussendlich legte sie ihre Hände locker auf ihren Oberschenkeln ab, unwissend, wie viel sie durch ihre Handlungen verriet. Er machte sie überaus nervös, und das nicht nur wegen ihrer Angst um ihren Arbeitsplatz. Diese Sorge würde er ihr auf der Stelle nehmen, aber an anderen Stellen ein paar hinzufügen.

„Gillian." Er lächelte sie mit diesem Lächeln an, das eine Sub mal als satanisch bezeichnet hatte. Was er daraufhin mit ihrem Körper gemacht hatte, war durchaus eines teuflischen Masters würdig gewesen. Sie hatte sich währenddessen aus vielerlei Gründen die Seele aus dem Leib gekreischt. „Ich darf Sie doch Gillian nennen?" Er ließ ihr keine Möglichkeit, um darauf zu antworten. „Ich bin ein Mann, der gerne zweite, oder in Ihrem Fall auch dritte Chancen vergibt. Daher brauchen Sie sich keine Sorgen um Ihren Arbeitsplatz zu machen. Ich gebe Ihnen die Gelegenheit, sich zu beweisen."

Erneut traf sie geradewegs seinen Blick. Sie hatte wirklich hübsche blaue Augen. „Meinen Sie das ernst oder wollen Sie mich nur für mein Verhalten bestrafen? Mich in Sicherheit wiegen, um mich dann doch noch zu feuern?"

Bestrafen? Wenn du nur wüsstest, was ich in dem Falle mit dir anstellen könnte, wenn ich das jetzt tun würde. Allerdings wird deine Bestrafung kein Wunschtraum meinerseits bleiben.

„Ich meine …" Sie dachte offensichtlich an seine Drohung auf dem Parkplatz zurück und rutschte auf der Sitzfläche herum.

„Sie können damit anfangen, indem Sie mir eine Kollektion der aktuellen Trüffel holen. Und bringen

Sie am besten von jeder Sorte drei Stück mit. So wie Sie aussehen, essen Sie die Hälfte auf, ehe Sie wieder hier sind."

Ihr fiel sichtlich die Kinnlade herunter und er musste ein Grienen unterdrücken. Hunter wollte, dass sie ihn richtig hasste und ihr Blut kochte, ehe er sie verführte. Der Weg mit Rosen und Pralinen war zu einfach und reizte ihn nicht. In ihrem Fall bevorzugte Hunter es dornig, unzugänglich und trüffelig, und war durchaus bereit, sich mehr als die Fingerkuppen zu zerstechen. Sobald es so weit war, sollte sich ihr heißer Arsch für sie beide lohnen. Und Arsch war das, was sie ihm jetzt am liebsten ins Gesicht kreischen würde, doch das konnte sie nicht, wenn sie nicht auf der Stelle gehen wollte. Mr Bohman hatte ihm gesagt, dass Gillian ihren Job wirklich liebte, und Hunter war schon immer jemand gewesen, der gerne mit dem arbeitete, was so offensichtlich vor ihm lag, oder in ihrem Fall saß.

Sie schluckte deutlich, ehe sie den Mund öffnete, um etwas zu sagen. Hübsche Lippen, die sicherlich um seinen Schwanz noch hübscher aussehen würden – oder wenn sie genauso zitterten wie ihr restlicher Körper.

„Ehe Sie jetzt beleidigt davondackeln, sollten Sie sich anhören, was ich Ihnen anbieten möchte, nachdem Sie meinen Auftrag ausgeführt haben." Er beugte sich ein wenig vor.

Ihr Gehirn lief auf Hochtouren, während sie den Leckerbissen aus sicherer Entfernung anstarrte, unsicher, ob sie hineinbeißen sollte. Doch er roch so gut und ihre Neugierde war geweckt. Das merkte Hunter ihr deutlich an. Sofort, nachdem sie seinen

Vorschlag angenommen hatte, würde er sie nach Hause bringen lassen, denn sie gehörte ins Bett. Es stand jedoch außer Frage, dass sie den neuen Job ablehnen würde. Sobald die Tür hinter ihr ins Schloss fiel, würde er einen Anruf tätigen und die Kavallerie für den heutigen Tag herbeirufen. Sein Plan musste genau durchdacht sein, und für den ersten Schritt brauchte er charmante Hilfe, die sich auch durchsetzen konnte und zudem keine Scheu verspürte, es zu tun.

Okay, zwar verdiente Gillian die Beleidigung, das machte es ihr dennoch nicht leicht, sie herunterzuschlucken. Am liebsten würde sie ihm sagen, dass er sich von ihr aus in das Primatendorf zurückschleichen konnte, aus dem er herausgekrochen war, ehe sie die Tür so fest hinter sich zuschlug, dass es nur so knallte, doch irgendwie war ihre Neugierde geweckt. Außerdem fand sie ihn als Person und vor allem als Mann unglaublich faszinierend. Sie war so gefangen in ihrem Trott gewesen, dass sie ganz vergessen hatte, wie erfrischend sich Aufregung anfühlte. Und wegen ihr hatte er sich das Hemd ausgezogen. Das enge weiße T-Shirt schmiegte sich an seinen sicherlich stahlharten Körper. Obendrein hatte er ein Tattoo. Eine Efeuranke, die sich um seinen Bizeps wand und den Farbton seiner Augen aufgriff. Sie war nicht bereit, sich davonzutrollen und alles aufzugeben. Möglicherweise bildete sie es sich nur ein, aber es knisterte gewaltig zwischen ihnen, obwohl sie nicht definieren konnte, was genau das bedeutete. Womöglich waren es auch elektrische Schläge einer Hochspannungsleitung.

„Wie Sie wünschen, Sir", hauchte sie übertrieben unterwürfig, wobei sie es sogar schaffte zu lächeln. Doch im Gegensatz zu ihm war ihr Tonfall eher mittelmäßig. Er bekam sicherlich keine Gänsehaut oder einen beschleunigten Herzschlag davon. Aber vielleicht lag sie falsch, denn seine Augen verdüsterten sich, und das hatte in jedem Fall eine Auswirkung auf ihren Puls, ihre Körpertemperatur und ihren Gemütszustand. Allerdings war Gillian sich unsicher, ob dies positiv oder negativ war oder eher eine Mischung aus beidem.

Er benahm sich nicht wie ein normaler Chef ihr gegenüber, jedoch war ihr erstes Aufeinanderprallen alles anderes als alltäglich gewesen. Jeder andere hätte sie hochkant hinausgeworfen und sie hätte es verdient! Eine leise Stimme meldete sich in ihrem Kopf, dass dies eventuell die bessere Alternative wäre, anstatt sich ihm zu stellen. So hatte sie sich in ihren Schwärmereien immer einen dominanten Mann vorgestellt, der diese Neigung im Schlafzimmer gekonnt auslebte, der sexuelle Dominanz nicht mit Gewalt und Herrschsucht verwechselte. Aber das waren rosarote Träumereien, die ausschließlich Romanen vorbehalten waren und es keinesfalls in die Realität schafften.

Dennoch …

Sie stand auf, ignorierte den leichten Schwindel, der sie packte, und versuchte, so selbstsicher wie möglich zur Tür zu laufen, ohne sich von der Hitze beeindrucken zu lassen, die sein bohrender Blick in ihrem Rücken verursachte.

Oder glotzte er ihr gar auf den Po? Auf ihren Hintern war sie stolz. Er war rund, fest und wirkte auf die meisten Kerle wie ein Magnet. Es war schon paradox. Männer liebten einen vollen Po und die passenden Brüste dazu, aber der Rest sollte dann doch bitteschön XXS sein. Gillian schloss die Tür leise hinter sich, und das war überhaupt nicht befriedigend. Was hatte Hunter Silsbury nur mit ihr vor?

Die Patisserie war im Nebengebäude untergebracht. Hier kreierten Lizzy, Jason und Babette neue Leckereien, ehe sie eventuell ihren Weg in die Produktion fanden. Gillian liebte die Versuchsküche und normalerweise auch die Aromen, Düfte und Gerüche, die einem den Weg wiesen.

Ihr wurde bewusst, dass sie im Moment gar nichts außer ihm roch, und das trotz ihrer Erkältung. Hunter Silsbury brauchte sich keine Sorgen zu machen. In ihrem jetzigen Zustand war sie weder hungrig, noch könnte eine ansonsten köstliche Schokosünde sie verführen.

So ein Arschloch!

Drei Stück!

Arschloch hoch drei!

Ihr Blut siedete förmlich. Sobald sie wieder gesund wäre, würde sie sich Dinge ausdenken, die sie hätte antworten können.

Lizzy stand mit dem Rücken zu ihr, als sie den hellen, gefliesten Raum betrat. Es war Babette, die sie als Erste entdeckte und die Gillian mit offenem Mund anstarrte. „Mon dieu!“

Lizzy wirbelte herum und blieb dann wie erstarrt stehen. „Mein Gott!“

„Wir sollten noch einen Japaner einstellen, ich habe schon immer wissen wollen, wie das auf Japanisch heißt“, sagte Gillian.

„Was hast du mit deinem Gesicht gemacht?“, fragte Lizzy.

„Das ist eine lange Geschichte und ich habe jetzt keine Zeit. Ich brauche die aktuelle Trüffelkollektion für Mr Silsbury. Er wartet darauf.“

„Bist du in Ordnung? Abgesehen von deinem …“ Lizzy fand offensichtlich nicht das richtige Wort dafür.

„Auch das ist eine lange Geschichte. Ich erzähle sie dir ein anderes Mal.“

„Das ist hoffentlich nicht ansteckend“, sagte Babette, während sie rückwärtslief.

„Nein, ist es nicht. Ich muss mich beeilen. Bitte …“

„Schon gut, setz dich.“ Lizzy zeigte auf einen der Stühle, die am Küchentresen standen, und warf ihr einen besorgten Blick zu. „Wie viele brauchst du? Drei Stück pro Sorte?“

„Wieso drei? Eine reicht.“

„War ja nur eine Frage. Du solltest dich wirklich wieder ins Bett legen. Du bist gereizt.“

„Sorry. Ich erkläre dir auch das zu einem späteren Zeitpunkt.“

Lizzy stieß einen Seufzer aus und lächelte sie an. „Okay.“ Die Freundin eilte zu einem der Kühlschränke.

Zehn Minuten später stand Gillian vor Mr Silsburys Bürotür und ihr Herz schlug dieses Mal unerklärlicherweise sogar noch schneller als vorhin. Man sollte meinen, dass eine Kündigung das Schlimmste wäre, was einem passieren konnte, doch anscheinend malte sich ihr Unterbewusstsein ungeahnte Schrecken aus. Gillian wünschte sich wirklich, dass sein Vorzimmer besetzt wäre, leider war Zoe nirgends zu sehen. Sie klopfte an und trat, ohne auf ein Ja zu warten, hinein. Er saß nicht mehr an seinem Schreibtisch, sondern lehnte mit der Hüfte dagegen. Wie ein König stand er dort und seine überhebliche Ausstrahlung rief in ihr das Schlimmste hervor. Am liebsten würde sie ihm die Trüffel in die arrogante Visage schmieren! Gillian wusste, dass sie nicht sie selbst war und sich ungewöhnlich kratzbürstig zeigte. Und das mit dem Parkplatz! Das war das erste Mal in ihrem Leben gewesen, dass sie etwas dermaßen Ungezogenes und auch Fieses gemacht hatte. Als sie es getan hatte, hatte sie über mögliche Konsequenzen überhaupt nicht nachgedacht. Und jetzt prasselten diese komprimiert auf sie ein. Sie wusste einfach nicht, wie sie damit umgehen sollte, dass sie sich ihren Vergehen stellen musste.

Er trommelte mit den Fingern der rechten Hand gegen die Seite seines Oberschenkels und schenkte ihr erneut die schaurige Schärfe seiner Augen. Seine geballte Aufmerksamkeit zu haben, war keine leichte Kost.

„Stellen Sie das Tablett auf den Tisch der Sitzgruppe und setzen Sie sich, Gillian."

„Ja, Mr Silsbury."

Er sagte ihr nicht, dass sie ihn Hunter nennen sollte. Während sie tat, was er verlangt hatte, rührte er sich nicht, sondern beobachtete sie. Verärgert bemerkte sie ihre Nervosität. Normalerweise konnte man sie nicht so einfach einschüchtern, doch bei Hunter war alles anders.

Nachdem sie auf einem der beiden Dreisitzer Platz genommen hatte, schritt er auf sie zu. „Hatte ich Ihnen nicht befohlen, jeweils drei Stück mitzubringen? Sie sind nicht gehorsam, jedoch bin ich mir sicher, dass wir das hinbekommen.“ Da lag kein Humor in seiner Stimme, und Gillian wusste nicht, wie sie darauf reagieren sollte.

Gehorsam!

Am besten ignorierst du diese Bemerkung, bis du herausgefunden hast, was er vorhat.

„Blinder Gehorsam ist ziemlich dämlich, meinen Sie nicht auch, Mr Silsbury?“

So viel zum Ignorieren. Jetzt verzogen sich seine Mundwinkel zu einem kaum wahrnehmbaren Lächeln, das allerdings alles andere als beruhigend wirkte. Es hatte etwas Wölfisches an sich und der Wolf hatte eine interessante Witterung aufgenommen.

„Das finden wir in den nächsten Wochen und Monaten gemeinsam heraus. Für mich wird das sehr vergnüglich.“ Er zwinkerte ihr zu und setzte sich gegenüber von ihr. Gute zwei Meter trennten sie voneinander, aber er besaß eine derart gewaltige Präsenz, dass diese Distanz nur eine Illusion war.

„Ich will Sie als meine Assistentin.“

Was?

Wollte er das nur tun, um sich doch an ihr zu rächen, bis sie von selbst kündigte, um so den einjährigen Schutz von Mr Bohman zu umgehen? Jetzt wurde sein Lächeln breiter, seine Gesichtszüge jedoch nicht weicher, stattdessen steigerte dies seinen Sexynessfaktor um ein Vielfaches.

„Sie denken, ich will Ihnen Ihr Arbeitsleben zur Hölle machen, damit ich meinen Verpflichtungen gegenüber Mr Bohman entgehen kann?“ Er thronte völlig entspannt auf der Sitzfläche, während sie das Gefühl hatte, auf Glasscherben zu hocken.

„Sie wollen mich haben? Was ist denn mit den ganzen Bewerberinnen, die im Foyer sind? Denen kann ich kaum das Wasser reichen.“

„In welcher Hinsicht? Sie kennen *Spice on the Tongue* sicherlich besser als eine Außenstehende.“

Er wusste genau, was sie meinte. Vielleicht sollte sie ablehnen und lieber ein Ende mit Schrecken wählen, als die andere Option. Hunter war undurchschaubar, und so, wie er sie musterte, war sie es nicht.

„Ich will Sie, Gillian. Ich gewähre Ihnen eine Probezeit von einem Monat. Falls es nicht mit uns klappt …“ Er wirkte wie ein Kater, der eine Schüssel mit Sahne entdeckt hatte, an die ein Rivale heranwollte. „… können Sie Ihre alte Stelle wiederhaben. Trauen Sie sich. Sie sind bestimmt vieles, aber nicht feige. Außerdem verdopple ich Ihr Gehalt.“

Das doppelte Gehalt! Damit wären alle ihre Geldsorgen mit einem Schlag gelöst. Im letzten Jahr hatten sowohl ihr Geschirrspüler als auch ihre Waschmaschine das Zeitliche gesegnet, und das, nachdem sie ihr Wohnzimmer und ihr Schlafzimmer renoviert hatte. Das Haus, das sie von ihrer Großtante geerbt hatte, brauchte unbedingt ein paar Erneuerungen, vor allem die altersschwache Gastherme musste ausgetauscht werden. Sie fror immer noch, wenn sie daran dachte, wie oft sie im letzten Winter ausgefallen war.

„Ich verspreche Ihnen, dass ich nicht zu den Chefs gehöre, die ihre Mitarbeiter ausbeuten. Ich mache selten nach 17 Uhr Feierabend.“

Ehe sie es sich anders überlegen und der inneren warnenden Stimme Gehör schenken konnte, beugte sie sich vor und streckte den Arm aus. Hunter ergriff ihre Hand, und ihr Herzschlag machte förmlich einen Satz, sobald er sie berührte, seine langen, starken Finger ihre Handfläche umschlossen und sie die Wärme seines Körpers spürte.

„Sehr schön. Ich lasse alles von der Personalabteilung regeln.“ Er ließ sie nicht los, sondern starrte ihr erneut genau in die Augen. „Dorian bringt Sie nach Hause und holt Sie am nächsten Montag ab. Er ist gelegentlich mein Fahrer. Kranke Menschen gehören ins Bett. Er wird für Sie einkaufen, sodass es Ihnen an nichts fehlt.“

Vorhin hatte er keinen Chauffeur gehabt und auch Mr Bohman war immer selbst gefahren.

„Nein! Ich kann …“

„Das war weder eine Bitte noch eine Aufforderung zu einer Debatte.“

Wenn sie sich nicht so schrecklich schlapp fühlen würde, hätte sie dennoch mit ihm diskutiert, obwohl sie ahnte, dass sie bei einem Wortgefecht nicht gewinnen konnte. Das Wort Nein gehörte nicht zu seinem Sprachschatz, außer er benutzte es selbst. Da war etwas an ihm, das sie zugleich anzog und eindringlich vor ihm warnte. Sie sollte vor ihm flüchten, anstatt sich der Gefahr zu stellen, die er mit jeder Pore seines Körpers verströmte. Doch

Hunter hatte ein Spiel begonnen, das sie von Anfang an in seinen Bann zog. Sie war bereits jetzt süchtig, und sie konnte sich nur daraus befreien, indem sie die Herrschaft an sich riss und bestimmte, was als Nächstes geschah. Pokémons hatte sie nicht gesammelt! Aber Hunter würde sie gerne aufspüren und einstecken.

„Und mein Auto?“

Seine Augenbrauen hoben sich ebenso wie seine Mundwinkel. „Ich befürchte, niemand wird es stehlen. Doch ich lasse es in die Garage bringen, wenn Sie mir Ihren Schlüssel geben. Wahrscheinlich fühlen Sie sich so sicherer.“

„Aber …“

In diesem Augenblick klopfte es an der Tür und ein Mann trat sogleich herein. Natürlich musste sein Chauffeur ihm gleichen, nicht im Aussehen, denn er war mit den nachtschwarzen Haaren das genaue Gegenteil von Hunter, doch er hatte dieselbe ruhige Ausstrahlung an sich, die eines Mannes, der führen konnte, ohne seine Stimme zu erheben.

Dorian musterte sie kurz mit belustigt funkelnden Augen, ehe er Hunter ansah, der Gillian vorstellte. Dorian reichte ihr die Hand, ehe sie aufstehen konnte. Das brauchte sie auch nicht allein, denn er zog sie zwar sanft auf die Füße, dennoch war es bestimmend.

„Wir sehen uns nachher, Hunter.“ Dorian legte ihr einfach den Arm um die Schultern und brachte sie bereits zur Tür, ehe ihr überhaupt in den Sinn kam, einen Einwand zu erheben. „Sie wollen doch Ihren neuen Boss nicht gleich am ersten Tag noch mehr verärgern?“, fragte er. „Mein Auftrag ist es, Sie ins

Bett zu bringen und ich führe meine Aufträge immer zur Zufriedenheit des Auftraggebers aus."

„Ausnahmslos?" Wollte er sie etwa schreiend und um sich schlagend aus den Geschäftsräumen zerren, wenn sie sich widersetzte? Aber das wäre kindisch und hochgradig albern und von so einem Benehmen hatte sie heute wahrlich genug gezeigt.

„Kommen Sie, Hunter meint es nur gut mit Ihnen. Sie müssen gesund sein, um es mit ihm aufzunehmen, und im Moment sind Sie noch weit davon entfernt."

Sie waren bereits im Flur und sie hatte sich nicht einmal von Mr Silsbury verabschiedet. Von ihm als Hunter zu denken, war viel zu persönlich. Um mit ihm fertigzuwerden, musste sie nicht nur topfit sein, sondern auch einen größtmöglichen emotionalen Abstand zu ihm gewinnen.

Minuten später saß sie hinten in einem schwarzen SUV mit getönten Scheiben, und Dorian schnallte sie an, als wäre sie ein kleines Kind. Mittlerweile war sie so schlapp, dass sie nach ein paar gefahrenen Metern einnickte. Sobald Dorian vor ihrem Haus hielt, schreckte sie hoch. Kurze Zeit darauf stellte Gillian fest, dass es für ihn nicht damit getan war, sie vor ihrer Haustür abzusetzen. Und erst jetzt bemerkte sie, dass er, im Gegensatz zu ihr, an ihre Tasche mit ihrem Schlüssel gedacht hatte. Er brachte sie ins Bett, und zwar nicht nur sprichwörtlich, ging für sie einkaufen und versorgte sie mit allem, was sie brauchte. Was immer Dorian war, er war keinesfalls nur ein Chauffeur, der seinen Chef in der Gegend herumkutschierte. Doch sie war viel zu erschöpft, um darüber nachzudenken, und schlief wieder ein, noch während sie hörte, dass er die Lebensmittel in ihrer Küche verstaute.

Um 17 Uhr strich Hunter sich müde über das Haar, und ihm schwirrte der Kopf von den Zahlen, die Hillary ihm zusammengestellt hatte. *Spice on the Tongue* stand zwar ganz gut da, aber dieses *ganz gut* reichte nicht für die Zukunft. Sie mussten dringend expandieren und ihre Zielgruppe auch auf eine jüngere und eine ältere Kundschaft ausweiten. Das gesamte Unternehmen lag ein wenig im Dornröschenschlaf, und es war Zeit, es aufzuwecken.

Dorian sah ihn abwartend an, und er konnte den Spott in den Augen seines Halbbruders erkennen, sobald er seinen Blick traf. „Sie hat dir ernsthaft den Parkplatz weggeschnappt, als du einer Lady geholfen hast? Und dich als einen Fünfachtelgott betitelt?“ Er lachte heiser und amüsierte sich prächtig. „Ich verstehe, warum sie dich reizt. Eigentlich tut es dir verdammt gut, auf jemanden zu stoßen, der dir die Zähne zeigt, sie vielleicht sogar in deine Hand schlägt, ehe er dich anhimmelt.“

„Das denkst du also?“ Dorian kannte ihn besser, als es Hunter lieb war.

„Genau das. Außerdem ist sie nicht so poliert und langweilig wie deine sonstigen Trophäen, auch wenn ihre Gesichtsfarbe ziemlich eigenartig ist. Doch Lizzy hat mir versichert, dass sie sonst nicht so aussieht.“

„Du hast Lizzy ausgefragt?“ Hunter konnte sich gerade noch davon abhalten, mit den Augen zu rollen. Wenn Dorian etwas konnte, dann war es arglosen Menschen Geheimnisse zu entlocken, ohne dass diesen bewusst wurde, dass sie ausgepresst wurden. Der Charme seines Halbbruders war legendär, und da kam er ganz nach seinem leiblichen Vater, der ihre gemeinsame Mutter in einem Brasilienurlaub verführt hatte, vier Jahre nachdem Hunters Dad an den Folgen eines schweren Schlaganfalls gestorben war. Jordano Rivero Duarte hatte Hunter wie seinen eigenen Sohn aufgezogen, wobei sie zwischen England und Brasilien hin und her gependelt waren. Dorian war auch im Vereinigten Königreich geboren worden. Und doch verfügte Hunter über viele Eigenschaften seines Vaters William Silsbury. Das behauptete zumindest seine Mum.

Dorian besaß eine Personenschutzfirma, und er hatte zwei fähige Partner, die sich mit ihm bei der Leitung abwechselten. So kam es, dass sein Bruder ausgedehnte Urlaubszeiten nehmen konnte und daher zugestimmt hatte, für heute den Chauffeur zu spielen.

„Du weißt schon, dass es kompliziert werden kann, wenn du alles dransetzt, die Kleine über deine Knie und dann ins Bett zu bekommen, aus dem alleinigen Grund, weil sie dein Ego nicht nur angekratzt, sondern es durchlöchert hat?"

„Woher willst du wissen, dass ich das vorhabe? Vielleicht halte ich sie nur für die beste Assistentin, die ich bei *Spice* bekommen kann."

„Möchtest du, dass ich mich auf den Boden werfe und mich vor Lachen ausschütte? Du bist doch im Leben nicht daran interessiert, Miss Cross zum Diktat zu bitten. Hast du das überhaupt schon mal außerhalb eines Rollenspiels gemacht?"

„Das binde ich dir ganz gewiss nicht auf die Nase."

Sein Bruder machte ein grunzendes Geräusch.

„Das geht dich nichts an."

„Und warum hast du mich dann gerufen? Und du willst bestimmt auch nicht wissen, was ich über die kurvige Versuchung in Erfahrung gebracht habe? Dinge, die sicherlich nicht in ihrer Personalakte stehen." Dorian schmunzelte auf diese selbstgefällige Weise, die Hunter zugleich hasste und liebte.

„Ich weiß auch nicht, was mich da reitet, außer dass unser erstes Zusammentreffen einmalig war. Nie hätte ich gedacht, dass ich sie wiedersehen würde, und diese Chance lasse ich nicht ungenutzt. Die Konsequenzen sind mir egal. Sie hat sich einen heißen Arsch mehr als verdient und genau den wird sie mindestens von mir erhalten."

„Sag später nicht, dass ich es versäumt hätte, dich zu warnen. Und vielleicht …" Das Schmunzeln wurde zu einem wahrlich breiten Grinsen. „… beißt du dir an ihr die Zähne aus. Wir sollten eine Wette abschließen. Ins Bett bekommst du sie wahrscheinlich, aber du schaffst es nicht, dass sie sich dir richtig hingibt, mit ihren Tränen, ihrem Schmerz und allem, was für dich dazugehört. Wenn es dir gelingt, sie in ein Spielzimmer zu locken, und wenn sie sich dir dort mit Haut und Haaren zur Verfügung stellt, schenke ich dir meinen Alfa Romeo Spider."

„Den 1966er?" Auf den hatte es Hunter schon immer abgesehen. „Und wenn ich verliere, was willst du von mir?"

„Dein Ferienhaus in Cornwall."

Das war Hunters Lieblingshaus, aber das Risiko war gering, denn er würde auf keinen Fall verlieren.

Hunter streckte die Hand aus und sie besiegelten ihr Arrangement mit einem Handschlag. „Ich freue mich bereits jetzt darauf, in dem roten Flitzer zu sitzen, während mir der Wind um die Nase weht."

„Groß genug ist sie ja. Leider wird das nicht geschehen." Dorian richtete sich in Gedanken schon in seinem Haus ein, das sah Hunter ihm deutlich an.

Ja, die Wette war arschig, doch Gillian würde es nie erfahren, und wenn sich jemand eine Bestrafung verdient hatte, dann sie. Er würde seinen ganzen Charme, seine geballte Expertise als praktizierender dominanter Mann und auch seine überlegene Stellung ihr gegenüber einsetzen, um alles zu bekommen, was er wollte.

Sie hatte nicht die geringste Chance gegen ihn, und das mit dem Spielzimmer war nur das Sahnehäubchen auf ihrem saftigen Arsch, der schon bald sehr rot sein würde. Da er keinen eigenen Dungeon hatte, er aber glücklicherweise jemanden kannte, der ihm einen Gefallen schuldig war und der mehr als das besaß, hatte er bereits ein bestimmtes Szenario im Sinn.

„Jetzt erzähl mir endlich, was du über sie in Erfahrung gebracht hast."

„Nur wenn du mich zum Essen einlädst. Ich bin am verhungern."

Dorian konnte essen wie ein Scheunendrescher und war immer ausgehungert.

„Wenn es sein muss. Komm, du Nervensäge."

Sein Bruder wackelte mit den Augenbrauen und lachte, ganz der Charmeur, der er war. „Es lohnt sich für dich. Ich habe Gillians Höschen gesehen. Soll ich dir verraten, welche Farbe es hatte? Und ob sie rasiert ist?“

Kapitel 3

Gillian steckte sich die letzte Kirsche, die Dorian vor vier Tagen für sie gekauft hatte, in den Mund. Endlich ging es ihr besser, und sie konnte bereits durchs Haus laufen, ohne dass ihr andauernd schwindlig wurde. Sie stand am Wohnzimmerfenster und schaute in ihren sträflich vernachlässigten Garten. Der Rasen musste gemäht werden und sie könnte wirklich ein paar von den Rosen im Haus gebrauchen, um ihre Stimmung aufzuhellen. Der Infekt hatte ihrem Gemütszustand nicht gutgetan und sie fühlte sich einsamer als sonst. Wenn sie doch nur genügend Zeit neben der Arbeit hätte, um sich einen Hund zu holen. So ein treuer Begleiter würde ihr über das Alleinsein hinweghelfen.

Andauernd versuchte sie, sich davon zu überzeugen, dass das Singledasein eine Menge Vorteile hatte, leider vermochte sie diese in ihrem jetzigen Zustand nicht mehr zu erkennen.

Lizzy hatte sie erst gestern besucht, und sie hatten sich vorgenommen, nächste Woche ein paar Cocktails auf Gillians Beförderung zu trinken. Die Freundin würde bei ihr übernachten. Lizzy hätte auch eine Karriere als Barkeeper in einem angesagten Schuppen machen können. Sie besaß ein Gedächtnis, das dem eines Elefanten glich, wenn es um Zutaten ging, und es war egal, ob man daraus Speisen oder Getränke herstellen konnte: Lizzy meisterte alles Kulinarische.

Gillians Verstand dagegen konnte zwar keine Rezepte behalten, doch sie erinnerte sich an alles, was

Hunter ausmachte. Das war in diesem Fall verstörend und genauso unheimlich, wie er es war. Man könnte meinen, dass sie sich bereits seit Monaten kennen würden, so sehr beschäftigte Hunter sie. Natürlich umschwebte ihn auch sein Ruf eines gewissenlosen Geschäftsmannes, doch allein das konnte ihre hochgradig unwillkommene und mysteriöse Faszination nicht erklären.

Er war ihr Boss! Und sie durfte weder von ihm träumen noch von ihm fantasieren, obwohl er alles dafür getan hatte, um ihre wildesten Spinnereien anzukurbeln. Wenn sie ihn bei einem Date getroffen hätte, dann hätte sie sich sogar auf einen One-Night-Stand eingelassen, wenngleich ihre Erfahrungen diesbezüglich ein Reinfall gewesen waren.

Die Blätter des Walnussbaums raschelten im aufkommenden Wind. Heute war es sehr warm und jetzt zog ein Gewitter auf. Gillian freute sich auf die Abkühlung und doch wanderten ihre Gedanken schon wieder zu Hunter Silsbury. Mr Silsbury! So musste sie ihn nennen und nicht anders. Das sorgte für einen vernünftigen Abstand. Sie konnte es kaum abwarten, ihren neuen Job in Angriff zu nehmen, obwohl sich ihr Herzschlag jedes Mal unberechenbar aufführte, sobald sie an Mr Silsbury und seinen durchdringenden Blick dachte. Ihr beschauliches Arbeitsleben gehörte sicherlich ab Montag der Vergangenheit an.

Lizzy hatte förmlich die Hände über dem Kopf zusammengeschlagen, als sie ihr berichtet hatte, wie das erste Aufeinandertreffen mit ihm gewesen war. „Das kann wirklich nur dir passieren, Chaosqueen. Aber vielleicht hat das Schicksal es so gewollt.“

Lizzy war nicht nur eine hoffnungslose Romantikerin, sie glaubte auch an Vorbestimmung und Glückskekse und hatte ein Faible für Einhörner und Märchenprinzen. Letzteren hatte sie offensichtlich kürzlich gefunden. Sie und Gregory waren ein schönes Paar und bis jetzt harmonierten sie fantastisch miteinander.

Doch war das am Anfang nicht immer so?

Der Türgong riss sie aus den Gedanken. Sie erwartete niemanden und hatte sich daher nicht die Mühe gemacht, etwas anderes anzuziehen als ihr Schlafshirt mit einem schwarzen Schaf auf der Vorderseite und einer kurzen Hose. Wenigstens hatte sie vorhin geduscht, und ihre Gesichtsfarbe näherte sich dem Normalbereich. Vielleicht sollte sie nicht aufmachen! Aber wer immer an der Tür war, klingelte ein zweites, drittes und viertes Mal.

Nervensäge!

Gillian lief in ihren pinkfarbenen Kuschelsocken zur Tür und riss sie auf, konnte dann den Impuls, sie wieder zuzuknallen, gerade noch unterdrücken.

„Mr Silsbury!" Verflucht! Was wollte er denn hier?

Er schob sich einfach an ihr vorbei in den Flur, und ihr blieb nichts anderes übrig, als ihm ins Wohnzimmer zu folgen in das er wie selbstverständlich ging, nachdem die Tür ins Schloss gefallen war.

„Ich wollte mich persönlich davon überzeugen, dass es Ihnen besser geht und Sie mir am Montag gewachsen sind." Sein Blick wanderte im Schneckentempo über ihren Körper, und sie widerstand der Versuchung, die Arme vor ihrer Brust zu verschränken. Warum nur kleidete sie kein edles

Nachthemd mit passendem Kimono? Ihre ungekämmten Haare trug sie mit einer Spange auf ihrem Kopf drapiert. Ihm blieb sichtlich kein peinliches Detail verborgen, und ihr Aussehen amüsierte ihn offensichtlich außerordentlich, denn seine Iriden funkelten gemein belustigt. Sicherlich entsprachen ihre Beine nicht der schlanken Röhrenform, die er bei seinen Geliebten gewohnt war. Hitze trat in ihre Wangen, doch sie weigerte sich, auf diese verstörend nachdrückliche Aufmerksamkeit noch weiter zu reagieren. Schlussendlich hatte er sie anscheinend genug seziert, da er ihr jetzt in die Augen sah. Die Zeit hielt inne, sie allerdings nicht! Das war die einzige Erklärung für das Prickeln und Kribbeln auf ihrer Haut, dem Gefühl in ihrem Magen, als würde sie in die Tiefe springen, und einem Herzschlag, der sich sekündlich nicht nur beschleunigte, sondern auch an Intensität zunahm. All das erreichte Hunter, indem er sie nur ansah.

Mr Silsbury, verdammt noch mal!

In diesem Moment zuckte sie von einem ohrenbetäubenden Donner zusammen. Er hob den Arm und strich ihr eine gelöste Haarsträhne aus dem Gesicht. Dabei berührte er nicht ihre Haut. Allerdings wünschte Gillian sich, dass er es getan hätte. Wie es wohl wäre, wenn seine Handflächen zart über ihren Rücken streichelten? Oder über ihren Po? Wenn er sie erst liebkoste und dann zuschlug? Seine Lippen verzogen sich zu einem spöttischen Lächeln, ehe er die Hand senkte. Vernünftiger wäre es, ihm zu sagen, dass er jetzt besser gehen sollte.

„Ich habe uns eine Kleinigkeit zu essen bestellt. Lizzy hat mir unter anderem erzählt, dass Sie gerne Italienisch mögen."

Unter anderem! Sie würde Lizzy in ihre köstliche Schokocreme tunken, wenn sie Hunter irgendwelche intimen Details verraten hatte. Jedoch argwöhnte sie, dass er sogar mit Dingen etwas anfangen konnte, die auf den ersten Blick belanglos erschienen. Er war ein Informationssammler und ein perfekter Beobachter, und das machte ihn zu dem erfolgreichen Geschäftsmann, der er war.

„Hat sie das?"

„Mhmm. Schön haben Sie es hier."

Sie hatte vor ein paar Monaten ihr Wohnzimmer und auch ihr Schlafzimmer im Shabby-Chic-Look eingerichtet. Die Accessoires waren türkisblau, türkisgrün und silber.

Sag ihm endlich, dass er gehen soll!

Wieso? Du willst unbedingt, dass er bleibt. Und wie du das willst!

Sein mittlerweile ausuferndes Grinsen zeigte ihr deutlich, dass er genau dieses Chaos in ihr hervorrufen wollte. Er war ihr Boss! Und sie durfte nichts außer Seriosität für ihn empfinden, weder jetzt noch in irgendeinem anderen Moment. Wäre sie ihm in einer Bar begegnet, dann hätte sie alles dafür getan, um sein eigenartiges Interesse an ihr weiter anzufachen. Doch in der augenblicklichen Situation blieb ihr nur übrig, das Glimmen auszutrampeln, ehe es zu einem Feuer heranwuchs.

„Mr Silsbury …"

„Hunter! Was muss ich tun, damit Sie mich so nennen?"

Diesmal strich er ihr mit den Fingerspitzen über die Wange, und die Wärme verblieb, als würde sie die Berührung absorbieren. In diesem Augenblick klingelte es und das bewahrte sie vor einer Antwort. Ihr Gehirn war sowieso viel zu leer gefegt, um etwas Geistreiches zu erwidern.

„Setzen Sie sich. Ich kümmere mich um alles, Gillian." Noch nie hatte jemand ihren Namen auf diese Weise betont, so weich und … beunruhigend sexy.

Ohne nachzudenken, ließ sie sich auf ihre Couch sinken, als wäre sie es gewohnt, ihm zu gehorchen. Die Polster lagen daunenweich unter ihrem Körper. Das Sitzmöbel lud zum Kuscheln und Verweilen ein. Falls Hunter sich auf das Sofa setzte, wäre er der erste Mann, der darauf Platz nahm. Sie hörte, dass er Essen entgegennahm, ein paar Worte mit dem Lieferanten wechselte und dann zielstrebig in ihre Küche ging. Er musste sie gesehen haben, als er hereingekommen war. Wenig später kehrte er mit Tellern und Besteck zurück und deckte den vor der Terrassentür stehenden Esstisch, als wäre sie sein Gast und nicht umgekehrt. Nichts und niemand hatte sie auf Hunter Silsbury vorbereitet und auch nicht auf die Aneinanderreihung von ungewöhnlichen Aufeinandertreffen, die sie auf Schritt und Tritt verfolgten, sobald sie es mit ihm zu tun hatte. Sein Eindringen in ihr Haus war ebenso surreal, wie ihm plötzlich bei *Spice* gegenüberzustehen. Das Ganze mutete wie ein völlig durchgeknalltes Date an, nur dass es keins war. Aber was war es dann?

Er zündete sogar die dicken saphirgrünen Kerzen in den silbernen Kerzenständern an, und wenn er noch rote Rosen hervorgezaubert hätte, würde sie das nicht verwundern.

Ein helles Aufblitzen, gefolgt von einem erneuten Donnern, und dann öffnete der Himmel seine Schleusen. Es war, als wenn selbst die Natur alles dafür tun würde, dass es nicht romantischer sein könnte. Hunter sah sie wieder auf diese eigenartige Weise an, als würde sie ihn unglaublich faszinieren. Vielleicht war er kurzsichtig und hatte vergessen, seine Kontaktlinsen reinzumachen. Doch er war hier, in ihrem Haus, und lächelte sie an. Sie war verloren, falls er damit nicht aufhörte.

In dem Augenblick, als sie die Aromen der fruchtigen Tomatensuppe roch, meldete sich ihr Appetit zum ersten Mal seit Wochen richtig zurück. Hunter lief auf sie zu, blieb vor ihr stehen und fasste nach ihren Händen, um sie auf die Füße zu ziehen. Die Geste hatte zur selben Zeit etwas Bestimmendes, aber auch Fürsorgliches an sich, und erinnerte sie daran, wie Dorian sie hochgezogen hatte. Sobald sie am Montag ihre neue Tätigkeit aufnahm, musste sie eine zehn Meter hohe und dicke Mauer zwischen Hunter und sich errichten, die nicht mal er bezwingen konnte. Wenn sie doch nur wüsste, was er mit ihr vorhatte! Denn offensichtlich verfolgte er irgendeinen Plan, nur das erklärte seinen Besuch.

Er brachte sie zum Tisch, und sie versuchte nicht, seinen Arm loszuwerden, den er um ihre Schultern gelegt hatte. Irgendwie ahnte sie, dass ihn das nur weiter anstacheln würde. Am besten brach sie nicht aus der Formation aus, die er für sie choreografiert hatte, dazu war später ausreichend Gelegenheit. Sie musste erst wieder klar bei Verstand und vollständig bei Kräften sein, um eine Strategie der Abwehr auszutüfteln. Außerdem musste sie vorsichtig vorgehen und Hunter sorgfältig taxieren, damit sie endlich wusste, womit sie es zu tun hatte.

Sogar den Stuhl zog er ihr zurecht. Gillian griff nach dem Glas und trank einen Schluck. Entgegen ihrer Annahme war es kein Weißwein, sondern Cidre. Lizzy hatte eine Menge preisgegeben, ihm dabei geholfen, seine Hausaufgaben gründlich zu erledigen, und sie fragte sich erneut, was Lizzy ihm noch alles über sie erzählt hatte. Eigentlich war die Freundin loyal, und ihr Lieblingsgetränk zu verraten, stellte schließlich keinen Frevel dar.

Dennoch!

Hunter setzte sich gegenüber von ihr und reichte ihr den Brotkorb. Er betrachtete sie, als wäre sie die Teilnehmerin eines Experiments, bei dem er der Versuchsleiter war.

„Ich weiß Ihre Bemühungen durchaus zu schätzen, Mr Silsbury.“ Es war hochgradig albern, aber ihm seinen Vornamen zu verweigern, bereitete ihr auf eine perfide Weise Vergnügen. „Mir wäre allerdings wohler, wenn ich wüsste, worauf Sie hinauswollen.“

„Im Moment möchte ich meine Assistentin besser kennenlernen. Wir werden sehr eng zusammenarbeiten und nach dem holprigen Start räume ich nur das Geröll zur Seite.“

Sie wusste zwar nicht im Geringsten, was er wirklich von ihr wollte, doch eines war glasklar: Er war sich seiner Sache verflucht sicher.

„Solange ich nicht das Geröll bin, bekommen wir keine Schwierigkeiten.“ War das respektlos gegenüber ihrem Arbeitgeber? Aber er benahm sich höchst frech.

Sein tiefes, mitreißendes Lachen klang nicht nur in ihren Ohren, sondern erreichte Regionen in ihr, die sehr bald hinter ihrer Mauer verschwinden mussten. Doch im Augenblick konnte sie nichts anderes tun, als ihn förmlich anzuschmachten. Wie er dort saß in seinem engen schwarzen Longsleeve, so lässig und selbstsicher! Mit dem leichten Bartschatten und seiner blöden arroganten Nase, die ein Sinnbild für den ganzen Mann war.

„Du steckst längst bis zum Scheitel in Schwierigkeiten, Gillian."

Du! Und was sollten diese zweideutigen Bemerkungen? Leider sprach er weiter, ehe sie antworten konnte, aber wahrscheinlich wäre ihr sowieso nur etwas Sinnvolles wie B*rabselbla* eingefallen.

„Du bist mir etwas schuldig, und ich treibe immer ein, was mir zusteht. Ausnahmslos." Er steckte den Löffel in die Tomatensuppe und führte ihn mit absolut ruhiger Hand zum Mund. Ihre dagegen zitterte so stark, dass sie davon absah, es ihm gleichzutun. Vielleicht war sie nur unterzuckert. Sie biss stattdessen in das Brot, wobei sie nicht zugeben wollte, wie unglaublich er sie verwirrte und dämlicherweise zudem noch anzog, nicht nur ein wenig, sondern sehr.

„Tatsächlich? Falls ich nicht freiwillig mit dem herausrücke, was Sie wollen, schicken Sie mir dann ein paar russische Inkassoeintreiber vorbei, die mich bedrohen und foltern?"

„Wo bliebe dabei das Vergnügen für mich? Ich nehme die Dinge gern selbst in die Hände und weiß sie auch einzusetzen. Und eine Folter könnte ich äußerst lustvoll gestalten.“ Er traf ihren Blick. Ein Vorschlaghammer war gar nichts dagegen.

Wenn doch nur ihr Herzschlag sich endlich davon überzeugen ließe, dass er nicht auf diesen impertinenten Caveman reagieren durfte. Aber das war nicht der einzige Teil in ihrem Körper, der sich von seinen Worten beeindruckt zeigte. Die Vorstellung, dass er sie bestrafte, setzte Gedankengänge frei, die sie lange unter Verschluss gehalten hatte und die so tief in ihrem Inneren vergraben lagen, dass sie sie beinahe vergessen hatte. Sehnsüchte, Wünsche und das Verlangen nach Lustschmerz und einer vollkommenen Hingabe waren eben nur Träume, die sich allzu schnell als Albträume entpuppen konnten – und es auch in ihrem Fall getan hatten. Andy! Ja, sie erinnerte sich nur zu gut daran, wie er Dominanz ausgelegt hatte.

Nie wieder, egal, wie sehr sie sich insgeheim nach einer harten Hand verzehrte!

Nie wieder? Dass ich nicht lache.

Hunter wusste, dass er auf dünnem Eis lief und es sich nicht gehörte, was er tat. Doch er bemerkte das kurze Aufblitzen in ihren Augen, wie sich ihre Wangen zart röteten und sie sich über die Lippen leckte. Die Vorstellung, über seinen Knien zu landen, war ihr nicht zuwider. Das hatte er bereits auf dem Parkplatz wahrgenommen. Aber er bezweifelte, dass sie eine praktizierende Sub war. Jedenfalls konnte er noch nicht einschätzen, ob sie jemals in BDSM reingeschnuppert hatte. Dass sie sich hartnäckig weigerte, ihn zu duzen, verriet ihm mehr von ihr, als es Gillian bewusst war. Sie versuchte, eine Barriere zwischen ihnen zu errichten, die im Normalfall auch vernünftig und, von seiner Seite aus, akzeptabel wäre. Allerdings hatte das saftige Miststück ihn mit Dreck beworfen, und mit einem Schütteln war es für ihn nicht getan. Da sie mittlerweile nicht mehr einer zu stark gerösteten Kaffeebohne ähnelte, konnte er deutlich erkennen, wie sehr sich ihre Gesichtsfarbe innerhalb von Sekunden änderte.

Er mochte das! Doch das hier war nur ein kleines Scharmützel, das Gefecht würde etwas länger dauern und sicherlich nicht in ein paar Tagen vorbei sein. Jetzt war es Zeit, Gillian ein wenig Raum zu lassen. Schließlich wollte er sie nicht bereits völlig verschrecken, ehe er richtig loslegte. Sie war wie eine Rose in der Wüste, überraschend widerstandsfähig, und er musste sie hegen und pflegen, bevor er sie aus dem Boden rupfte und die Blütenblätter ausquetschte, bis er auch den letzten Tropfen Öl aus ihnen gepresst hatte.

„Du siehst schon viel besser aus. Brauchst du noch irgendwas?"

Sie stieß einen wirklich langen Seufzer aus. „Dorian hat mich mit allem versorgt. Ich könnte davon drei Wochen leben, ohne dass es mir an etwas fehlt."

Interessant! Dorian beim Vornamen zu nennen, kam ihr leicht über die Lippen. Wenn sie geschnürt und willig vor ihm lag, würden ihre Tränen fließen und ihre Schreie würden ihm ebenso gehören wie der Rest von ihr. Und all das würde ihr auch leichtfallen, denn was anderes ließe er niemals zu.

„Erzähl mir ein bisschen von dir. Was ist dein Lieblingsfilm?“

Misstrauisch starrte sie ihn an.

„Angst, dass ich das gegen dich verwenden könnte?“ Wahrscheinlich war es irgendeine Liebesschnulze. Frauen wie sie träumten immer von der großen Liebe, und ihre Erwartungen waren so rosarot, dass sie nur enttäuscht werden konnten.

„*Guardians of the Galaxy*. Und deiner?“

Die Antwort gefiel ihm, vor allem, dass ihr das Du über die Lippen geschlüpft war.

„*Monsieur Claude und seine Töchter*.“

„Wirklich?“ Sie lachte und sie hatte ein verflucht mitreißendes Lachen. „Den liebe ich auch.“

Sie aß von der Suppe, und er konnte sich ein Schmunzeln nicht verkneifen, weil sie verzückt die Augen schloss. Dass Gillian aufbrausend war, hatte er bereits erlebt, und sie war sicherlich äußerst leidenschaftlich, wenn man wusste, wie man es anstellen musste, um sie zur Hingabe zu zwingen. „Deine Lieblingsfarbe?“

Sie hatte keine Scheu, ihm tief in die Augen zu sehen, und er musste zugeben, dass ihn das nicht unberührt ließ. Sie hatte anscheinend vergessen, dass sie ihn nicht duzen wollte, denn sie hatte es erneut getan.

Der erste Schritt in die Richtung, in die er sie trieb.

„Rot in allen Schattierungen, manchmal auch blau, wenn es passt.“ Ob sie ahnte oder sogar wusste, was genau er damit meinte? „Und deine Lieblingsfarbe? Noch eine andere außer Weiß und Türkis?“

„Schwarz in all seinen Facetten.“

„Schwarz hat Facetten?“

„In einer Persönlichkeit schon.“ Sie schien selbst überrascht von ihrer Antwort zu sein, unterbrach allerdings nicht den Blickkontakt.

Dermaßen lange sah er sonst nur Subs zu ihrem Leidwesen während einer Session in die Augen. Manche versuchten anfänglich, ihn tapfer zu bezwingen, doch schlussendlich knickten sie allesamt ein. Ob Gillian auch so mutig wäre, nachdem er sie gezüchtigt hatte? Oder kurz vorher? Er hoffte es.

„Ich meine …“

Er beugte sich etwas vor und nahm ihre linke Hand in seine. „Du bevorzugst einen dunklen Prinzen anstelle eines weißen Ritters?“

„Das habe ich einmal. Oh, verdammt! Das wollte ich nicht sagen.“

„Wieso nicht?“

„Weil es dich nichts angeht, und über Verflossene zu reden, ist immer langweilig, egal, wer der Gesprächspartner ist.“

Dieses Thema würde er zu einem anderen Zeitpunkt vertiefen, denn ihr dunkler Prinz war kein Standardverflossener gewesen. Den Rest des Essens sprachen sie über *Spice*, und er hörte aus jedem Wort heraus, wie sehr sie das Unternehmen liebte. Überhaupt hatte er diese Begeisterung bei fast allen Mitarbeitern erlebt. In dieser Hinsicht hatte Mr Bohman alles richtig gemacht. Wenn er an die vielen Firmen dachte, die er mit Härte und Kälte aufgekauft und saniert hatte … nur wenige der Angestellten und schon gar nicht die Aktieninhaber hatten sich dermaßen stark mit der Firma verbunden gefühlt. Und falls sie das getan hatten, hatte er diese Leidenschaft mit der Wurzel ausgemerzt. Doch er wollte dieses Mal alles besser machen, denn schließlich verdiente auch er eine zweite Chance.

Oder nicht?

Er grinste sie an. „Es wäre nett, wenn du am Montag einen kurzen Rock und eine enge Bluse tragen würdest.“ Hunter liebte es, wie sie ihn entsetzt anstarrte. „Ohne ein Höschen wäre es noch besser.“

Ihr Löffel fiel in die Tomatensuppe und ihr unbeschreiblicher Gesichtsausdruck ließ ihn auch Stunden später nicht los.

Kapitel 4

Gillian starrte am Montagmorgen auf ihr Spiegelbild, und sie mochte, was sie sah. Kurzer Rock: von wegen! Ohne Höschen! Irgendwie wusste sie, dass das kein unterirdisch schlechter sexistischer Scherz gewesen war. Nie hätte sie gedacht, dass ein Mann etwas dermaßen Haarsträubendes zu ihr sagen könnte. Jedoch war er auch kein Mann, er war die nervtötendste Person ever, leider obendrein die verführerischste. Gillian lenkte ihre Aufmerksamkeit zurück auf sich.

Der graue Hosenanzug mit der pinkfarbenen Bluse wirkte professionell, aber nicht langweilig. Und sie würde beileibe kein enges Oberteil anziehen, unter dem sich ihre Nippel abzeichneten. Allerdings war ihr neuer Arbeitgeber bestimmt nicht der gleichen Meinung wie sie. Sie hatte so viel über ihn nachgedacht, dass ihr noch immer der Kopf schwirrte. Doch all das Grübeln brachte nichts, denn sie war zu keinem einzigen Ergebnis gekommen. Hunter war undurchsichtig und daher war sie neugierig wie eine Katze. An ihm zu schlecken, wäre zweifellos schmackhafter als eine Schüssel Sahne.

Überraschenderweise hatte auch Dorian noch einmal nach ihr gesehen. Jetzt waren gleich zwei interessante Männer in ihr Leben getreten. Dorian war ebenso geheimnisvoll und schrecklich attraktiv wie Hunter, nicht modelmäßig, sondern faszinierend wie ein Hurrikan oder ein Taifun. Diese Schönheit wusste man nur zu schätzen, wenn man Naturgewalten etwas abgewinnen konnte. Jedoch berührte nur Hunter sie auf diese überwältigende Weise. Bei Dorian hätte sie nichts gegen einen harmlosen Flirt einzuwenden, aber weiter würde sie nicht mit ihm gehen wollen. Bei Hunter allerdings …

In diesem Moment klingelte es an der Haustür und sie schnappte sich ihre Tasche. Jetzt war es so weit. Dorian holte sie ab und der erste Arbeitstag mit Hunter wartete auf sie. War es normal, dass ihr Herz wie verrückt schlug? Doch sie konnte sowieso nichts dagegen tun. Sie öffnete die Tür, und das Lächeln gefror ihr förmlich auf den Lippen, denn es war nicht Dorian, sondern Hunter, der vor ihr stand. Sein anthrazitfarbener Anzug mit dem blaugrünen Hemd war ebenso makellos wie das irgendwie fies wirkende Grinsen, das seine Mundwinkel umspielte und das er bis zur Perfektion beherrschte.

„Guten Morgen, Mr Silsbury."

„Du siehst etwas enttäuscht aus. Hast du etwa jemand anderes erwartet? Muss ich eifersüchtig sein? Und sind wir wieder bei Mr Silsbury angelangt?"

„Ich dachte, dass Dorian mich abholt und ich noch eine kleine Verschnaufpause hätte, ehe ich mich mit dir … Ihnen herumplagen muss."

Augenblicklich wünschte sie sich das Gesagte zurück. Wie um alles in der Welt waren diese Wörter über ihre Lippen geschlüpft? Allerdings wirkte Hunter nicht brüskiert, eher war das Gegenteil der Fall. Was auch immer zwischen ihnen lief, hatte nichts mit einer normalen Beziehung zwischen Chef und Angestellter zu tun.

„Ich hebe den Handschuh auf, Gillian, und freue mich bereits jetzt auf das entscheidende Duell. Du dich sicherlich ebenfalls."

Gillian hätte es nicht für möglich gehalten, doch das Grinsen wurde tatsächlich noch etwas fieser und irgendwie gefährlicher. Was immer er sich ausmalte, es schien ihm sehr zu gefallen. Ihr Magen flatterte und demonstrierte ihr deutlich, wie gründlich es ihr misslang, seiner schurkischen Ausstrahlung nicht zu erliegen. Er musterte sie von oben bis unten und das verunsicherte sie aufs Äußerste.

„Meine Oma hat auch solche Hosenanzüge getragen. Dorian hat mir übrigens erzählt, dass dein Schlüpfer gar nicht so hässlich war, wie ich es angenommen hatte. Er konnte einen Blick darauf erhaschen, als du ins Bett gekrochen bist."

Sie bildete sich das nicht nur ein! Er hatte das wirklich zu ihr gesagt, mit einer Stimme, die an ihren Nervenenden zerrte.

„Und Gillian …" Er beugte sich verschwörerisch zu ihr herab. „Alles, was du zu mir sagst, hat für dich als meine Angestellte keinerlei Konsequenzen. Aber für den anderen Teil in mir, der nichts mit meinem Chefstatus zu tun hat …" Sein Atem kitzelte über ihre Schläfe und sie konnte nichts gegen die Gänsehaut tun, die förmlich auf ihrem Körper wie eine Plage ausbrach. Den anderen Teil in ihm? Warum nur regte sie das Gesagte nicht nur auf, sondern erregte sie auf eine nachdrückliche Weise, die ihren Schoß prickeln ließ? „… dieser Teil wird jedes Wort von dir abspeichern und zu gegebener Zeit hervorholen, sodass du dich dafür verantworten wirst, und zwar genau so, wie ich es will."

Sie wünschte sich wirklich, dass sie ihn niederstarren könnte! Dass ihr eine gelungene Erwiderung einfiele, doch außer einem Wortgewusel in ihrem Gehirn brachte sie nichts zustande.

„Du bist wieder gesund. Das ist sehr schön, dann kannst du im Büro gleich richtig loslegen. Die nächsten Wochen werden anstrengend."

Galant hielt er ihr die Beifahrertür auf, denn sie waren inzwischen irgendwie an dem Bentley angekommen, und sobald er sich neben sie setzte, schrumpfte die Welt um sie zusammen, bis nur noch er verblieb. Musste er so gut riechen?

Sie starrte nach vorn und ignorierte seine schlanken Hände, die sicherlich auch zupacken oder zuschlagen konnten.

Hör sofort auf, daran zu denken!

Hunter merkte, wie Gillian nicht besonders erfolgreich versuchte, ihn zu ignorieren. Sie richtete ihren Blick starr geradeaus und saß auf dem Beifahrersitz, als würde sie erwarten, dass er gleich über sie herfiel. Er sollte sein Smartphone herausholen, um ihre beispiellose Mimik zu fotografieren. Hunter fühlte sich seit ihrem ersten Aufeinandertreffen wieder richtig lebendig. Ohne es zu wissen, war sie gut für ihn. Die Bürde, für die er ganz allein verantwortlich war, erschien ein wenig leichter.

Es war angenehm, neben ihr zu sitzen. Sie hatte eine helle Haut, und diese stand ihr weitaus besser als das Orangebraun. Bei Gelegenheit würde er sie fragen, was sie geritten hatte, sich das ins Gesicht zu schmieren. Er mochte es, wie sie ihr dunkles Haar trug, etwas strubblig hochgesteckt, was ausgezeichnet zu ihrer Persönlichkeit passte. Ein Halsband würde sie hervorragend schmücken. Er konnte selbst kaum glauben, was er alles zu ihr gesagt hatte, doch er konnte einfach nicht anders, als sie bis aufs Blut zu ärgern. In Wirklichkeit sah sie sexy in dem Anzug aus. Die Hose schmiegte sich um ihren hübschen Arsch und die Bluse um ihre vollen Titten. Das waren alles Dinge, mit denen er arbeiten konnte und es auch sehr wollte.

„Würde dich das Marketing reizen?“ In der letzten Woche hatte er sich ein paar der vielen Präsentationen angesehen, die Gillian im Laufe ihrer Tätigkeit bei *Spice* vorbereitet hatte, und eine davon hatte vor gut einem Jahr sein Interesse an *Spice on the Tongue* geweckt. Gillian hatte die Produkte auf eine höchst witzige und ansprechende Weise beschrieben.

„Willst du mich bereits loswerden?“

„Nein, aber dich sinnvoll einsetzen. Ich möchte deine Schwächen und Stärken ausloten, damit ich bei Gelegenheit darauf eingehen kann. Du würdest natürlich weiterhin meine Assistentin bleiben.“ Dies bezog er nicht nur auf ihr Arbeitsfeld. Wenn es soweit war, würde sie es verstehen. In erster Linie ging es darum, ihre Bedürfnisse zu erfüllen, damit auch er auf seine Kosten kam. Eine Frau, die wirklich keinen Spaß daran hatte, dass er sie unterwarf und ihr Schmerzen zufügte, konnte weder seinen Sadismus noch seine Lust befriedigen. Aber eine höchst unwillige Beute zu ihrem Glück zu zwingen, stellte für ihn keinen Widerspruch dar. Schlussendlich bekam sie nur das, was sie brauchte. Da Gillian keine Kenntnis davon hatte, dass sie sich bereits in dem ungewöhnlichsten und aufregendstem Vorspiel befanden, das er seit langer Zeit erlebt hatte, machte ihre Verführung besonders reizvoll für ihn. Normalerweise waren die Vorbesprechungen mit Subs beinahe klinisch, wenn sie die jeweiligen Vorlieben abtasteten. Und sobald er an B's Haus dachte und wie er Gillian dann bekommen würde, wurden seine Shorts ziemlich eng. Aber da sie noch immer nach vorn starrte, bemerkte Gillian von alldem nichts.

„Ich war eigentlich mit meinem Tätigkeitsfeld zufrieden."

„Neue Herausforderungen reizen dich nicht?" Er erwartete eine lapidare Antwort, doch sie überraschte ihn.

„Sie können gefährlich sein und ich habe mich bereits öfters verbrannt. Früher war ich risikobereiter."

Jetzt drehte sie ihm das Gesicht zu und sah ihn an. Er traf kurz ihren Blick, ehe er seine Aufmerksamkeit zurück auf die Straße lenkte, die es in sich hatte. Viele der Straßen im Küstengebiet waren kurvenreich und vor allem eng, exakt wie diese.

Er wusste genau, dass sie damit nicht ihre Arbeit meinte. Sie erachtete ihn als eine Gefahr, und sie hatte verflucht recht mit dieser Annahme, doch davon würde weder er sich abhalten lassen noch sie. Er war arrogant genug, um erkennen zu können, wenn ein hübscher Fisch seinen Köder aus der Ferne anvisierte.

„Um deine eigentliche Frage zu beantworten, Marketing finde ich spannend."

Viel zu schnell erreichten sie *Spice*, und Gillian sprang aus dem Wagen, sobald die Reifen stoppten. Ein wenig nervös, die Kleine. Allerdings hatte sie keine Ahnung, was wahre Nervosität bedeutete, aber sie würde es in Kürze herausfinden.

Sie stürmte so zügig vor ihm her, dass er keine Gelegenheit bekam, die Tür für sie aufzuhalten, doch so vermochte er ihren Arsch zu betrachten, der ihn wirklich unglaublich reizte. Anscheinend bemerkte sie genau, wo sein Augenmerk lag, denn wenn jemand wütend laufen konnte, dann war sie es.

Wut!

Das war auch etwas, womit er gerne arbeitete. Eine wütende Sub in eine reuige zu verwandeln, war sehr … unterhaltsam, bot seinem Sadismus ausreichend Raum, um sich vollständig zu entfalten. Und eigentlich hatte er das bisher nie richtig ausgekostet.

„Hol uns Kaffee und komm in mein Büro. Wir haben eine Menge zu besprechen. Und Gillian …“ Er wusste, dass er wirklich angsteinflößend aussehen konnte, wenn er es darauf anlegte. „Solltest du mich noch einmal Mr Silsbury nennen, wird dir das nicht gut bekommen.“

Sie funkelte ihn an. „Du drohst mir?“

„Nein, das habe ich nicht nötig. Aber vielleicht bist du ja mutig genug, um es herauszufinden.“ Während er sein Büro betrat, riss sie eine der Schubladen von ihrem Schreibtisch auf und warf ihre Tasche ziemlich lautstark hinein, ehe sie sie zuknallte.

Niedlich und frech!

Er rief über seine Schulter: „Ich bevorzuge Café Crema ohne Zucker. Das solltest sogar du hinbekommen.“

Sie konnte tatsächlich wie eine wütende Kuh schnauben und muhen. Sollte sie nur, denn er merkte sich jedes Vergehen. Hunter zog sein Jackett aus und hängte es in den Garderobenschrank, krempelte sich die Hemdärmel hoch und setzte sich hinter seinen Schreibtisch. Zoe hatte am Freitag alles vorbereitet und die Unterlagen lagen logisch und ansprechend vor ihm. Ob Gillian ebenso effizient ihren Job erledigte? Entgegen seines ursprünglichen Plans, war Zoe am Samstag nach London zurückgekehrt und sie hatte sehr traurig gewirkt. Es gab jedoch keinen Grund, Gillian einzuarbeiten, denn sie kannte sich bei *Spice* aus. Und wie er es gern hatte, würde sie mit seiner Hilfe herausfinden – bei der Arbeit und im Bett, wobei Bett nur ein Synonym für weitaus spannendere Umgebungen war. Das Biest ließ sich Zeit, bis sie zu ihm kam, und sie hatte ihm einen Milchkaffee mitgebracht, welchen sie mit einem süffisanten Grinsen vor ihm abstellte. Ob sie es wohl aushielt, wenn er ihren Arsch mit einem Rohrstock bearbeitete?

Hab ein wenig Geduld, Hunter! Mach deinem Namen Ehre und fall erst über die Beute her, sobald der richtige Moment gekommen ist. Du wirst dich so geschickt anpirschen, dass sie dich erst bemerkt, wenn es zu spät ist.

„Setz dich." Er deutete auf den vor seinem Schreibtisch stehenden Stuhl.

Gillian nahm Platz und betrachtete einen Punkt links neben seinem Kopf.

„Ich möchte, dass du das hier für ein Sommerfest buchst, und zwar in vier Wochen, von Freitagnachmittag bis Sonntagnachmittag."

Sie öffnete den Hefter und starrte auf den Prospekt von *Trust and Fun*.

Ja, meine Süße. Das wird ein sehr interessantes Wochenende für die ganze Belegschaft, aber besonders für dich.

„Für wen?“

„Für alle Mitarbeiter. So können wir uns alle ganz zwanglos näher kennenlernen und Vertrauen aufbauen. Buche den *Trusttrail* für Samstagmorgen. Ansonsten lasse ich dir freie Hand.“ Der *Trusttrail* war ein Hindernisparcours durch den Wald, bei dem man pärchenweise zusammenarbeiten musste, um ihn zu überwinden. Die Paare wurden ausgelost. „Sonntagmorgen werden wir unser Marketingkonzept vorstellen und auch den neuen Firmennamen.“

„Neuer Firmenname?“ Ihre hübschen blauen Augen weiteten sich. „Und wer ist mit ‚wir' gemeint?“

„Du, als meine Assistentin, bist nicht nur ein Anhängsel. Der neue Name ist streng vertraulich und er wird erst an diesem Wochenende bekannt gegeben. Ich erwarte, dass du, was Firmeninterna angeht, loyal und verschwiegen bist.“

Er wusste, dass sie das war, denn Mr Bohman war in dieser Hinsicht keine Kompromisse eingegangen.

„Selbstverständlich. Ich weiß, wann ich meinen Mund zu halten habe.“

„Auf den Job bezogen sicherlich. Aber in jedem anderen Fall ganz gewiss nicht.“

Sie presste die Lippen fest aufeinander und ihre Finger verkrampften sich um den Kugelschreiber. Doch sie beherrschte sich.

„Der neue Name ist *Sex on the Tongue*. Und darauf wirst du auch das Konzept ausrichten. Die drei Herrschaften aus der Patisserie wurden schon darüber informiert, dass sie sexy Kreationen entwerfen sollen.“

„*Sex on the Tongue*!“ Sie schnappte hörbar nach Luft. Ehe sie noch mehr sagen konnte, machte er mit einer Hand eine Bewegung Richtung Tür. „Ich erwarte am Freitag die ersten Ergebnisse. Und du kannst Marcella einbinden, wenn es nötig ist. Sie hat deine alte Stelle übernommen. Und jetzt hopp, hopp.“ Es bereitete ihm große Mühe, nicht zu grinsen, denn sie zuckte bei seinen Unverschämtheiten kontinuierlich zusammen.

Hopp, hopp!

Kapitel 5

Vier Wochen später.

Gillian hielt seufzend auf dem Waldparkplatz an und überlegte krampfhaft, ob sie jede Kleinigkeit bedacht hatte. Aber was soll's! Wenn sie etwas bei der Organisation vergessen hatte, dann war es jetzt zu spät, um deswegen Harakiri zu begehen. *Trust and Fun*! Nur Hunter hatte sich das ausdenken können. Solange sie nicht mit ihm auf dem Trail landete, war alles im grünen Bereich. Die Chancen, dass sie ausgerechnet mit ihm verpaart wurde, standen zum Glück schlecht. Schließlich waren sie insgesamt vierundsechzig Mitarbeiter. Nichtsdestotrotz hatte sie sich ausgiebig mit der Vorstellung beschäftigt, wie sie mit ihm über Hindernisse hechtete, er ihr mit seinen starken Armen half und sie sich anschließend näherkamen. Das waren jedoch nur blödsinnige Wahnvorstellungen, die niemals das Licht der Welt erblicken durften. Vertrauen! Das war das Schlüsselwort, und sie schaffte es einfach nicht, über ihren Schatten zu springen.
Wenn Hunter ein normaler Mann und nicht ihr Boss wäre, dann würde sie sich trauen und sich auf ihn einlassen. Doch sie argwöhnte nicht nur, dass er dominant war und sich nicht mit Küssen und Streicheln begnügte, sie wusste es! Das machte ihr einerseits Angst, andererseits würde sie am liebsten in das gleißende Licht fliegen, sogar wenn sie dabei verschmorte, und genau das würde geschehen. Aber das war nicht das Einzige, was sie beschäftigte. Ihre

devoten Neigungen, die sie so sorgfältig hinter dicken Mauern eingekerkert hatte, brachen andauernd aus. Sie träumte ständig davon, dass Hunter sie übers Knie legte, sie fesselte und mit ihr machte, was immer er auch wollte. Allerdings war das kein Wunder bei den nicht gerade subtilen Andeutungen, die er unentwegt von sich gab. Als wäre das nicht schlimm genug, ahnte sie, dass er aus einem reichhaltigen Erfahrungsschatz schöpfen konnte.

Er war in vielerlei Hinsicht gefährlich für sie. Schließlich hatte sie am eigenen Leib erfahren, dass das Ausleben dieser Vorlieben riskant und auch äußerst unbefriedigend war. Realität und Wunschvorstellungen klafften diesbezüglich meilenweit auseinander. Sie hatte seelische Narben davongetragen. Vielleicht war es trotzdem an der Zeit, die Vergangenheit ruhen zu lassen und neue Erfahrungen zu sammeln. Doch das riesengroße blinkende ABER hing deutlich sichtbar in ihrem Verstand.

War sie wirklich so feige, dass sie es sich verbot, über ihren Schatten zu springen?

Entgegen ihren Erwartungen war die Zusammenarbeit mit Hunter angenehm und vor allem erfüllend. Wenn andere Personen anwesend waren, behandelte er sie respektvoll, und man könnte meinen, dass er ein vorbildlicher Chef wäre. Doch kaum waren sie allein, liebte er es unglaublich, sie zu necken und mit ihr auf eine höchst seltsame Weise zu flirten. Es fiel ihr immer schwerer, nicht darauf einzugehen.

Gestern war der Probemonat abgelaufen, und sie hatte sich entschlossen, bei ihm zu bleiben, denn das Arbeitsgebiet war verdammt spannend und sie gab widerwillig zu, dass sie sich jeden Tag auf ihn freute. Das war sagenhaft dämlich! Sie hatte nicht eine Sekunde gezögert, als er sie gefragt hatte, ob sie ihren alten Job zurückwolle, und das hatte ihn lächeln lassen. Und dieses Lächeln war so unsagbar sexy und einladend gewesen.

Doch jetzt hatte sie andere Sorgen, und die größte bestand darin, dass ihr Zimmer hoffentlich weit genug von Hunters entfernt war, so wie sie es gebucht hatte.

Lizzy, Jason und Babette parkten gerade neben ihr ein. Die drei hatten eine Fahrgemeinschaft gebildet. Jason hatte in der letzten Woche wiederholt erwähnt, dass er alles dafür geben würde, mit Hunter den Trail zu laufen. Das Gleiche galt für Babette, Lizzy und für die restliche weibliche Belegschaft, selbst für Marge. Die Kerle dagegen wollten natürlich Marcella, die nur ihre Schönheit gebraucht hatte, um bei den Männern zu landen. Allerdings war sie sehr nett und Gillian mochte sie.

Nachdem Lizzy ausgestiegen war, legte sie den Arm um Gillians Schultern. „Kuck nicht so griesgrämig. Sogar du sollst Spaß an diesem Wochenende haben. Das wird alles toll, du wirst schon sehen. Dein Leben hat doch eine spannende und überraschende Wendung genommen."

Gillian war sich da nicht so sicher, denn irgendwie beschlich sie das Gefühl, dass Hunter etwas vorhatte und dass dieses Etwas nur mit ihr zu tun hatte.

Sie liefen zur Rezeption, um einzuchecken. Hunter war noch nicht vor Ort. Sein Wagen stand nicht auf dem Parkplatz, was sie verwunderte, weil er vor ihr losgefahren war. Eine junge braun gebrannte Frau lächelte sie freundlich an, sobald sie sich dem Empfang näherten. Sie sah so aus, als würde sie den ganzen Tag den Trail absolvieren, und strahlte eine unglaubliche Lebensfreude aus. Beneidenswert! Jetzt, mit Ende dreißig, bereute Gillian jeden Tag, an dem sie nicht so gewesen war.

Und wenn du einfach loslässt? Dich einmal traust?

Wie ein Wink mit dem Zaunpfahl war letztens eine Broschüre bei ihr gelandet: *Barnabyreisen für Singles.* Sie wusste noch immer nicht, wieso dieser Prospekt in ihrem Posteingangskörbchen gewesen war. Jedenfalls hatte sich das Unternehmen auf romantische Urlaube für Alleinstehende spezialisiert; das musste eine Schicksalsfügung sein.

„Miss Cross, schön, Sie persönlich kennenzulernen. Ich bin Nancy. Wir haben öfters miteinander telefoniert, und ich bin Ihre Ansprechpartnerin, falls etwas fehlen sollte oder Sie irgendwelche speziellen Anliegen haben. Auf Wunsch von Mr Silsbury haben Sie die Juniorsuite bekommen, die neben seiner liegt."

„Das Einzelzimmer hätte mir gereicht. Ich würde lieber …"

„Oh!" Nancy sah auf den Computerbildschirm. „Leider sind wir komplett ausgebucht und wir haben das Einzelzimmer bereits vergeben."

Lizzy rammte ihr in diesem Moment den Ellbogen in die Seite und Gillian konnte gerade noch einen Schmerzensschrei unterdrücken. Die Freundin war es auch, die Nancy den Schlüssel aus der Hand riss und ihn anschließend vor Gillians Nase baumeln ließ.

„Miss Cross nimmt selbstverständlich die Suite."

„Wenn du sie nicht willst …“, sagte Jason, der dann einen spitzen Schrei ausstieß, weil Babette ihm wirklich fies auf den Oberarm boxte. Hatten die drei sich gegen sie verschworen? Sie grinsten sich höchst verschwörerisch an. Was lief hier? Sie warf ihnen allesamt einen lodernden Blick zu, von dem sie sich allerdings unbeeindruckt zeigten.

Minuten später atmete Gillian allein in dem weiß gestrichenen Raum mit den dunkelroten Akzenten durch. Das Bett im angrenzenden Schlafzimmer wirkte unglaublich einladend, sodass sie sich sehnlichst wünschte, sich auf die Matratze werfen zu können und heute nicht mehr aufstehen zu müssen. Doch das stand außer Frage. Nachher gab es ein Büfett und Karaoke. Sie könnte gar nicht genug trinken, um sich dafür herzugeben. Ihre Singstimme war grässlich, aber fast alle anderen bei *Spice* oder vielmehr bei *Sex* freuten sich darauf.

Erst jetzt bemerkte sie den Strauß, der auf dem Highboard im Wohnbereich stand. In ihm steckte eine Karte. Ihr Herz klopfte wie verrückt, als sie das Kuvert zwischen den himmlisch duftenden Blüten der altenglischen Rosen hervorzog.

Danke für die gute Arbeit. Ich hoffe, dass du beim Trail nicht Letzte wirst. Unterschrieben hatte er mit Hunter und einen gespannten Bogen daneben gemalt.

Ihr Ehrgeiz war längst geweckt, weshalb sie vor zwei Wochen ihr Lauftraining wieder aufgenommen hatte. Zehn Kilometer konnte sie joggen, so wie vor dem Infekt. Aber das mit den Hindernissen hatte sie nicht üben können. Allerdings standen die Aussichten gut, dass sie nicht das Schlusslicht bildete, denn es gab eine Reihe an Untrainierten in der Firma. Ihr war alles egal, solange sie nicht mit Hunter zusammenkäme.

Drei Stunden später stellte die Bedienung, die fast wie ein Zwilling von Nancy aussah, nur in der männlichen Version, einen von ihr nicht bestellten *Sex on the Beach* vor ihr ab. Sobald sie hochsah, traf sie den belustigt funkelnden Blick von Hunter.

Natürlich!

Er hob das eigene Glas und prostete ihr von der gegenüberliegenden Seite der Bar zu. Egal, wie weit er von ihr weg saß, ging, stand, schlenderte oder lauerte, es war nie weit genug. Allerdings war ihr durchaus bewusst, dass sie jeden Morgen mit einer anderen Freude als früher ins Büro ging, denn sie freute sich nicht nur auf die spannende Arbeit, sondern vor allem auf ihn. Das musste aufhören. Nach wie vor wusste sie nicht, was er mit ihr vorhatte. Sein Ruf, ein gewissenloser, börsenorientierter Piranha zu sein, wurde ihm glücklicherweise nicht gerecht. Außerdem spürte sie, dass Hunter etwas mit sich herumschleppte. Irgendwas war in der Vergangenheit passiert und das hatte ihn nachdrücklich verändert. Wider jede Vernunft wünschte sie sich, dass er sich ihr anvertrauen würde, dass sie sich nah wären und auch, dass sie ihre Bürden mit ihm teilen könnte. Das alles war rosaroter Mist. Entweder fand sie eine Methode, um ihre albernen Fantasien ins Nirwana zu schicken, oder sie musste sich doch einen neuen Job suchen.

Und wenn du dich auf ihn einlässt?

Blöde Idee. Du bist ihm nicht gewachsen und das weißt du.

Erneut fiel ihr die Reiseagentur ein, doch sie konnte sich nicht konzentrieren. Noch immer spürte sie seinen spöttischen Blick auf sich. Ach, zur Hölle damit. Sie hob das Glas und leerte es in drei Zügen und die ganze Zeit nahm er nicht für eine Sekunde seine Aufmerksamkeit von ihr.

Nach einem weiteren *Sex on the Beach* brach sie in ein lautstarkes Kichern aus, als Peter *Tainted Love* von *Soft Cell* zwar grauenvoll, aber leidenschaftlich zum Besten gab. Und die Performance von Rob aus der Produktion von *Lady Gaga*s *Paparazzi* war zum Kreischen. Nach einem weiteren Drink war sie beinahe bereit, das Mikrofon selbst in die Hand zu nehmen. Doch sie war zu gehemmt, bis zu dem Moment, als Hunter vor ihr stand. Die ganze Firma starrte sie an, als er sie hochzog, und zwar mit einer Bestimmtheit, der sie nichts entgegensetzen konnte.

Zum hundertsten Male verwünschte sie ihren Infekt. Wenn sie ihn nicht gehabt hätte, wäre ihr erstes Aufeinandertreffen ein normales gewesen und sie würde nicht in diesem Dilemma stecken. Oder?

Glaubst du wirklich, dass seine eigenartige Anziehungskraft auf dich in diesem Falle nicht vorhanden wäre?

Aber er würde mich anders behandeln, genau wie die übrigen Angestellten. Ich wäre nichts Besonderes für ihn.

Und das würde dir gefallen?

Ihre Gedanken kamen zu einem abrupten Halt, sobald sie sich bewusst wurde, wie warm und stark seine Hand war, die ihre umschloss. Und dann schon wieder dieser verdammte Geruch von ihm! Ob es nur sein Aftershave war, das nach Wald und Sommer roch? Oder war er es?

Scheiße, sie konnte gar nicht singen. Aber wenn sie sich jetzt davontrollte, würde das niemand verstehen. Jeder machte mit.

„Ich habe den perfekten Song für uns ausgesucht", wisperte er an ihrem Ohr. Er reichte ihr ein Mikrofon und nahm ein zweites. Gillian starrte auf den Bildschirm. *Nick Cave & The Bad Seeds and Kylie Minogue: Where The Wild Roses Grow.*

Shit! Sie war so was von aufgeschmissen. Damit würde man sie sogar in zehn Jahren noch aufziehen. Ihre einzige Hoffnung war, dass Hunter nicht singen konnte. Aber als er die ersten Silben nach ihrem Gequietsche zum Besten gab, vergaß sie beinahe, weiterzusingen, als sie dran war. Seine Stimme war tief und samtig wie ein teurer Portwein. Dieser Mann war einfach unglaublich. Und dann sah er sie auch noch an, denn er kannte den Song auswendig. Sie wollte ihn doch mental von sich stoßen, stattdessen wünschte sie sich, dass er sie nach dem Lied nicht auf die Wangen küssen würde, sondern auf den Mund, und es war ihr egal, dass das ganze Unternehmen sie dabei anstarrte. Hoffentlich bemerkte niemand diese Chemie, die zwischen ihnen prickelte. Sie spürte sie auf jeden Fall auf ihrer heißen Wange, als seine weichen Lippen sie nach der Performance berührten, sein harter Körper sich für einen Sekundenbruchteil an ihren schmiegte.

Oh Gott!

Er fühlte sich fantastisch an.

„Ich freu mich bereits auf morgen, Banshee. Deine Stimme ist einer würdig", flüsterte er so leise, dass nur sie es hörte. „Ob du auch so schreist, während ich dich züchtige?" Er zwinkerte ihr zu, half ihr von der Bühne und brachte sie zu ihrem Platz, wo Lizzy und Babette auf sie warteten. Und natürlich setzte er sich zu ihnen.

Am nächsten Morgen betrachtete Hunter Gillian unauffällig. Sie sah frischer aus, als er es gedacht hatte, nachdem sie gestern mehr oder weniger ins Bett geschwankt war. Er war daran nicht ganz unschuldig, fühlte sich aber keinesfalls schuldig. Sie ließ ihn nicht näher an sich ran und ihm lief die Zeit davon. Doch die Fallen waren positioniert und sie würde in sie tappen. Die nächste legte sich in diesen Augenblicken um ihren Hals.

Carlos, der Inhaber von *Trust and Fun,* zog gerade die Paarungen für den Lauf und die ersten Pärchen standen schon fest. Er war ein guter Freund von ihm und er machte seine Sache gut und spannend. Zuerst zog er Gillians Namen aus dem rechten Gefäß, las ihn laut vor und zeigte den Zettel anschließend dem Publikum. Danach wühlte er theatralisch in dem linken Behälter herum. Gillian konnte kaum stillhalten, und Hunter wusste, was für ein Mantra sie innerlich herunterbetete: Nicht Hunter! Nicht Hunter! Nicht Hunter!

Carlos räusperte sich und las den Namen vor, der von Anfang an festgestanden hatte. Gillian wurde kreidebleich, wobei sie sich nicht davon abhalten konnte, zu ihm rüberzustarren oder vielmehr zu glotzen, denn das war es, was sie tat. Hunter versuchte, das triumphierende Grinsen von seinem Gesicht zu verbannen, was ihm nicht so wirklich gelang, wenn er ihre Reaktion in Betracht zog. Am liebsten hätte sie ihm den Finger gezeigt! Er dagegen wollte ihr seine Gertensammlung nicht nur zeigen, sondern ihr als Sahnehäubchen damit demonstrieren, wie unterschiedlich sich Schmerz anfühlen konnte, und das nicht nur für sie, sondern auch für ihn als ausführenden Part.

Doch jetzt lag erst einmal der Trail vor ihnen. Hunter konnte es kaum abwarten, dass es endlich losging und er sie für sich ganz allein hatte. In einem schweißnassen Shirt würde sie bestimmt fantastisch aussehen. Die Paare starteten in einem Abstand von fünfzehn Minuten und es gab drei Strecken mit unterschiedlichen Schwierigkeitsgraden. Natürlich hatte er für sie beide die schwierigste ausgesucht, und sie war zu stolz, um zu widersprechen. Sie sollte es nicht leicht haben, und sie musste ihm vertrauen, damit sie die Hindernisse überwinden konnte. Es ging ihm nicht nur um Spaß, denn sie vertraute ihm kein bisschen und das akzeptierte er nicht.

Hunter lief auf sie zu und blieb direkt vor ihr stehen. „Ich brauche mir ja keine Sorgen zu machen, dass du nicht ausreichend gefrühstückt hast. Du hattest nicht nur einen sprichwörtlichen Bärenhunger."

Sie wirkte, als würde sie ihm am liebsten an die Gurgel springen. Gillian rückte näher an ihn heran und sie roch verdammt gut nach Rosen und Frau. Es juckte ihm in den Fingern, in ihr wundervolles dichtes Haar zu packen und sie zu küssen, sodass er sie der Möglichkeit beraubte, etwas zu erwidern. Und sie platzte beinahe!

„Ich nehme an, der Bossstatus ist außer Kraft", wisperte sie so leise, dass nur er es hören konnte.

„Selbstverständlich." Der Bossstatus schon, aber nicht sein Status als ihr Master. Im Gegensatz zu ihm wusste sie allerdings nichts davon.

„Du bist ein dämlicher Arsch!“, zischte sie und marschierte anschließend popowackelnd von dannen.

„Unser Trail beginnt in vierzig Minuten“, rief er ihr hinterher. Er wusste, dass sie pünktlich sein würde, und er behielt recht.

Ihre Haare trug sie in einem hohen Zopf und an ihrem schnuckligen Körper Running Tights und ein enges T-Shirt, beides in Schwarz. Es betonte auf eine verflucht anregende Weise ihre Kurven und erinnerte ihn daran, dass er es kaum erwarten konnte, sie nackt zu sehen.

Carlos gab ihm die Armbänder, die automatisch die Zeit erfassten, sobald sie über die Start- und Ziellinie liefen.

„Reich mir deine Hand“, sagte Hunter zu ihr. In naher Zukunft würde es kein Armband, sondern lederne Manschetten sein, die er um ihre zarten Handgelenke befestigte.

Zu seiner Verwunderung tat sie es ohne Widerspruch. Er fasste ihr Gelenk und fühlte nach ihrem Puls, der genauso raste, wie er es sich vorgestellt hatte. Die süße Zicke war auf keinen Fall immun gegen ihn, allerdings zeigte sie sich resistenter, als er es sich ausgemalt hatte. Vier Wochen umgarnen, flirten, reizen, zur Weißglut treiben und er war keinen Schritt weiter. Sie hielt ihn auf Abstand oder glaubte es zumindest. In Wahrheit war er durch einen geheimen Tunnel längst in ihre Festung eingedrungen und machte es sich dort gemütlich.

„Ein bisschen nervös?“ Er befestigte das Armband und überprüfte automatisch, ob es nicht zu stramm saß. Sie konnte nicht wissen, was das bedeutete. Oder?

„Wärst du so nett?“ Er hielt ihr seinen Arm hin, und ihre Finger zitterten ein wenig, als sie den Verschluss zumachte, ehe sie ihre Hände so schnell zurückzog, als hätte sie sich verbrannt. Und dann sah sie ihm direkt in die Augen und er spürte auf einmal etwas anderes als reine Jagdlust und den Rausch an *Der Widerspenstigen Zähmung*. Was immer er da auch fühlte, ihr erging es ähnlich, das sah er ihr deutlich an, und es ängstigte sie bis ins Mark.

„Wenn du so weit bist, können wir loslegen.“ Seine Stimme riss Gillian aus der Starre. Sie nahm einen tiefen Atemzug und straffte die Schultern. Als ob ihr das gegen ihn helfen könnte! Dazu waren ihren Schultern nicht annähernd breit genug. „Auf drei, Moppelhoppel.“

Gillian zuckte zwar zusammen, doch sie ließ sich bedauerlicherweise zu keiner Entgegnung hinreißen.

Sie stellten sich nebeneinander an die Startlinie und trabten los, nachdem er gezählt hatte. Er ließ sie das Tempo bestimmen, und sie joggte schneller, als er es gedacht hatte. Ob sie ihn beeindrucken wollte? Oder war sie so wütend auf ihn, dass der Zorn ihr zusätzliche Kräfte verlieh?

Der Trail verlief durch die *Leigh Woods* und stumm folgten sie dem Pfad für einen Kilometer. Er war gerade breit genug, um Seite an Seite zu laufen. Hunter beschleunigte etwas, rannte vor ihr und drehte sich um. Er verlangsamte und grinste sie an, ehe er auf ihre wippenden Brüste starrte. „Dein Sport-BH hält anscheinend nicht das ein, was die Werbung versprochen hat.“

Pech für sie, dass Blicke einen nicht spontan zur Explosion bringen konnten. Sie versuchte es auf jeden Fall. Sie machte wieder dieses wütende Kuhgeräusch und murmelte irgendwas von Arschgeige, falls er es richtig verstanden hatte.

„Mir scheint, du hast einen kleinen Arschfetisch. Ich kann nicht behaupten, dass mir das missfällt. Ich gebe gerne zu, dass es mir da ähnlich geht, vor allem wenn eine Frau so einen Luftpolsterpopo wie du besitzt."

Wenn sie nicht so nach Luft japsen würde, hätte sie bestimmt noch etwas Arschiges geantwortet. Er rannte neben ihr weiter, und das erste Hindernis kam in Form von vier Baumstämmen in Sicht, die in einigem Abstand hintereinanderlagen. Man konnte sie nacheinander überspringen, und das war genau das, was sie auch tat, und dafür war der BH wirklich nicht konstruiert worden. Hunter ließ sie die nächsten Minuten in Ruhe, bis sie auf eine steile Anhöhe trafen, die am Fuß auf der anderen Seite noch einen Graben hatte. Er kannte jedes Detail dieses Trails und war ihn in den letzten Wochen mehrere Male gelaufen.

Gillian japste wie ein altersschwacher Kleinbus, als sie oben ankam, doch sie hatte das Tempo kaum verlangsamt. Auf dem Weg nach unten packte er sie am Ellbogen, da sie ins Schlittern geriet und er spürte, dass sie ihn am liebsten abgeschüttelt hätte. Das würde sie allerdings nur schaffen, sofern er es zuließ. Sie sprang elegant über den Graben und rannte weiter.

„Ich hätte nicht gedacht, dass du auf deinen voluminösen Stummelbeinchen so schnell laufen kannst."

Sie stockte in der Bewegung. „Besser Stummelbeinchen als ein Stummelschwänzchen."

Woah!

Das ging eindeutig unter die Gürtellinie und er summierte es zu dem Rest ihrer Vergehen.

„Ich könnte dich auf der Stelle vom Gegenteil überzeugen."

„Das glaube ich dir gerne, du … du arroganter Wallach. Aber dazu wird es niemals nie nicht kommen." Ihre Stimme wurde immer schriller und sie fasste sich keuchend an die Seite.

„Du solltest wirklich auf deine Atmung achten und die Geschwindigkeit deiner Statur entsprechend anpassen. Es macht mir nichts aus, wenn wir den letzten Platz belegen. Wegen dir!"

Sie stieß dreimal hintereinander das Kuhgeräusch aus.

„Selbstverständlich können wir dem nächsten Paar auflauern und sie in den Graben schubsen, sodass wir dann ihren Platz bekommen. Darin bist du ja gut, im Wegnehmen von Plätzen. Weißt du, worin ich gut bin?"

„Das interessiert mich nicht."

„Das glaube ich dir nicht. Du spielst zwar gerne einen Eisblock, sofern es um meine Person geht. Aber ich bringe dich ruckzuck zum Schmelzen. Überall. Und mit meinem Lieblingskörperteil fangen wir an, denn sobald er glüht, folgt der Rest ziemlich schnell."

„Träum weiter."

Das nächste Hindernis kam in Sicht und dieses konnte er allein überwinden, sie jedoch nicht. Genau das wurde ihr in diesem Moment bewusst.

„Ich helfe dir drüber. Du brauchst nicht einmal vor mir auf die Knie zu gehen. Das kommt frei Haus." Er sprang auf den Baumstamm, nutzte den Schwung, packte die Kante der Wand, um sich nach oben zu schwingen, und hockte sich hin. Er streckte den Arm aus, und er wusste, dass es sie viel kostete, seine Unterstützung anzunehmen.

Gillian ging ein paar Schritte zurück, nahm Anlauf und hechtete nach oben. Er bekam ihre Hand zu fassen, verwendete ihre Dynamik und half ihr auf das Hindernis. Dabei ließ er es sich nicht nehmen, sie auf die Füße zu ziehen und sie dicht an sich zu pressen. Ihr Körper schmiegte sich perfekt an seinen, so unglaublich nachgiebig. Ihre Gefügigkeit hätte sein Misstrauen wecken sollen! Auf der anderen Seite ging es nicht tief hinunter und unten befand sich ein Schlammloch. Man konnte es von der Position auf der Wand überspringen. Doch sie versetzte ihm einen Stoß und er fiel runter, mitten in die braune, weiche, widerliche und leider übel riechende Masse. Ihr Lachen hörte sich so richtig triumphierend an, während er spürte, wie ihm der Schlamm zwischen die Arschbacken quoll. Er konnte gerade noch seinen Kopf davor bewahren, einzutauchen.

Allerdings unterschätzte sie seine Reflexe, denn ihr Sprung und auch ihr hexenmäßiges Gackern kamen zu einem jähen Ende, als er ihren rechten Knöchel packte, in dem Moment, als ihr Fuß den Boden berührte. Ein Ruck und sie platschte ebenfalls in den Matsch. Im Gegensatz zu ihm hatte sie nicht die Geistesgegenwart, ihr Gesicht zu schützen. Mit einem satten Klatsch landete ihr sicherlich wutverzerrtes Antlitz in der stinkenden Brühe. Sobald sie auftauchte, stieß Gillian einen schrillen Schrei aus, und ihren Versuch hochzuschnellen, vereitelte er, indem er sie an der Taille packte und umdrehte. Jetzt lag sie in der zum Glück nicht allzu tiefen Grube unter ihm. Oh, wie er sich danach verzehrte, ihr sofort den Hintern zu versohlen, sie zu spanken, bis sein Arm schmerzte, und anschließend würde er sie betteln lassen, dass sie kommen durfte. Doch das stand außer Frage. Noch! Sie strampelte unter ihm mit neu erwachter Inbrunst. Aber er hielt sie durch sein größeres Körpergewicht und seine Kraft in Schach, was bei dem glitschigen Zustand nicht so einfach war, wie es normalerweise der Fall gewesen wäre. Und sie schaffte es, ihm eine Handvoll Matsch mitten in die Visage zu werfen. Er umklammerte ihre Handgelenke und zwang sie über ihren Kopf. Und dann krachte sein Mund auf ihren, ungeachtet des ganzen Drecks. Er küsste sie nicht, er bestrafte sie. Zunächst presste sie die Lippen fest aufeinander und versuchte, ihr Gesicht zur Seite zu drehen. Und ihre Gegenwehr machte ihn an. Sein Schwanz schwoll an, und er wollte sie sogar noch lieber ficken, als sie übers Knie zu legen, und das kam in dieser Reihenfolge nicht besonders oft bei ihm vor.

Dann gab sie nach, sodass er mit der Zunge eindringen konnte. Das kalte Ding mit dem Namen Gillian verwandelte sich in ein heißes. Das war der perfekte Augenblick, um aufzuhören. Er löste sich von ihr und hielt das triumphierende Grinsen nicht zurück. Sie sollte es ruhig sehen und das tat sie auch.

Gillian beherrschte eine Steigerung des Kuhgeräusches, ehe sie ganz ruhig wurde. Sie schlug seine Hand zur Seite, als er ihr aufhelfen wollte. Hunter stellte sich hin und schaffte es, einigermaßen elegant aus der Grube zu klettern. Gillian dagegen robbte aus der Kuhle, lag auf dem Bauch und brauchte drei Versuche, bis sie stand.

„Du hast die Grazie eines Belugawals."

„Ich hasse dich! Hasse dich!! HASSE DICH!!!"

Ein Klumpen Matsch aus Gillians Haaren landete auf ihrer Nase, und Hunter brach in ein Lachen aus, das nachdrücklich die ganze Schuld, die an ihm nagte, wenigstens für den Augenblick verschwinden ließ. Gillian starrte ihn zunächst an, bis das grunzigste Lachen, das er jemals gehört hatte, aus ihrem Mund kam.

Sie wurden nicht Letzter, sondern belegten den vierzehnten Platz.

Gillian spürte eine Stunde später noch immer seinen Kuss, seine starken Hände, die sie so mühelos in Schach gehalten hatten, und alle ihre falsch erscheinenden Sehnsüchte brachen so gewaltig hervor, dass sie ihre Stirn gegen den schiefergrauen Fliesenspiegel in der Dusche lehnte. Wenn sie sich jemals einem Mann hatte unterwerfen wollen, dann war es Hunter Silsbury. Sie knirschte mit den Zähnen und das nicht nur sprichwörtlich. Der Schlamm war überall. Seufzend wusch sie sich noch einmal die Haare und spülte sich anschließend den Mund aus, ehe sie nach der Zahnbürste griff. Das Erlebte ging ihr einfach nicht aus dem Sinn. *Er* ging ihr nicht aus dem Sinn! Ständig dachte sie an Hunter, und anstatt ihn zum Teufel zu jagen, wo er sicherlich auch hingehörte, versetzten seine Ärgereien sie nicht nur in Wut, sondern zudem in Hitze und machten ihr obendrein Spaß. Sie brauchte unbedingt Abstand von ihm. Sie hatte vor Ewigkeiten Urlaub für den nächsten Monat eingereicht – ob sie ihn trotz ihrer neuen Position nehmen durfte? Alles war so aufregend, dass sie vergessen hatte, danach zu fragen. Aber sie erkannte, dass sie für ihren Seelenfrieden keine Pause von ihrem Job nötig hatte, stattdessen von Hunter.

Allerdings verspürte sie auch keine Lust, allein in den Urlaub zu fahren, das hatte sie ausprobiert und es bitterlich bereut. Sie war niemand, der zu jedem Kontakt fand und sich unter Fremden pudelwohl fühlte. Von jetzt auf gleich erinnerte sie sich an die Werbebroschüre der geheimnisvollen Eventagentur. Was, wenn sie sich einmal traute? Das würde zwar einen Teil ihrer geringen Ersparnisse und ihren ganzen Vorrat an Mut aufbrauchen, doch um sich alles zu versagen, war das Leben zu kurz.

Außerdem konnte sie den finanziellen Aspekt vernachlässigen, da sie ja jetzt das Doppelte verdiente. Was, wenn sie vierzig wurde und dann fünfzig und sich jede Erfüllung versagt hatte, nur weil sie ein Feigling war, der die Vergangenheit nicht vergessen konnte? Was sollte ihr auf einer Wandertour mit Singles und in bequemen Unterkünften schon passieren, bei der Geselligkeit und Romantik im Vordergrund standen? Alles konnte dort geschehen, musste aber nicht. Die Wahl lag bei ihr.

Du würdest es immer bereuen, wenn du dich nicht endlich aufraffst und aus deinem Leben ausbrichst!

Am besten sprach sie das Urlaubsthema gleich Montagmorgen an und fragte bei dem Anbieter nach, ob zu dem Termin noch Plätze frei waren. Dann könnte sie ihren Urlaub eventuell anpassen. Für weiteren Seelenfrieden sollte sie Hunter für das restliche Wochenende aus dem Weg gehen und vielleicht konnte sie sich nachher in die Dampfsauna zurückziehen. Sie spürte jeden Muskel in ihrem Körper und der ganze Trubel zerrte an ihren Nerven. Gillian brauchte Ruhe, um zu grübeln, obwohl sie wusste, dass sie zwangläufig an Hunter denken würde. Nachdem sie sich den Schaum ein letztes Mal von der Haut gespült hatte, überlegte sie, sich aufs Bett zu legen und sich einen schnellen Orgasmus zu verschaffen.

Sie war aufgekratzt und erregt. Der letzte Sex war verfluchte Ewigkeiten her und Hunters Vorgehensweise machte sie an. Aber sie würde sich ein ausgiebiges Solospiel für später aufheben, wenn sie schlafen ging. Nachdem sie sich abgetrocknet und ihre Haare geföhnt hatte, zog sie sich ein enges langes lavendelfarbenes Shirt mit einem V-Ausschnitt und eine Caprihose in derselben Farbe an. Cognacfarbene Sandalen mit Straßsteinen rundeten ihr Outfit ab. Der BH brachte ihren Busen gut zur Geltung und sie war zufrieden mit ihrem Spiegelbild.

Stummelbeinchen!

Arschloch!

Verführerischer Mistkerl!

Sie trug noch Kajal und Lippenstift auf, steckte sich die Haare hoch und verließ die Suite, um ins Restaurant zu gehen. Natürlich stieß sie vor der Tür mit der Nervensäge zusammen, die unverschämt sexy in einer schwarzen Hose und einem engen schwarzen Hemd aussah. Er versperrte ihr den Weg und stand viel zu nah für ihren Geschmack. Erneut irritierte sie sein unwiderstehlicher Geruch.

Wie würde sie reagieren, wenn er sie jetzt küsste? Fast wünschte sie sich, dass er es tun würde. Doch er lächelte sie nur frech an. „Du siehst gut aus." Sein Atem fächerte über ihre Stirn und dann trat er zurück. „Wenn du mehr möchtest, musst du mich darum bitten."

Dieser widerliche Scheißkerl!

„Eher ersticke ich."

Übertrieben galant trat er zur Seite. „Du wirst mich anbetteln, Esclava."

Esclava? Was Nettes bedeutete das bestimmt nicht.

„Dein Ego ist so groß …"

„… wie dein Arsch?"

Sie hasste Hunter Silsbury, wie sie noch nie zuvor gehasst hatte. Vor ihm hatte sie nicht gewusst, wie es war, wenn jemand sie bis zur Weißglut und darüber hinaus trieb. Gillian verspürte das übermächtige Bedürfnis, ihm mit ganzer Kraft in den Magen zu boxen. In diesem Moment kamen Beth und Karen kichernd um die Ecke. Sie arbeiteten in der Personalabteilung. Hunter reichte Gillian den Arm, als wäre nichts gewesen, und ihr blieb nichts anderes übrig, als ihn zu nehmen.

„Ich verhungere“, sagte Beth und blickte von Gillian zu Hunter.

„Gillian auch“, säuselte er. „Sie hat mir gerade verraten, dass sie ein ganzes Schwein essen könnte, und ich glaube ihr. Carlos ist berühmt für sein Barbecue. Wir sollten keine Zeit mehr verlieren, Ladys.“ Er lächelte unglaublich charmant und einladend, und Beth und Karen sahen so aus, als würden sie gleich in Ohnmacht fallen. Sie dagegen gierte danach, ihm einen Spieß in den Allerwertesten zu jagen, an dem das Spanferkel noch befestigt war.

Zum Glück war sie Hunter zehn Minuten später los, weil Carlos etwas von ihm wollte. Gillian setzte sich an den äußersten Rand des Gartens und schüttete zwei Gläser Cidre hinunter. Ein Brunnen plätscherte irgendwo, überall standen Laternen und die Stimmung war ausgelassen. Vergessen waren die Ängste der Belegschaft, dass ihre Zukunft auf dem Spiel stehen könnte. Aber was, wenn Hunter sie alle täuschte? Konnten sie ihm vertrauen? Konnte Gillian ihm vertrauen?

„Hey Süße.“ Lizzy plumpste auf den freien Stuhl neben ihr. „Geht es dir gut? Du siehst wie ein Grübelbär aus.“

Sie konnte sich der Freundin hinsichtlich Hunter nicht anvertrauen. „Ich überlege, ob ich eine Woche Wanderurlaub machen soll. Bei so einer Eventagentur, die sich auf Singles und Romantik spezialisiert hat.“

„Das wurde ja auch mal Zeit! Ich unterstütze deine Reise ins Reich der Lust aus ganzem Herzen. Vielleicht lernst du dort jemanden kennen, der dich reizt. Du könntest Hunter mitnehmen.“

„Jetzt übertreibe nicht völlig. Ich glaube nicht, dass ich mit irgendeinem Kerl im Bett lande und schon gar nicht mit Hunter. Wie kommst du nur auf so eine Schnapsidee? Aber mir wird die Gesellschaft von netten Menschen guttun." Die Vorstellung, ihren Urlaub allein zu Hause zu verbringen, zerrte an ihren Nerven. Gillian war es bewusst, dass sie nur nicht zugeben wollte, wie sehr sie sich nach körperlicher Zuwendung sehnte, die weit über Küssen und Streicheln hinausging. Sie dürstete nach dem, was Hunter mehr als nur andeutete. Allerdings durfte das nicht passieren und würde es auch nicht. Sie war froh, dass er sie während des Barbecues in Ruhe gelassen hatte, zumal sie zu viel Cidre getrunken hatte, als gut für sie war.

Lizzy hob die Hände. „Ist ja schon gut. Ich dachte nur, da wäre was zwischen dir und ihm. Anscheinend habe ich mich getäuscht."

„Tut mir leid, ich wollte nicht so schnippisch sein. Ich bin nur müde."

Lizzy steckte sich eine Weintraube in den Mund und grinste erst sie an und dann Luigi, der sich zu ihnen gesellte. Gillian verdrehte innerlich die Augen, denn die Freundin verfolgte ihre eigene Meinung zum Thema Hunter.

Gillian schaute sich unauffällig um und bemerkte, wie wohl sich alle fühlten. Spontan wurde eine Tanzfläche eröffnet, andere vergnügten sich bei einem Dartduell, wobei Gillian sich vorstellte, sie würden Hunter als Zielscheibe benutzen. Ein paar Pfeile in seinem Arsch würden ihm recht geschehen.

Lizzy und Luigi tanzten inzwischen ausgelassen und auch ansonsten waren alle beschäftigt. Hillary lachte lautstark über etwas, das Marge gesagt hatte.

Vielleicht sollte Gillian den Saunabereich aufsuchen. Man konnte ein Privatschild an die Dampfsauna hängen und so den Bereich für sich allein genießen. Verstohlen schaute sie sich nach der sexy Nervensäge um. Zufrieden stellte sie fest, dass er gerade beim Dart an der Reihe war. Die Wärme und Stille würden ihr guttun und für die nötige Bettschwere sorgen. Einmal einschlafen, ohne an Hunter zu denken, und an seine sicherlich harten Oberschenkel und unerbittlichen Handflächen.

Wie eine Diebin schlich sie sich aus dem Garten, und anscheinend bemerkte niemand ihr Davonstehlen, denn keiner suchte das Gespräch mit ihr. Der Saunabereich war im Erdgeschoss untergebracht und im römischen Stil eingerichtet. Er war klein, aber fein, hatte eine finnische Sauna und die von ihr begehrte Dampfsauna. Gillian hängte das Privatschild an die Tür, nahm sich eines der bereitliegenden Saunatücher und einen Morgenmantel, zog sich aus und duschte zuerst ausgiebig, ehe sie es sich im Dampf gemütlich machte. Zunächst setzte sie sich auf eine der steinernen Bänke, legte sich jedoch kurze Zeit später hin. Die Temperatur war perfekt, und selbst wenn sie einschlafen sollte, drohte ihr keine Gefahr. Sie konnte nicht anders, als über ihren Körper zu streicheln, ihre vollen Brüste, ihren nicht ganz flachen Bauch und ihren frisch epilierten Venushügel. Entschlossen zog sie ihre Hände zurück. Hier war nicht der geeignete Ort, um sich Erleichterung zu verschaffen.

Sie schloss die Augen und versuchte, ihren Körper dazu zu bringen, sich zu entspannen, damit ihr Verstand folgen konnte. So ging das auf jeden Fall nicht weiter mit ihr! Ein richtig guter Fick würde Hunter bestimmt nachdrücklich aus ihren Gedanken vertreiben und ihre Faszination für seine Person augenblicklich eindämmen. Schließlich war das, was man nicht haben durfte, immer interessanter und geheimnisumwitterter als das, was sich in erlaubter Reichweite befand.

Sie hörte, dass sich die Tür öffnete, und riss die Augen auf, während sie im selben Moment nach dem Handtuch griff, doch es war bereits zu spät. Alles, was sie hatte sagen wollen, verließ nie ihre Lippen, denn Hunters krachten auf ihre, ehe sie ein Wort stammeln konnte. Vorher hatte sie noch die nackte Gier in seinem Blick gesehen, und ihr war bewusst, wie lange kein Mann mehr sie auf diese Weise visuell verschlungen hatte. Seine Lippen waren weich und hart zugleich, weil er sich einfach nahm, was er anscheinend über alles begehrte. Im Gegensatz zu ihr war er vollständig bekleidet, doch sie spürte seinen starken, warmen Körper dennoch mit einer Intensität, die ihr zusätzlich den Atem raubte. Er küsste sie genau auf die Art, von der sie schon immer geträumt hatte. Da war nichts Zögerliches oder Sanftes an dem Kuss. Hunter drang mit der Zunge in ihren Mund ein und sie ließ ihn. Er schmeckte nach Cidre und Hunter. Mit einer Hand packte er in ihr Haar, spreizte die Finger und zog fest. Der Schmerz prickelte nicht nur auf ihrer Kopfhaut, sondern in ihrem Verstand. Aufgeregt hüpfte ihr Herz, und der Reiz raste geradewegs in ihr Geschlecht. Sie wurde nass für ihn.

Seine rechte Hand lag an der Seite ihrer Hüfte, und wenn er jetzt nackt wäre, könnte er sie nehmen und sie würde ihn keinesfalls aufhalten. Doch er tat es nicht. Stattdessen löste er seine Lippen von ihren und starrte auf sie nieder. Es war nicht nur Lust, die sie in seinen Augen erspähte, sondern auch eine Herausforderung, ein Necken, das so gut zu ihm passte.

„Bitte mich darum, Esclava."

Sklavin! Sie hatte das spanische Wort vorhin gegoogelt.

Was?!

„Flehe mich an, dass ich mit der Hand zwischen deine Schenkel schlüpfe und deinen Kitzler massiere, bis du nicht mehr klar denken kannst. Und wenn du beinahe kommst, legst du dich freiwillig über meine Knie und ich versohle dir den Arsch, bis du weinst, und dann wirst du mich von ganz allein anbetteln, dass ich weitermache, bis du kommst. Dass ich mit meinen Fingern in deine sicherlich pitschnasse Pussy eindringe, während deine prallen Backen so brennen, wie du es dir zu diesem Zeitpunkt nicht vorstellen kannst."

Eine Hälfte in ihr wollte ihm dieses Grinsen von seinem eklig teuflisch schönen Gesicht wischen und ihm die Beleidigung des Jahrhunderts an den Kopf werfen, aber die andere Hälfte von ihr sehnte sich danach, genau das zu tun, was er verlangt hatte, und zwar ohne mit der Wimper zu zucken.

„Geh runter von mir."

„Ich könnte jetzt sagen, dass du nicht weißt, was du verpasst, doch das wäre nicht ganz richtig. Du ahnst, was ich dir geben könnte, und du weißt, dass ich dir eine Lust schenken kann, die du noch nie erlebt hast. Noch nie!“

„Bitte!“ Genau dieses Wort hatte sie keinesfalls flüstern wollen.

„Du willst mir tatsächlich weismachen, dass du niemals masturbiert, deine hübsche Vagina gestreichelt und dir dabei vorgestellt hast, dass es meine Hände sind, die dich stimulieren, nachdem ich dir Lustschmerz zugefügt habe, den du, wie wir beide wissen, überaus nötig hast?“

Hunter sah die Gier in ihrem Blick, aber auch Verzweiflung und Unsicherheit. Sie war devot, genau wie er es nicht nur gehofft, sondern natürlich gewusst hatte. Sie weigerte sich jedoch stur, ihren Bedürfnissen nachzugeben.

„Hast du eine schlechte Erfahrung mit einem anderen Mann in dieser Hinsicht gemacht, Gillian?“

„Das geht dich nichts an.“

Er ließ sie los und reichte ihr das Handtuch, das sie sogleich um ihren schönen Körper drapierte, der genauso üppig war, wie er es sich vorgestellt hatte. In den letzten Jahren hatte er immer dieselbe Art Frau in sein Bett geholt und an ihnen war nichts Weiches gewesen. Sie waren Gazellen: langbeinig, äußerst schlank und makellos. Im Nachhinein betrachtet eintönig. Gillian dagegen war nicht perfekt und das war alles andere als langweilig.

Kaum bedeckte das Handtuch sie, gewann sie einen Teil ihrer Contenance zurück. Dabei war das nur eine Illusion, die genauso fragil war, wie die vermeintliche Sicherheit eines Fetzen Stoffs. Nicht sie beherrschte das Script, sondern er.

„Ich hatte vor langer Zeit Urlaub eingereicht und möchte ihn auch nehmen.“

Ob seine Falle zuschnappte, die er aufgebaut hatte? Er hatte überall Hinweise platziert, wie eine geschickt angelegte Werbekampagne, bei der das Zielobjekt nicht wusste, dass es umgarnt wurde. Ein vermeintlich zufällig belauschtes Gespräch im Café, eine Broschüre hier und dort, ein angeblich falsch verbundener Anruf, exakt abgestimmt auf ihre Sehnsüchte. Obwohl er genau wusste, wann sie Urlaub wollte, fragte er sie nach dem Zeitpunkt.

„Das sollte kein Problem sein, da ich zu der Zeit im Ausland bin.“

„Das stand gar nicht im Kalender.“ Sie vergaß nie einen Termin.

„Das hat sich vorhin ergeben. Ich besuche meine Mutter.“

„Dann nehme ich den Urlaub.“

„Du möchtest uns also keine Chance geben? Und jetzt lüg mich nicht an, dass du nicht genauso wie ich spürst, dass es gewaltig zwischen uns knistert.“

„Ich ahne, dass du spezielle Vorlieben hast, und bin nicht gewillt, mich darauf einzulassen. Und eine Beziehung zu seinem Chef ist von Anfang an zum Scheitern verurteilt. Sobald du genug mit mir gespielt hast, wirst du mich wie eine heiße Kartoffel fallen lassen.“

Wenn sie eine andere wäre und er das eiskalte Arschloch von früher, dann hätte sie zu hundert Prozent recht. Er hätte mit ihr den Boden aufgewischt, sie ausgewrungen und ohne einen zweiten Gedanken abserviert. Aber dieser Mann war er nicht mehr.

„Gute Nacht, Gillian.“ Er küsste sie sanft auf die Stirn und sie lehnte sich instinktiv in seine Berührung. Sie war ausgehungert nach Liebe und Zärtlichkeit, doch da lauerten auch noch dunkle Gelüste, die sie verleugnete. Ob Lizzy wusste, was für ein Idiot ihr wehgetan hatte? Ob er sie fragen sollte? Jetzt, nach dem ganzen Alkohol, wäre der Zeitpunkt günstig. Allerdings wollte er von Gillian erfahren, was ihr zugestoßen war. Wenn alles nach Plan lief, würde er es aus ihr rauskitzeln, und zwar mit dem nötigen Fingerspitzengefühl.

Du hast dich in sie verliebt in den letzten Tagen!

Es zu leugnen, war sinnlos. Oder war er gefangen in dem Reiz ihrer Zähmung und missdeutete seine eigenen Reaktionen? Für ihn stand mehr auf dem Spiel, als er es geplant hatte. Was als ein Ärgernis auf zwei Beinen begonnen hatte, dem er lediglich eine Lektion erteilen wollte, war längst zu mehr geworden. Gillian war nicht nur eine verdammt gute Assistentin, er fand sie auch als Frau sehr faszinierend und das in vielerlei Hinsicht. Er verzehrte sich förmlich nach ihrer Unterwerfung, denn sie würde sie nicht leichtfertig verschenken.

Seine Eroberungen in den letzten Jahren waren viel zu einfach gewesen, genau wie der Rest in seinem Leben. Alles, was er früher als spannend empfunden hatte, war nur noch oberflächlich und in dem Moment schon vergessen, nachdem er bekommen hatte, was er gewollt hatte.

Hunter ging aus der Sauna und in seine Suite. Er tätigte einen Anruf und brachte die Steine richtig ins Rollen.

Kapitel 6

Gillian hatte sich Lucille Mortimer keinesfalls so geschliffen und gleichzeitig quirlig vorgestellt. Eigentlich schlossen sich diese Attribute gegenseitig aus. Doch die Frau, die in den Vierzigern war, schaffte es, beides miteinander zu vereinbaren.

„Sie fragen sich natürlich, warum ich mich persönlich mit Ihnen treffen wollte, Gillian?"

Sie saßen in einem Café, das viel Privatsphäre bot, da die Tische nicht zu dicht beieinanderstanden; Pfeiler sowie Pflanzen schirmten sie voneinander ab.

„Ja, das finde ich doch etwas ungewöhnlich von einem Reiseveranstalter."

„Der große Erfolg von *Barnabyreisen* liegt in der sehr persönlichen Betreuung unserer Gäste, und die beginnt bereits vor der Reise. Wir nehmen sämtliche Aufgaben äußerst ernst und wollen, dass jeder Teilnehmer sich nicht nur gut aufgehoben fühlt, sondern es auch ist."

„Und das finden Sie bei einem Gespräch heraus? Andere bieten einen Fragenkatalog an."

„Wenn Sie mich lassen, kann ich genau auf Ihre Bedürfnisse und Wünsche eingehen. Ein standardisierter Bogen ist zu anonym und wird zudem oft unehrlich ausgefüllt. Viele kreuzen das an, wie sie gerne wären, und nicht, wie sie wirklich sind. Das kann zu großen Missverständnissen und Reibereien innerhalb der Gruppe führen. Wir wollen, dass alle eine schöne Zeit haben."

„Das gilt nicht nur für das Alter der Teilnehmer?"

Lucille lächelte breit und offen. Ihre Augen waren unglaublich sanft, aber auch aufgeweckt. „Manchmal sind Gegensätze faszinierend, und wenn es passt, bringen wir Menschen mit unterschiedlichen Temperamenten zusammen. Sie kennen das sicherlich, dass Sie sich von jemandem angezogen fühlen, dem Sie am liebsten eine Bratpfanne über den Kopf donnern würden?“

Eine Bratpfanne? Eher ein ganzes Topfset.

„Nur zu gut.“

„Das kann zu sehr intensiven Erfahrungen führen. Eine Hassliebe kann zum schönsten und erfüllendsten Sex führen, wenn ich so offen sprechen darf.“

Oh! Eigentlich sollte es keine Überraschung sein, dass Lucille das Thema Sex ansprach. Denn schließlich legte die Agentur viel Wert auf Romantik. Gillian schlürfte einen großen Schluck von der Maracujaschorle durch den Strohhalm. Es war albern, dass man beim Thema Erotik auch im 21. Jahrhundert noch derart verschämt reagierte. Doch ihre Wangen erhitzten sich. Lucille strich sich das brünette Haar mit den kupferfarbenen Strähnen nach hinten. Sie war wirklich eine schöne Frau und strahlte diese Selbstsicherheit aus, die viele Frauen ab vierzig hatten.

„Ich kann Sie einer normalen Wandergruppe hinzufügen, oder wir gehen auf Ihre unausgesprochenen intimen Wünsche und Sehnsüchte ein, sodass Ihr Urlaub zu einem unvergesslichen Erlebnis wird.“

Oh! „Falls wir so persönlich werden, sollten wir uns dann nicht duzen?“

„Sehr gerne." Lucille hob ihre Mangoschorle an, und mit einem fröhlichen Klirren stießen die Gläser aneinander. „Hast du was dagegen, wenn ich sofort offen und ehrlich bin und nicht um den heißen Brei herumschleiche?"

„Nein, natürlich will ich einen erfüllenden Urlaub, und ich habe wirklich nichts gegen einen Flirt einzuwenden, der auch weiter gehen darf." Lucille war einer von diesen Menschen, mit denen man sich über alles unterhalten konnte. Gillian fühlte sich wohl bei ihr, und es mochte vielleicht dämlich sein, aber sie vertraute ihr. Möglicherweise lag es an Hunter, dass sie frei reden wollte, ohne irgendeine Art der Anspannung.

„Ich gebe dir jetzt zwei Fotos und du sagst mir einfach, welches dich mehr anspricht."

Auf einmal waren Schmetterlinge in Gillians Bauch, eine Vorahnung, dass ihr geplanter Urlaub eine ungeahnte Wendung nehmen könnte. Lucille reichte ihr zwei DIN-A4-große schwarz-weiße Abbildungen, die sie einem Umschlag aus ihrer Tasche entnahm. „Zeig mir das Foto, das deinen Herzschlag beschleunigt und deine Fantasien anregt."

Das Erste zeigte ein Paar im Bett. Sie lag auf dem Rücken und er zog ihr gerade das Höschen aus, während er ihren Bauch küsste. Ein sehr stilvolles, sexy und hübsches Foto. „Nett" war das, was Gillian augenblicklich in den Sinn kam. Das zweite dagegen erreichte all die Regionen in ihr, auf die es ankam.

Die Frau lag über den Knien eines Mannes, und die Kamera hatte genau den Moment eingefangen, als seine Handfläche auf ihren Po klatschte. Das

Fleisch gab nach, und er starrte auf sein Werk hinunter, mit einer dermaßen hohen Konzentration und Dominanz, dass sich Gillians Herzschlag nicht nur beschleunigte, er wummerte in ihrer Brust. Lucille bemerkte ihre Reaktion, das sah Gillian an ihrem leichten Lächeln, und daher machte es keinen Sinn zu leugnen, wo ihre wahren Begierden lagen.

„Das ist eine gute Wahl, die auch ich vor langer Zeit getroffen habe, was mir allerdings genauso schwergefallen ist wie dir."

„Woher weißt du …?

„Deine Körpersprache verrät alles. Du hast sehr schnell von dem Foto weggesehen, welches dich tatsächlich anmacht. Außerdem hast du dir über die Lippen geleckt."

Hatte sie das?

„Wir machen Folgendes: Ich gehe zur Toilette, und wenn du gehst, während ich weg bin, bekommst du das, was du zuerst wolltest: einen Wanderurlaub mit Gleichgesinnten. Bleibst du sitzen, kriegst du das, was du wirklich brauchst. Einen Urlaub, der deine geheimsten Bedürfnisse erfüllt." Ehe Gillian etwas darauf erwidern konnte, stand Lucille auf. „Ich gebe dir zehn Minuten, um dich zu entscheiden. In der Zwischenzeit kann ich außerdem ein Telefonat erledigen."

Es waren die längsten zehn Minuten in Gillians Leben, aber auch die kürzesten. Die Gedanken sprangen ebenso in ihrem Kopf herum wie die Steine in ihrem Magen. War das Schicksal? Sollte sie feige den Schwanz einkneifen und sich wirklich bis zum Ende ihres Daseins selbst verleugnen? Oder sollte sie sich den Dämonen in ihrem Inneren stellen? Würde ihr das helfen, sich gegen Hunter zu wappnen? Warum lief jede Kleinigkeit auf ihn hinaus?

Ja, sie sollte jetzt sofort gehen.

Ja, das war verrückt!

Ja, es war leichtsinnig.

Aber sie blieb sitzen, dachte, dass sie alles unter Kontrolle hatte, denn es würde nur das passieren, was sie auch wollte.

Nicht wahr?

Hunter fühlte sich wie ein Spion, als er Gillian beobachtete. Er trug ein in die Stirn gezogenes Baseballcap und eine Sonnenbrille, wobei er sich höchst albern vorkam. Er konnte kaum glauben, wie schweißnass seine Hände waren und wie lang ihm diese Minuten erschienen, bis Lucille zu ihrem Platz zurückging. Sie wusste es besser, als zu ihm zu sehen.

Braves Mädchen!

Dorian konnte den *Spider Romeo* für ihn auftanken. Aber das war nicht das, was sein Herz vor Freude hüpfen ließ, sondern weil er Gillian kriegen würde. Als sie seinem Halbbruder damals ihre Schlüssel gegeben hatte, hatte dieser den für die Haustür nachmachen lassen, genau, wie Hunter es gewollt hatte. In ein paar Nächten würde sich Gillian in ihren wildesten Träumen wiederfinden, die selbstverständlich nicht mit der Realität mithalten konnten, denn die war weitaus eindringlicher. Und auch er würde das bekommen, was ihm von Anfang an zugestanden hatte. Seine Kehle trocknete aus, als er sich sekundenlang der Vorstellung hingab, wie köstlich Gillians Schreie und ihre Tränen sein würden, gleichermaßen erfüllend für sie beide.

Bald, mein kleines Miststück, gehörst du mir, so wie du nie zuvor jemandem gehört hast!

Hunter stopfte sich ein Stück von der Tiramisutorte in den Mund, während er seine Beute beobachtete. Noch nie hatte er jemanden so sehr haben wollen wie Gillian.

Der Widerspenstigen Zähmung konnte er in naher Zukunft in *Der Widerspenstigen gelungene Zähmung* umbenennen. Er liebte es wirklich, arrogant zu sein.

Kapitel 7

Zwei Wochen später.

Irgendetwas stimmte nicht! Gillian schreckte aus einem tiefen Schlaf hoch, doch da presste sich bereits eine harte Hand auf ihren Mund und schnitt ihren Schrei ab. Jemand lehnte sich mit seinem Gewicht auf ihren Oberkörper, und erst jetzt bemerkte sie, dass sie zu zweit waren. Zwei Männer, die sich nicht einmal die Mühe gemacht hatten, sich zu maskieren.

„Die Prinzessin ist wach", sagte der, der ihre Lippen verschloss. „Beeil dich."

Unerbittliche Hände drehten sie auf den Bauch und Sekunden später war sie geknebelt und ihre Handgelenke waren mit Handschellen auf ihrem Rücken gefesselt.

Die Kerle waren riesig und sie hatten über Gillians lächerliche Gegenwehr nur gelacht. Der Jüngere von beiden zog ihr gerade an den Haaren den Kopf in den Nacken. „Hör mir gut zu, denn ich hasse es, mich zu wiederholen. Wir wissen, worauf du stehst, und für den Fall, dass du nicht brav bist, hat Lucille uns die Erlaubnis erteilt, dir eine Kostprobe von dem zu geben, was dich erwartet." Seine zweite Hand legte sich um ihren Hals und drückte leicht zu.

Lucille! Gehörte das hier zu ihrem Urlaub? Aber wie waren sie reingekommen? Das ging zu weit! Viel zu weit! Über ihren dröhnenden Herzschlag hinweg, brach ihr der Schweiß auf dem ganzen Körper aus, und sie versuchte, ihren Magen unter Kontrolle zu bringen.

„Keine Angst, Süße. Wenn du brav bist, sind auch wir brav. Es hängt allein von dir ab, in welchem Zustand du bei der Versteigerung eintriffst. Wir beide sind ausgebildet und können dir ziemlich wehtun, ohne dass die geringste Spur zurückbleibt."

Versteigerung!

„Lucille sucht stets die besten Opfer für ihre reichen perversen Kunden aus. Jetzt bereust du es sicherlich, dass du dich ihr anvertraut hast", wisperte der andere direkt an ihrem Ohr. „Doch so bekommen ihre Klienten immer das, was sie wollen. So ein kleines unerfahrenes devotes Früchtchen wie du ist fast so gut wie eine Jungfrau. Und ich wette, dass dich bisher niemand in den Arsch gefickt hat oder dich eine Gerte hat schmecken lassen. Dein neuer Master wird sich sehr darüber freuen. Stellen wir sie auf die Füße."

Das Gesagte erreichte zwar ihren Verstand, aber es war zu schlimm, um es wirklich zu begreifen. Sie zerrten sie hoch und der Ältere sah ihr fest in die Augen. Wegen der Dunkelheit konnte sie seine Augenfarbe nicht erkennen, und das machte ihn noch unheimlicher. „Wirst du lieb sein und uns artig begleiten, oder soll ich dir zeigen, was ich gelernt habe? Und wie sehr ich es genieße, das Gelernte anzuwenden? Nicke für lieb. Tritt mich für die zweite Option, denn das ist es, was du so gerne tun möchtest."

Sein Blick glitt über ihr Schlafshirt, das ihr bis zur Hälfte der Oberschenkel reichte. Ansonsten hatte sie nichts an. Auf der Vorderseite war ein Marienkäfer. Natürlich hätte sie ihn zu gern getreten, wild um sich geschlagen und nicht nachgegeben. Doch nicht nur ihre fixierten Handgelenke behinderten sie dabei. Die Wahrheit war, dass sie eine Angst spürte, die so tief gehend war, dass sie wie gelähmt war, und das, obwohl ihre Gedanken rasten.

„Du fandest Lucille bestimmt verständnisvoll und unglaublich nett. Aber mach dir nichts draus, du bist nicht die Erste, die darauf reingefallen ist, und wirst auch nicht die Letzte sein. In der nächsten Woche wird dich niemand vermissen, und wenn sie mit der Suche beginnen, bist du längst in deinem neuen Zuhause angekommen. Und dein Master wird sicherlich bis dahin anfängliche Erfolge bei deiner Erziehung erreicht haben. Allerdings wirst du nicht leicht zu knacken sein, sagt mir mein Gefühl. Aber dieser Umstand wird bei der Versteigerung berücksichtigt. Manche mögen eine richtige Zicke, die sich wehrt bis zum Schluss. Die Hände, die du schlussendlich zu spüren bekommst, werden sehr erfahren sein. Nun, Kleine, schenkst du mir ein Nicken?"

Gillian nahm einen tiefen Atemzug, der sich wie ein Schluchzen anhörte und es auch war. Sie nickte, und es war das Schwerste, was sie jemals getan hatte. Minuten später lag sie auf der Ladefläche eines Transporters, und es war der Ältere, der bei ihr blieb. Ihr Haus lag einsam und niemand würde ihr Verschwinden bemerken. Lucille hatte jedes Detail bedacht. Smartphones, Notebooks und alles andere waren bei der angeblichen Wanderung verboten. Und Gillian hatte dem freudig zugestimmt und es wie eine Erholung empfunden, wirklich von ihrem restlichen Leben abgeschnitten zu sein. Lizzy und Ginger würden es daher nicht seltsam finden, wenn sie nichts von ihr hörten. Und Hunter hatte ihr vorab gesagt, dass er nicht zu den Chefs gehörte, die ihre Mitarbeiter im Urlaub belästigten.

Sie war verdammt! Die brennenden Tränen suchten sich ihren Weg und ihre Nase schwoll zu. Längst hatte sie aufgehört zu erahnen, in welche Richtung sie fuhren. Was sollte ihr das auch nutzen?

„Ich nehme dir den Knebel raus und du wirst nicht schreien. Anderenfalls weißt du, was dir blüht. Und ich will auch ansonsten kein Wort von dir hören. Das wäre nur verschwendeter Atem.“ Irgendwie vorsichtig löste er den Knoten und wischte ihr anschließend das Kinn und den Mund behutsam trocken. Die Geste war persönlich und von ihm ekelerregend. Dennoch hielt sie still, denn seine Augen waren das Gegenteil von sanft. „Je eher du dich beruhigst und dein Schicksal annimmst, desto leichter ist es für dich. Du kannst sowieso nichts daran ändern. Also hör auf zu heulen und beweise mir, dass du ein großes Mädchen bist.“

Zu gern würde sie ihm in das harte Gesicht spucken, doch dazu reichte weder ihr Speichel noch ihr Mut. Er half ihr in eine sitzende Position, indem er sie an den Schultern packte, und nie zuvor hatte sie sich so sehr ein Höschen gewünscht wie jetzt, als sie den kalten und dreckigen Fahrzeugboden unter ihrem blanken Hintern spürte. Gillian lehnte mit dem Rücken gegen die Seitenwand und er saß gegenüber von ihr.

Sie presste die Lippen aufeinander, um die schrecklichen Fragen zurückzudrängen. Der Van stoppte irgendwann und sie fand sich Minuten später auf einem Motorboot wieder. Sobald sie ablegten, erlöste der Jüngere sie von den Handschellen. Es gab kein Entkommen mehr für sie! Ein dritter Mann lenkte das Boot.

„Hier.“ Der Ältere reichte ihr eine Decke und sie nahm sie. Ihre zitternden Finger konnten sie kaum halten, und sie wickelte sich darin ein, ehe sie sich auf die Bank setzte, auf die er deutete.

Das war alles so unwirklich und gleichzeitig grausam real. Der Jüngere gab ihr eine Wasserflasche aus Plastik, nachdem er den Verschluss gelöst und einen Schluck getrunken hatte. Sie sollte keine Dankbarkeit fühlen, tat es aber für einige Sekunden, ehe sie sich dafür verfluchte. Das Wasser ran lindernd ihre ausgedörrte Kehle hinab, und sie hielt sich an der Flasche fest, weil sie im Moment ihr einziger Halt war. Das Meer um sie herum war ebenso dunkel wie der wolkenverhangene Himmel, sodass sie nicht ausmachen konnte, wohin sie fuhren. Die Lichter des Festlands waren durch den Nebel fast gar nicht mehr zu erkennen. Sie steuerten offensichtlich eine der Inseln an. Gillian verlor abermals ihr Zeitgefühl und wusste nicht, wie lange es dauerte, bis sie an einem Steg anlegten.

Kaum berührten ihre Füße den Boden, packten die beiden Männer sie an den Ellbogen und zerrten sie einen Pfad entlang, bis sie ein Landhaus erreichten. Strahler setzten es in Szene, aber für Gillian war es, als würde sie den Schlund der Hölle betreten.

War es wirklich möglich, dass Lucille sie dermaßen reingelegt hatte? Sie wollte es nicht glauben und dennoch war es geschehen. Die harten Hände waren eine bittere Realität. Sollte sie nicht wenigstens etwas Gegenwehr zeigen und sich lieber den Konsequenzen stellen, als sich wie eine Trophäe verschleppen zu lassen? Doch was hätte das für einen Sinn? Die Männer gingen so routiniert vor, dass sie mit Sicherheit nicht die erste Frau war, die sie verschleppten. Die Arschlöcher würden nicht zögern, ihre furchtbaren Drohungen in die Tat umzusetzen. Gillian musste ihre Chancen ausloten und erst aktiv werden, wenn es erfolgversprechend war.

Wärme schlug ihr entgegen, sobald sie das Haus betraten. Die Vordertür war nicht abgeschlossen gewesen, aber mit Einbrechern rechnete hier ganz gewiss niemand. Angeblich waren nur fünf der Inseln vor Cornwall bewohnt. Offensichtlich stimmte das nicht. Sie schleppten sie in den ersten Stock und hielten vor einer massiven Holztür ohne Schlüsselloch an. Stattdessen wurde sie mit einer Karte geöffnet und natürlich auch geschlossen. Der Jüngere schaltete das Licht ein, nachdem sie den Raum betreten hatten. Gillian hatte mit einer kargen Zelle gerechnet, doch ein normales Schlafzimmer erwartete sie, wenn man von den Gitterstäben vor dem Fenster absah.

„En suite ist ein Badezimmer“, sagte der Ältere.

En suite!

„Willst du mich mit deiner Eloquenz beeindrucken, du mieses Schwein?“

„Mieses Schwein? Mehr fällt dir nicht ein?“

Sie konnte nichts gegen den Aufschrei und das Zurückweichen tun, als er die Hand hob, doch er schlug sie nicht, sondern legte sie ihr auf die Schulter. Die Geste war dennoch unglaublich bedrohlich.

„Benutze das Badezimmer, wasch dich und iss etwas. Und du brauchst nicht zu befürchten, dass irgendwelche Drogen im Essen oder im Wasser sind. Du sollst wach sein, wenn du versteigert wirst, und währenddessen und natürlich anschließend alles spüren, was mit dir geschieht. Unsere Kundschaft schätzt keine betäubten willenlosen Opfer."

Die Tür fiel mit einem Klicken ins Schloss und Gillian war mit sich und ihrer Furcht alleine. Sie fror und schwitzte zugleich, und ihr war schwindlig, weil sie einfach nicht begreifen konnte und es auch nicht wollte, wieso sie in diesem Albtraum gelandet war. Ihr Hals zog sich zu und die Wände begannen sich um sie zu drehen.

Sie erstickte fast vor Angst. Gillian lief zum Fenster und war froh, dass es sich öffnen ließ. Um Hilfe zu rufen, konnte sie sich sparen. Das wäre nur ein Verschwenden von Ressourcen, die ihr im Moment nicht reichlich zur Verfügung standen. Tief atmete sie die Seeluft ein, stützte sich auf der Fensterbank ab, bis sie sicher stehen konnte. Am Himmel bemerkte sie durch den sich lichtenden Nebel ein zartes Orange. Der erste Tag von einem grauenvollen neuen Leben brach an.

Verzweifelt suchte sie das Schlafzimmer und danach das Badezimmer nach einer möglichen Waffe ab. Doch es gab nicht einmal eine Nachttischlampe, die sie jemandem über den Kopf schmettern könnte. Sandwiches lagen auf einem Pappteller, kein Besteck oder Glas. Die Zwei-Liter-Wasserflasche war aus Plastik. An der Tür des Badezimmers hing ein Bademantel, und sie fragte sich, ob sie mit dem

Gürtel den Nächstbesten erwürgen könnte, der zur Tür hereinkam.

Sie fühlte sich schmutzig. Vielleicht sollte sie wirklich duschen.

Du hast ja sowieso nichts Besseres zu tun! Und du wirst nicht in Tränen ausbrechen! Du wirst essen, deine Kräfte auffrischen und darauf warten, dass du fliehen kannst! Es zumindest versuchen, ungeachtet der Konsequenzen!

Sie duschte, hüllte sich anschließend in den Morgenmantel und würgte eines der Sandwiches herunter. Man wollte sie versteigern! Versteigern! Versteigern! Eigentlich wollte sie sich nur kurz aufs Bett setzen, keinesfalls einschlafen, doch genau das geschah, trotz des Wortes, das immer wieder in ihrem Verstand hämmerte und nicht zu fassen war, weil es so unwirklich erschien.

Noch im Schlaf wusste Gillian, dass etwas Furchtbares geschehen war. Ihr Herz wummerte in ihrer Brust und sie schreckte förmlich hoch. Es war wahr! Helles Tageslicht flimmerte durch das Fenster und die Gardinen bewegten sich wegen des Windes. Sie kniff die Augen wieder zu, bohrte sich die Fingernägel in die schweißnassen Handflächen, doch das änderte nichts an ihrer Lage, die sie nicht einfach wegwünschen konnte, so sehr sie es auch versuchte.

„Die Prinzessin ist endlich wach."

Ihr Kopf ruckte automatisch so stark nach rechts, dass es wehtat. Der Ältere saß auf dem in der Ecke stehenden Sessel, mit einem widerlich nachsichtigen Gesichtsausdruck. Wieso hatte sie ihn nicht sofort bemerkt? Der Gedanke, dass er sie beim Schlafen beobachtet hatte, war so intim, dass ihr Tränen hinter den Lidern brannten. Sie gehörte nicht mehr sich selbst, und diese Arschlöcher konnten mit ihr machen, was immer sie wollten.

„Du wirst duschen, dich aufhübschen und das hier anziehen." Er deutete auf ein Negligé aus blauem Satin, dessen Farbe perverserweise genau zu ihren Augen passte. „Und falls du gerade einen Hauch von Bockigkeit in dir hochsteigen fühlst …", er leckte sich über die Lippen und nackte Gier stand auf seinem Antlitz, „… dann sind Steven und ich dir gerne behilflich."

Er starrte sie nieder und Gillian wusste, dass sie haargenau das tun würde, was er verlangt hatte. „Wirst du kooperativ sein?" Jetzt lachte er auch noch. „Sprich, oder ich werte das als ein Nein. Wenn es angebracht ist, müssen Sklavinnen gehorsam sein. Das erleichtert ihr Leben. Also?"

„Ja." Sie legte ihre ganze Verachtung in das Wort, doch das beeindruckte ihn nicht im Geringsten.

„Ist deine Muschi frisch rasiert? Leg dich auf den Rücken und spreiz die Beine, damit ich es kontrollieren kann. Unsere Kunden mögen, mit wenigen Ausnahmen, keine Haare oder Stoppeln."

Das würde sie nicht tun!

„Entweder überzeuge nur ich mich davon oder ich hole mir Verstärkung. Acht Augen würden dann mehr entdecken als zwei. Ist es das, was du willst, Gillian? Wir könnten auch einen Vibrator benutzen, um auszutesten, wie leicht oder schwer man dich erregen kann." Er beugte sich vor, stützte das Kinn auf den verschränkten Fingern ab, und sein Blick war so stählern, dass sie einfach tat, was er verlangt hatte. Wenn sie doch nur das Schluchzen hätte unterdrücken können oder das Zittern ihrer Glieder! Fest presste sie die Lider zu, obwohl das total dämlich war und die entwürdigende Situation nicht angenehmer machte. Jedoch war es leichter, ihn nicht dabei anzusehen.

Sie hörte, dass er aufstand, spürte seine Ungeduld und seine Handflächen an den Innenseiten ihrer Schenkel. Er ließ sie dort und spreizte sie weiter, doch ihre Furcht, dass er ihre Scham anfassen würde, erfüllte sich nicht. Aber es war trotzdem schrecklich!

„Du bist epiliert. Das gefällt nicht nur mir.“ Er nahm zwar seine Hände fort, doch die Berührung kribbelte auf ihrer Haut. „Du hast zwanzig Minuten. Dann holen wir dich ab. Und dein Anblick sollte mich lieber erfreuen. Und trink die Cola, die auf dem Tisch steht. Wir wollen ja nicht, dass du bereits jetzt zusammenbrichst.“

Sie hatte noch immer die Lider fest geschlossen und öffnete sie erst, als die Tür hinter ihm ins Schloss fiel. Gillian zitterte so stark, dass sie einige Augenblicke brauchte, ehe sie in der Lage war, aufzustehen. Vielleicht wäre es am besten, wenn sie das erste Mal in ihrem Leben ohnmächtig würde.

Das glaubst du doch nicht wirklich! Du musst wach und aufmerksam sein, jede Kleinigkeit erfassen. Jedes Detail könnte wichtig für deine Flucht sein.

Sie tat alles, was er verlangt hatte, und fühlte sich, als hätte man sie tatsächlich unter Drogen gesetzt. Die Welt um sie herum war weit weg und die starke unwirkliche Empfindung verpackte jegliche Tätigkeit in einen zähen Nebel. Schlussendlich stand sie in dem Negligé und mit hochgesteckten Haaren barfuß neben dem Bett. Beharrlich wartete sie und konnte kaum die Kraft aufbringen, stehen zu bleiben. Als die Tür aufschwang, hätte sie sich am liebsten in die hinterste Ecke gepresst. Stattdessen drückte sie die Schultern durch und dachte seltsamerweise an Hunter. Aber nun war es zu spät, um ihre Feigheit bezüglich Hunter zu bereuen. Alles, was sie jetzt ausmachte, und die Person, die sie bis zu diesem Zeitpunkt gewesen war, würde gleich aufhören zu existieren – hatte es eigentlich schon. Der Jüngere streifte ihr eine schwarze Augenmaske über und die Welt um sie herum versank in Dunkelheit.

„Wir sagen dir, wenn du Stufen laufen musst. Du kannst uns vertrauen." Der pure Spott tropfte aus den Worten des Älteren. Sie fassten Gillian an den Ellbogen, und sie versuchte, sich auf den kalten Boden unter ihren Fußsohlen zu konzentrieren, sich an diesem Reiz festzuhalten, damit sie sich nicht vor Angst und Zorn die Seele aus dem Leib kreischte. Sie brachten sie nach unten ins Erdgeschoss und Stimmengewirr rauschte wie eine wahnsinnige Melodie aus falschen Tönen an ihr vorbei. Jeder der Anwesenden war wegen ihr hier. Oder wurden noch andere Frauen zum Verkauf angeboten? Die Frage beantwortete sich von allein, weil sie mindestens ein weiteres weinendes Opfer hörte. Und das war so schrecklich, dass sie erneut mit den Tränen kämpfen musste. Obendrein verspürte sie das starke Bedürfnis, der anderen Trost zuzusprechen, denn das würde sie von der eigenen Misere und der überwältigenden Panik ablenken.

Die Beschaffenheit des steinernen Bodens änderte sich und fühlte sich wärmer und weicher an. Das musste ein Parkett sein. Ihr war so schlecht! Sie blieben stehen, nachdem sie drei Stufen hochgegangen waren, und Gillian war froh, dass die Männer sie nicht losließen, da sie drohte, in sich zusammenzusinken. Noch nie hatte sie vor Angst derart gezittert und hätte es auch nicht für möglich gehalten. Ihre Muskeln bebten und versagten ihr den Halt.

„Bleib ganz brav. Umso eher hast du es hinter dir“, flüsterte der Jüngere.

„Wenn ich um Ruhe bitten darf“, ertönte eine weibliche Stimme. Das traf Gillian wie ein Messer ins Kreuz. Das war Lucille! Keine Frau sollte eine derartig verräterische Mistsau sein! Irgendwie hatte sie wider jeder Vernunft gehofft, dass Lucille doch nicht in die Sache verwickelt wäre. Ein Wimmern brach über Gillians Lippen und der Griff der Männer festigte sich.

„Du ekelhafte …“ Eine schwere unerbittliche Hand legte sich auf ihren Mund. „Halt die Klappe, oder soll ich dir den Fetzen von deiner schnuckligen Gestalt reißen und dich auf alle viere zwingen, sodass die Gentlemen noch einen tieferen Einblick bekommen? Deine Möse ist wirklich hübsch.“

Der Jüngere hatte sie inzwischen losgelassen und sie weigerte sich, von ihm als Steven zu denken. Er verdiente keinen Namen. Der Ältere stand hinter ihr und umschlang ihren Oberkörper mit einem Arm. Seine widerliche Körperwärme sickerte in ihren Körper.

Gillian spannte jeden Muskel an und zitterte jetzt vor purer, gleißender Wut. Doch wenn sie ihr nachgäbe, wäre es ein blinder Zorn, der ihr nicht gut bekommen würde.

Es wurde still um sie herum, mit Ausnahme des herzerweichenden Schluchzens. Und das war markerschütternd! Gillian fühlte sich, als würde sie am Rand einer Klippe stehen und in die schwarze Tiefe sehen. Sie presste die Lippen aufeinander, fest entschlossen, keinen Ton von sich zu geben. Falls sie zu weinen anfinge, würde sie nicht mehr aufhören können. Sie wollte ihrem Peiniger couragiert gegenübertreten, obwohl das sicherlich von vornrein zum Scheitern verurteilt wäre.

„Gentlemen! Zunächst haben wir ein kleines Flittchen im Angebot, die es auch gerne härter mag. Steven musste Larissa vorhin eine Leere erteilen und Schmerz macht sie wirklich an. Richtig eingesetzt, bringt er diese zarte Blüte zum Leuchten. Beachten Sie bitte, dass Sie ausschließlich über die elektronischen Pads bieten."

„Fasst mich nicht an, ihr Dreckskerle", zischte Larissa. Allerdings war ihre Stimme vor Entsetzen alles andere als fest.

„Knebelt sie, zieht sie aus und verabreicht ihr einen Analplug. Ein anschließender Orgasmus wäre nett. Steven, Anton, wärt ihr so freundlich." Lucilles Stimme nahm einen grausamen Unterton an, und hätte der Ältere nicht Gillians Mund zugehalten, hätte sie sich die Seele aus dem Leib gekreischt.

An den Geräuschen, die danach ertönten, gab es nichts zum Herumdeuten. Erst das Ratschen von Stoff, daraufhin das Aufschlagen eines Körpers auf einer Unterlage, die abgewürgten Schreie, das Gel, das sie benutzten, um den Plug einzuführen, und dann das Allerschlimmste, als das unterdrückte Schluchzen in ein Stöhnen überging.

Nein, das war nicht das Allerschlimmste! Das Schrecklichste war, dass das Keuchen Gillian nicht kaltließ. Wie konnte sie nur! Das war abartig und trotzdem reagierte ihr Körper auf eine höchst unwillkommene Weise auf den Orgasmus der fremden Frau.

„Soll ich dir zwischen die Schenkel fassen?“, wisperte das Schwein an ihrem Ohr. Seine Erektion presste gegen ihren Po, und es brachte ihr nichts, dass sie versuchte, sich von ihm zu lösen. „Nicht doch, Prinzessin. Ich kann das hier auch anders für dich gestalten.“ Sie stand stocksteif und der Atem kam in Schüben aus ihren Lungen. „Sei weiterhin so brav und du wirst nicht das gleiche Schicksal erleiden.“

Als es vorbei war, ergriff Lucille erneut das Wort. „Wie ich sehe, schnellen die Gebote hoch. Es verbleiben zehn Sekunden, Gentlemen. Zum Ersten, zum Zweiten und zum Dritten. Das Miststück geht an die Nummer siebzehn. Herzlichen Glückwunsch, Mr D. Bringt sie auf sein Boot. Und jetzt kommen wir zur nächsten Schönheit.“

Gillian hörte nur noch ein Rauschen, und der Schrecken verblasste in den Hintergrund, während sie sich auf ihren Herzschlag konzentrierte, alles ausblendete, um das hier zu überstehen. Sie wollte stark sein, doch sie war es nicht. Gillian konnte nicht einmal sagen, wie viele Frauen zum Verkauf angeboten wurden, ehe ihr Peiniger sie in die Wange kniff.

„Du bist dran, Prinzessin. Du scheinst mir etwas lethargisch zu sein.“

Von einer Sekunde zur nächsten krachte die Realität auf sie, und diese war so grell, dass es schmerzte. Sie strampelte in seinem Griff.

„So ist es besser. Es wäre ein Jammer, wenn du dein Feuer für dich behieltest.“

Er geilte sich daran auf, sodass sie erstarrte.

„Gentlemen, jetzt kommt meine persönliche Favoritin.“ Lucille legte eine Pause ein und Gillian spürte die Wärme einer Lampe über sich. Oh Gott! Sie wurde angestrahlt und bildete sich ein, jeden auf sie gerichteten Blick zu spüren.

„Wie Sie sehen können, haben wir heute einen kurvigen Leckerbissen für Sie. Da sie keine zarte Jungfrau mehr ist, wird sie nicht so leicht zerbrechen. Zudem bringt sie an den wichtigen Stellen genügend Polsterung mit sich, sodass man sie auch etwas fester anpacken kann. Sie ist devot veranlagt, allerdings ungeschliffen. Aber ich bin mir sicher, dass sie unter den geeigneten Händen richtig erblühen wird, und ein Sadist kann ganz gewiss eine Menge mit ihr anfangen und aus ihr herausholen. Würdest du bitte an ihren Nippeln zupfen? Es wäre ein Jammer, sie zu verstecken.“

„Wehr dich nicht, oder wir zwingen dich, noch auf der Bühne zu kommen. Das schaffen wir bei jeder, egal, wie sehr sie sich sträubt.“ Die Hände ihres Peinigers rutschten unter den Stoff und zwickten ihre Brustwarzen, die natürlich auf den Reiz reagierten. Sie spürte, dass sie sich gegen das dünne Material pressten, als er sie anschließend an den Ellbogen festhielt, sie sogar nach hinten zog, sodass sich ihre Brüste nach vorn wölbten.

„Hübsch. So mögen wir das. Ich wette, der neue Besitzer wird sie mit Klemmen schmücken. Sie eignen sich sehr dafür. Und jetzt ein Blick auf ihren Arsch."

Es gab nichts, was sie dagegen zu tun vermochte. Mit einem Griff drehte der Ältere sie um, umfasste sie und schob den Stoff nach oben. Sie hatte nicht gewusst, dass man ersticken konnte, während man atmete. Doch genauso fühlte es sich an.

„Na sieh mal einer an. Das perfekte Spielfeld für Gerten und Co. Geben Sie jetzt Ihre Gebote ab!"

Irgendetwas in Gillian zersprang und sie konnte das nicht mehr stumm ertragen. „Ihr perversen Mistsäue. Ich …"

Seine Hand klatschte auf ihren Mund, in dem Moment, als er sie herumwirbelte.

„Wie Sie sehen und auch hören können, hat der Leckerbissen nicht nur optisch was zu bieten, sie hat wirklich Feuer, und sie zu zähmen, verlangt Fingerspitzengefühl sowie eine konsequente Führung." Lucille machte eine weitere theatralische Pause und der Ältere löste seine Hand von Gillians Lippen. Sie wollte der Drecksschlampe die Augen auskratzen.

„Sehr schön, ein erstes Zeichen von Gehorsam", schnurrte die blöde Schlampe. „Gillians Temperament treibt die Gebote in die Höhe, die deutlich über unseren Erwartungen liegen. Die Versteigerung von Gillian endet in einer Minute. Noch können Sie den Höchstbetrag für das Früchtchen überbieten, aus dem der Erstbesitzer jede Menge Saft ausquetschen kann. Zum Ersten, zum Zweiten und zum Dritten.“ Ein Gong ertönte. „Sie geht an die Nummer einunddreißig. Bringt sie nach nebenan und fixiert sie, sodass Mr S sich in aller Ruhe mit ihr bekanntmachen kann. Und jetzt zur nächsten.“

Gillian wusste nicht, wie sie es schaffte, auf den Beinen zu bleiben, als die Männer sie packten und aus dem Raum zerrten. Sie zählte ihre Schritte – es waren siebzig –, ehe sie stehen blieben.

„Streck deine Arme nach vorn“, sagte der Jüngere.

Der Ältere platzierte sich hinter ihr und umfasste ihre Schultern, eine stumme Warnung, der er keine gesprochene mehr hinzuzufügen brauchte. „Du hast Glück. Mr S behandelt seine Sklavinnen höchst lustvoll, allerdings auch mit der nötigen Strenge. Doch er sorgt immer dafür, dass sie auf ihre Kosten kommen. Je heftiger sie sich dagegen sperren, desto stärker geilt es ihn auf, sie zum Orgasmus zu zwingen. Und glaub mir …“ Er presste sich an ihre Rückseite, und sie hasste die intime Wärme, die von ihm in ihren frierenden Körper kroch. „… er wird dich zum Schreien bringen, auf jede Art, die ihm einfällt.“

Der Jüngere packte ihr rechtes Handgelenk und befestigte etwas darum, das sich fest, aber nicht schmerzhaft anfühlte. Er schloss es mit zwei Schnallen und Gillian roch Leder. Ihrem linken Handgelenk widerfuhr das gleiche Schicksal, und dann überprüfte er perverserweise, ob die Fesselung richtig saß. Das erinnerte sie daran, wie Hunter das Armband bei dem Trail kontrolliert hatte. Sie durfte jetzt nicht an ihn denken. Sie durfte nie wieder an ihn denken.

Ein klickendes Geräusch und die Manschetten waren miteinander verbunden. Der Jüngere packte sie und zog sie hinter sich her. „Arme nach oben."

Etwas Hartes, Kaltes war an ihrem Rücken, und daran befestigte er auch ihre Arme, indem er eine Kette in die Verbindung der Manschetten hakte.

„Lass locker", mahnte der Ältere. Ihre Arme wurden weiter nach oben gezogen. Allerdings nicht so stramm, dass sie auf den Zehenspitzen stehen musste. „Keine Sorge, Kleine. Dein Master wird sich deiner gleich annehmen."

An ihren Schritten hörte Gillian, dass sie den Raum verließen, und der Atem stockte ihr in der Brust, bis er sich den Weg freikämpfte. Wie sollte sie es nur schaffen, stolz und stark zu erscheinen? Dass sie beides nicht war, stand außer Frage. Dabei hatte sie immer gedacht, dass sie es wäre. Das Ganze war so schnell gegangen. Man hatte sie innerhalb von Minuten an irgendeine widerliche Drecksau verkauft. Peng! Das war alles, was nötig war, damit sie für die restliche Welt aufhörte zu existieren.

Es waren nur Sekunden vergangen, bis sie eine Tür hörte, die leise ins Schloss klickte. Feste Schritte näherten sich ihr. Mr S! Ob er sie ins Gesicht schlagen würde? Ihr erst schreckliche Schmerzen zufügen würde, um sie dann zu vergewaltigen, immer und immer wieder, bis sie nicht einmal mehr weinen oder wimmern konnte? Ihr Atem kam in Schüben über ihre geöffneten Lippen, und sie vermochte das ebenso wenig abzustellen wie das flehende „Bitte", das sie mehrmals schluchzte.

Er stand nah bei ihr, sie fühlte es genauso real wie den vermeintlichen Pfeiler an ihrer Rückseite, an den sie sich presste, als könnte sie hineinkriechen. Ganz zart berührten seine Fingerspitzen die Innenseite ihres rechten Oberarms, zogen eine glühende Spur über ihre Haut, die sie bis tief in ihrem Fleisch spürte.

Er rückte noch weiter an sie heran, klemmte ihren Körper zwischen sich und dem Pfosten ein. Er war hart, groß und unnachgiebig. Auf einmal wollte sie unbedingt sehen, wie ihr Peiniger aussah. Das würde ihm etwas von seiner Schrecklichkeit nehmen.

Inzwischen fächerte sein Atem über ihr Gesicht, und sie versuchte, sich wegzudrehen, sodass er sie nicht küssen konnte. Doch er packte ihr Kinn und hielt es fest. Sie erwartete seinen Kuss, aber er tat nichts. Wahrscheinlich befürchtete er, dass sie ihn beißen würde. Und damit lag er richtig. Warum schaffte sie es nicht, die Reaktionen ihres Körpers einfach abzustellen? Sich in eine andere Welt zu retten, während er sie berührte? Sie wollte ihn nicht riechen, schmecken, hören, spüren. Allerdings steigerte sich der Drang, ihm in die Visage zu sehen, von Augenblick zu Augenblick. Gillian hoffte, sich dagegen wappnen zu können, wenn das Scheusal ein Gesicht hatte. Starrte man dem Monster ins Antlitz, verlor es seinen Schrecken. Man musste unter das Bett und in den Kleiderschrank schauen, damit man sich nicht mehr fürchtete.

„Damit eins klar ist, du feiges schwanzloses Schwein. Ich werde mich dir nie unterwerfen. Ein richtiger Mann kauft sich keine Frau."

Seine Hand umfasste ihre Kehle und im Gegensatz zu ihr schwitzte er nicht. Warum sagte er nichts? Bedrohte sie nicht verbal? Mittlerweile registrierte sie, dass sie auch seine Stimme hören wollte. Aber sie erfasste nur sein viel zu ruhiges Atmen. Sie merkte, dass sie sich auf die Zehenspitzen stellte, während er sie hielt. Er würgte sie nicht, doch er könnte es tun und das würde niemanden hier interessieren. Er konnte mit ihr machen, was immer ihm einfiel. Vielleicht, wenn er sie jetzt umbrachte, würde er einfach zurück zur Auktion gehen und sich eine bessere Beute ersteigern. Ob sie es schaffen könnte, ihn derart zu reizen, dass er ihrem Leiden ein Ende bereitete, noch bevor es richtig begann?

Aber sie wollte nicht sterben!

Er ließ seine Hand dort, und mit der anderen umfasste er über dem Stoff ihre linke Brust, knetete sie und reizte ihren Nippel, folgte anschließend der Kontur ihres Körpers. Ihr Besitzer markierte seine neue Errungenschaft und somit ihren Status als sein Eigentum. Er machte sich mit seiner Ware vertraut. Gillian wollte nicht, dass seine Berührungen auf ihrer Haut verblieben, denn obwohl sie diese nicht direkt berührten, war alles, was er mit ihr tat, überdeutlich spürbar.

Und jetzt war seine Handfläche auf ihrem Leib, direkt unter dem Saum des Negligés, an der Seite ihres Oberschenkels. Langsam rutschte er nach oben, und sie wimmerte, als er kurz davor war, ihre Schamlippen zu streifen.

„Flehe mich noch einmal an, Esclava!“

Für einen Moment spürte, hörte, fühlte sie nichts, bis jede mögliche Emotion wie ein Vulkan aus ihr brach. „Du Scheißkerl! Du verfluchtes Arschloch!“

Hunter Silsbury riss ihr die Binde ab und sie starrte direkt in die grünblauen Augen des Teufels!

Hunter starrte direkt in die Augen eines angepissten Engels, von dem er genau wusste, dass er alles andere als eine anschmiegsame, willige Kreatur war.

Noch nicht!

„Du bist jetzt still oder ich knebele dich!"

„Du hast sie doch wohl nicht mehr alle!", schrie sie nicht nur, sie kreischte es mit der ganzen Kraft, die ihre Lungen hergaben, und die war de facto beachtlich. „Du WICHSER! Du stinkendes widerliches Ekelpaket! Du hast es zugelassen, dass mir diese perverse Sau zwischen die Beine geglotzt hat, und ich dachte …" Ihre Stimme versagte für einen Moment. „Ich dachte, das wäre alles echt. Du Schwein."

„Wie kommst du darauf, dass es dies nicht ist?"

Sie strampelte wie verrückt und war wirklich außer sich.

Er verstand, dass sie unglaublich sauer war, aber das änderte nichts an den Konsequenzen, die sie tragen musste.

Zum Glück war er vorbereitet. Hunter spürte, wie dieses Grinsen, das er so liebte, Gillian jedoch anscheinend über alles verabscheute, seine Lippen zierte, als er einen hübschen Knebel aus der Tasche zog. Es war ein Tuch, das er weitaus ansprechender fand als einen Knebelball. Manchmal war er wirklich oldschool. Obwohl sie ihre Lippen fest zusammenpresste, zwängte er den Stoff dazwischen und verknotete ihn an ihrem Hinterkopf.

„Schon besser, Esclava. So können wir ganz in Ruhe unser Arrangement durchsprechen. Wir wissen beide, dass du ein kleines unverschämtes Plappermaul bist, doch ich bin mir sicher, dass ich dieses furchtbare Benehmen von dir nach unserer gemeinsamen, sehr intensiven Woche in den Griff bekomme. Bis dahin wirst du lernen, dass es Auswirkungen hat, seinen Sir zu beschimpfen oder ihn mit Respektlosigkeit zu behandeln. Und das ist deine erste Lektion. Wenn wir miteinander spielen, redest du mich ausnahmslos mit Sir an, andernfalls bestrafe ich dich, nachhaltig und äußerst eindringlich, sodass du noch Stunden später daran denken wirst, weil unter anderem dein kleiner fetter Arsch einfach nicht aufhören will, wie das Höllenfeuer selbst zu brennen."

Sie brabbelte etwas, dass sich wie *peehwwässee Pieeffmelge* anhörte, und er packte ihr Kinn mit genügend Nachdruck, dass sie augenblicklich verstummte. „Wenn ich mich recht entsinne, hast du mich als einen Fünfachtelgott beschimpft, jedoch wirst du erkennen, dass ich in den nächsten Tagen dein Gott bin, sofern ich es will, genau genommen das Zentrum deines ganz eigenen Universums. Du wirst mich anbeten, genau wie es mir zusteht."

Interessant, wie ihr Gesicht rot anlief. Nun ja, das würde nicht das Einzige an ihr bleiben, das seine Lieblingsfarbe annahm. Er lächelte sie an, und sie wünschte sich wirklich, ihm in die Hand zu beißen, das sah er ihr deutlich an. Allerdings war er noch nicht damit fertig, das Miststück aller Miststücke verbal zur Weißglut zu treiben.

„Ich weiß sehr wohl, dass ich von der ersten Sekunde unseres Aufeinanderprallens deine Fantasien beherrscht habe, und zwar Tag und Nacht, jedoch bist du zu stur, um das zuzugeben. Doch auch das wirst du mir schlussendlich gestehen, wenn ich dich das nächste Mal frage, während der Schmerz frisch auf deinem saftigen Körper wütet."

Er fasste um sie herum und legte seine Hände auf das Zentrum seines Begehrens, das sich genauso fantastisch anfühlte, wie er sich das immer vorgestellt hatte. Hier würde er im wahrsten Sinne des Wortes zuerst zuschlagen, ehe er mit der Eroberung vom Rest von ihr begann. Er liebte das Gefühl von Satin auf warmer Haut, wie es sich an die Rundungen und Täler eines weiblichen Körpers schmiegte, und das Material war wie für Gillian gemacht.

„Ich habe es mit Blumen, mit Einladungen und Nettigkeiten probiert, obwohl du, genau genommen, nichts davon verdient und mir bei allem die kalte Schulter gezeigt hast, ungeachtet der Tatsache, dass dein Höschen sicherlich mehr als einmal nass war, als du dich mir in deinen Träumen hingegeben hast. Du hast von Anfang an dieses Knistern zwischen uns gespürt und es verleugnet, obwohl du mich von der ersten Sekunde an herausgefordert hast. Das war höchst leichtsinnig von dir." Er bohrte seine Finger in die weichen Backen und ließ es sich nicht nehmen, seine pochende Erektion an ihr zu reiben. Und diese hatte verflucht oft in der letzten Zeit gepocht, denn nicht nur sie hatte in Fantasien geschwelgt. Im Gegensatz zu Gillian hatte er gewusst, dass seine keine bleiben würden.

„Du bist devot und verzehrst dich nach der harten Hand eines dominanten und sadistischen Masters. Du willst unterworfen werden und Lust durch Schmerz erfahren. Ist es nicht so, Gillian?“ Er ließ sie die ganze Wucht seines Blicks spüren, und Verunsicherung verdrängte langsam die Wut, aber auch Neugierde und mehr als nur ein Hauch von Begierde. Wenn er ein fremder Mann wäre, der sie ersteigert hätte, dann würde sie nicht so fühlen. Doch er war kein Fremder, sondern der Grund ihrer geheimen Gelüste. Da brauchte er nicht bescheiden zu sein. Insgeheim wollte sie ihn, mehr als alles andere. Das wusste Hunter einfach.

„Ich werde dir jetzt den Hintern versohlen und das wird über meinen Knien geschehen. Und du kannst und wirst das nicht verhindern. Anschließend reden wir ausführlich.“

Ob sie bereits nass für ihn war? Ob ihr Leib auf ihn reagierte, ungeachtet dessen, dass sie es nicht wollte? Im Moment würde sie ihn am liebsten erwürgen. Dieses Verlangen nach Rache würde mit jedem Feuerkuss, der auf ihren Körper prallte, stärker ansteigen, bis zu dem Augenblick, in dem sie nachgab, und dass sie das tun würde, stand außer Frage – für ihn, nicht für sie. Er fasste in ihr Haar und packte entschlossen zu, ehe er mit der anderen Hand unter den Saum des Negligés schlüpfte. Gillian wimmerte in den Knebel, weil ihr jetzt richtig bewusst wurde, dass sie wie Wachs in seinen erfahrenen Händen war. Dass ihre Wut sie unerwünschterweise erregte, anstatt sie abzukühlen. Er rutschte höher, bis er ihre Titten erreichte, und knetete die verführerische Fülle. Er kniff in ihren rechten Nippel, so hart, wie sie es brauchte. Das Wimmern verwandelte sich in ein Stöhnen, und ihre Lider flatterten, da es ihr mittlerweile Schwierigkeiten bereitete, ihm in die Augen zu sehen, weil sie genau wusste, dass er die steigende Gier darin erspähen würde. Er presste noch fester zu, drehte die steife Spitze zwischen Daumen und Zeigefinger, und je schmerzhafter er es tat, desto mehr machte es sie an.

„So, mein widerspenstiger Engel, ich nehme an, dass du spätestens jetzt nass bist. Soll ich mich davon überzeugen?“

Gillian keuchte etwas Unverständliches.

„Nein? Das möchtest du nicht? Schade, dass hier deine Wünsche nicht im Vordergrund stehen, stattdessen deine Bedürfnisse, die sich erfreulicherweise mit dem decken, was ich will, brauche und demzufolge auch erhalten werde.“

Er rutschte mit einer Hand tiefer, und sie zuckte zusammen, sobald er ihre Scham berührte, mit zwei Fingern ihre Schamlippen teilte und ihre geschwollene Klit fand.

„Willst du die starke Anziehungskraft, die ich auf dich habe, noch immer leugnen, Esclava? Dich weiter gegen mich wehren? Nicht zugeben, dass die Situation, in der du steckst, dich mittlerweile antörnt?“ Sie zappelte und versuchte, sich von ihm zu befreien, seinen Fingern zu entkommen. „Du willst dich meinem Zugriff verweigern, obwohl du unglaublich heiß auf mich bist?“ Er ließ von ihr ab und drehte an der Winde, die die Kette straffte, die ihre Handgelenke oben hielt. Die Glieder liefen über einen Haken, und er zog sie an, bis Gillian auf den Zehenspitzen stand.

„Unbequem?“

Ihr Blick spuckte Feuer. Er packte mit beiden Händen den Ausschnitt ihres Negligés und zerriss es mit einem Ruck. Danach löste er die Schleifen der schmalen Träger. Der Stoff glitt wispernd zu Boden, und Hunter nahm sich die Zeit, das Kunstwerk zu betrachten, das vor Verlangen und Zorn bebte.

„Du bist so wunderschön, Gillian. Und all das wolltest du einem fremden Mann schenken.“

Sie war zur Regungslosigkeit verdammt, musste ihren Unmut für sich behalten und sich vor allem mit ihren körperlichen Reaktionen auf ihn auseinandersetzen. „Du wolltest mit einem Kerl ficken, den du nie zuvor gesehen hast, dich ihm hingeben, anstatt mir eine Chance zu geben. Weißt du eigentlich, wie leichtsinnig und dumm das ist? Allein dafür hast du dir einen tiefroten Arsch verdient. Nicht, dass ich einen zusätzlichen Grund bräuchte.“

Er umfasste zärtlich ihre Brüste und hob sie an, während er ihr einen alles anderen als sanften Blick schenkte. Wie geil sich das anfühlte! Und wie sehr es ihn anmachte, dass er so weit gegangen war wie nie zuvor, um sie zu bekommen. Er lief nicht nur auf dünnem Eis, er sprang darauf herum. Wenn er nur den geringsten Verdacht hätte, dass sie wirklich nicht wollte, was er mit ihr vorhatte, würde er ihr eine großzügige Abfindung zahlen und sie endgültig ziehen lassen. Pech für sie, dass er nicht einmal eine Andeutung davon erkennen konnte.

Du bist dir deiner Sache sehr sicher!

Für Gillian war er entschlossen, alles zu riskieren, und hatte es auch. Von außen betrachtet spielte sein

Verstand verrückt. Doch mit Logik kam man nie weiter, sobald Leidenschaft im Spiel war, und die gestaltete sich bei ihm etwas … exotisch. Er fasste ihr zwischen die Beine und konnte mühelos mit einem Finger in ihr Geschlecht eindringen. „Du bist mehr als bereit, dich mir zu unterwerfen, Esclava. Und du wirst meine willige Sklavin sein, die sich selbst nie wieder verleugnet. Inzwischen hast du zweifellos herausgefunden, was Esclava bedeutet." Er zwickte abwechselnd ihre roten Nippel und presste den Daumen der anderen Hand auf ihre Klit, während er sie mit dem Finger fickte. Niemand würde das mit ihr machen außer ihm.

Er sah ihr deutlich an, dass sie versuchte, die hochkochende Lust zu verleugnen, dass sie unter diesen Umständen keinen Orgasmus wollte. Doch ihre von ihm erzwungene Hilflosigkeit stand ihr dabei ebenso im Weg wie ihre devote Natur, die einen Höhepunkt ungeachtet ihres Widerwillens einforderte. Er hatte sie ins kalte Wasser geworfen und ihr vorher nicht einen Tropfen der Abkühlung gegönnt. Das konnte gefährlich sein, aber auch äußerst erfrischend und belebend.

Er massierte ihre geschwollene Klitoris und fügte ihren Brustwarzen zur selben Zeit Lustschmerz zu, jedoch mit einer Nuance mehr Schmerz als Lust. Gillians Körper absorbierte, was er ihm antat, und setzte es in pure Ekstase um, ungeachtet dessen oder gerade, weil sie sich so heftig sträubte. Sie wand sich unter den Reizen, so sehr wie sie es schaffte, presste sich einerseits gegen den marmornen Pfeiler, andererseits drängte sie sich Hunter entgegen. Sie spreizte sogar ihre Schenkel, um ihm besseren Zugriff zu gewähren. Sobald sie ihre Gegenwehr einstellte, hörte er mit der Stimulation auf und zog langsam seine Hände zurück. Wenn sie es gekonnt hätte, dann hätte sie ihn jetzt angefleht. Ihr Wille arbeitete nicht mehr vernünftig, und alles, was sie ausmachte, wollte eine Erlösung von der Gier.

Mit der rechten Fingerspitze streichelte er über ihre Kehle und zwischen ihren Schlüsselbeinen hinab, bis zu ihrem Bauch. Eine Gänsehaut brach auf ihrer Haut aus, die ihn lächeln ließ.

„Du hast eine ganz wunderbare Oberfläche, so samtig und in deinem jetzigen äußerst erregten Zustand hyperempfindlich. Freust du dich ebenso sehr wie ich darauf, gleich über meinen Knien zu landen, damit ich dir gebe, was du verdienst? Noch kennst du die einzelnen Facetten des Schmerzes nicht. Wenn ich es will, kann ich deinen Arsch erwärmen, gerade genug, bis du einen Anflug von Pein verspürst, und dann könnte ich dich kommen lassen, während du drapiert wie ein Geschenk über meinen Beinen liegst. Doch das wird heute nicht geschehen. Heute gehe ich viel weiter. Sehr viel weiter." Er umfasste ihren Venushügel, ehe er einen Schritt von ihr zurücktrat. „Das alles gehört mir, Esclava. Und es gibt nichts, was du dagegen tun kannst."

Sein Herz schlug deutlich wahrnehmbar in seiner Brust. Kalt ließen ihn sein Vorgehen und ihre Reaktionen nicht. „Ich nehme dir jetzt den Knebel ab und löse anschließend die Kette. Es steht dir frei, auf die Knie zu sinken und mich um Gnade anzubetteln, Esclava. Vielleicht erhöre ich dein Flehen, wenn du mich überzeugst."

Hätte sie es gekonnt, hätte sie ihn gebissen, angespuckt, getreten, gekratzt. So blieb ihr allerdings nur übrig, ihn anzufunkeln, und das war es, was sie tat, bis er den Knoten gelöst und den Stoff aus ihrem Mund genommen hatte.

„Fahr zur Hölle, Hunter Silsbury!"

„Dann trifft es sich ja gut, dass ich uns zwei Erste-Klasse-Tickets gekauft habe. Denn wir beide werden gemeinsam an diesen Ort reisen, das wirst du gleich spüren, und zwar mit jeder Faser deines Leibs. Deine schöne intakte Haut wird die Reize in dein Fleisch tragen, sie an deine Nerven übergeben und Dinge mit deinem Kopf und deinem Körper anstellen, die du nicht sofort verstehst. Solltest du Fragen haben, bin ich gewillt, dir nachher alles zu erklären."

„Das wagst du nicht!" Ihr Kinn glänzte vor Speichel und er wischte mit dem Knebel darüber.

„An meinen Intentionen besteht ebenso wenig ein Zweifel wie an deinem heutigen Schicksal und dem während der nächsten sechs Tage." Er lockerte die Kette so weit, dass er die verbundenen Manschetten von dem Haken lösen konnte. Mit einem Grunzen sank Gillian auf ihre Fußsohlen, und er gab ihr keine Gelegenheit, ihn auf der Stelle anzugreifen. Er zerrte sie mit sich, bis zu der Couch, die vor den Schiebetüren stand, die auf die Veranda hinausgingen und den Blick in den tropisch anmutenden Garten zuließen. Hier setzten ihre Instinkte zur Gegenwehr ein. Eins musste er ihr lassen: Sie holte ihr Versäumnis mit Inbrunst nach. Doch durch die gefesselten Handgelenke und ihre wesentlich geringere Kraft verpufften ihr Treten, Strampeln und

Sträuben im Nichts. Sekunden später saß er auf der Sitzfläche, und sie war schlussendlich genau dort, wo er sie haben wollte.

„Das hätten wir geschafft." Hunter starrte auf ihren Po, der noch schneewittchenweiß war. So wunderschön, so einladend und prall. „Je mehr du dich wehrst, desto schlimmer wird es für dich, Gillian. Und soll ich dir was verraten …?" Er kniff ihr leicht in die rechte Pobacke, was ihr einen Wutschrei entlockte. „Ich hoffe, dass du dich sträubst, dich windest und nicht nachgibst, sodass ich mich richtig austoben kann. Doch zu guter Letzt wirst du schnurren, weil du nicht anders kannst." Hunter packte zunächst ihr Genick und griff dann fest in ihr Haar.

Dieser verfickte Arsch! Wie konnte er nur! Hunter hatte sie reingelegt, sie den schlimmsten Ängsten ausgesetzt, die sie jemals erlitten hatte, und jetzt wollte er sie nicht nur spanken, er würde es auch tun. Und wie sehr es sie anmachte, was er mit ihr anstellte. Sie wäre beinahe gekommen! Wenn sie nicht geknebelt gewesen wäre, dann hätte sie ihn angefleht, es zu Ende zu bringen. Das würde sie ihm nie verzeihen.

Sie bekam einfach nicht genug Sauerstoff und atmete hektisch. Sein Griff in ihrem Haar war unglaublich schmerzhaft, zudem hatte er ein Bein über ihre Unterschenkel gehakt und hielt sie so in Position. Ihre verzweifelten Versuche, zu entkommen, beantwortete er mit einem belustigten Schnauben.

Sie hasste ihn! Verabscheute ihn! Hunter Silsbury war abscheulich, und all das wollte sie aus voller

Kehle schreien, doch in diesem Moment landete seine Handfläche mit einem satten Knall auf der Seite ihrer rechten Pobacke. Es brannte schrecklich und das bereits nach dem ersten Schlag. Schockiert japste sie noch nach Luft, was ihr nur unzureichend gelang, da tat er es erneut, diesmal auf der linken Seite.

„Halt still, Esclava. Oder ich tue dir weh.“ Damit meinte er nicht ihren Po, sondern den Zug auf ihre Kopfhaut, den er ein wenig erhöhte.

„Bitte hör auf! Bitte!“

„Jetzt schon?“ Er lachte so eklig erfreut. „Ich fürchte, das kann ich nicht tun. Du hättest mich auf Knien anflehen können. Das Angebot stand.“

Gillian hatte geahnt, dass Hunter kräftig war, aber dass er so scheiß stark war, kam dennoch überraschend. Die Treffer flossen ineinander über, forderten alles von ihr, bis sie nicht mehr nachdenken konnte. Ihre Wut auf ihn und sich selbst zerschmolz durch das Flammenmeer auf ihrem Hintern und auf der Rückseite ihrer Oberschenkel, denn auch die sparte er nicht aus. Es war so anders, als sie es sich vorgestellt hatte. In ihrer Fantasie waren es anregende Schläge gewesen, die sie nass gemacht hatten. Doch das hier war unfassbar eindringlich, und sie mochte es kein bisschen, das Monster dafür umso mehr. Sie spürte seine Erektion unter sich, und das war demütigend, allerdings nicht so sehr wie das, was er ihr antat.

Eine außer Kontrolle geratene Hitze plagte sie, die genauso in ihr Fleisch sickerte, wie er es prophezeit hatte. Leider machte dort das Grauen noch lange nicht Halt. Es schlich sich in die letzten Winkel ihres Körpers und fraß sich in ihr Bewusstsein vor. Gillian hatte vor Hunter nicht gewusst, dass sie dazu imstande war, auf diese Weise zu spüren, Schmerz auf diese Weise zu erfahren, der ihr viel mehr abverlangte als nur Tränen, die inzwischen unaufhaltsam aus ihren Augen tropften. Sie durchlief eine Gefühlswelt, die zunächst von Wut geprägt war, in Verzweiflung überging, dann in Akzeptanz, nur um von einem lodernden Zorn abgelöst zu werden, der sie vor Ohnmacht aus voller Kehle schreien ließ.

Hunter zeigte sich von all dem unbeeindruckt. Er machte weiter mit seinem schrecklichen Werk, versohlte ihr nach Strich und Faden den Arsch, bis sie resignierte und endgültig nachgab. Das geschah nicht von jetzt auf gleich, sondern allmählich.

„So ist es gut. Lass los, Esclava. Ich bin da für dich."

Erst jetzt registrierte sie, dass er über ihren Po rieb und ihre Haare losgelassen hatte. Sie fühlte sich so eigenartig vor Erschöpfung, als wäre sie halb gefangen in einem tiefen Schlaf und zur selben Zeit so wach wie nie zuvor. Das Blut rauschte durch ihre Adern und ihr Herzschlag wummerte in ihrer Brust. Irgendwie empfand sie gar nichts mehr, außer … Wohlgefühl und Frieden.

Das konnte doch nicht sein!

Sie hatte davon gelesen, dass Opfer manchmal eine beinahe intime Verbundenheit zu ihren Peiniger fühlten. War das mit ihr geschehen? Das passte einfach nicht zu dem Erlebten. Ja, zuerst hatte sie die Schläge als Folter empfunden, aber das hatte sich irgendwann geändert. Inzwischen war ihr, als hätte

Hunter ihr etwas geschenkt, auf das sie ihr bisheriges Leben verzichtet hatte.

Das durfte nicht sein! Das war falsch!

Sie sollte sich in die entfernteste Ecke pressen und sich nicht in seine mittlerweile sanften Berührungen schmiegen, weil es das war, was sie jetzt über alles brauchte.

„Wehr dich nicht dagegen. Lass es einfach geschehen.“ Seine Stimme war hypnotisch, begütigend und eine Wohltat für ihre geschundene Seele. Hunter war nicht wie das angeblich dominante Schwein Andy, der Gillian vor all den Jahren als Dummy für seine Wutausbrüche und Erniedrigungen benutzt hatte.

Und falls doch? Wenn Hunter dich gleich auf den Boden zwingt und dich tritt, anschreit und demütigt? Dich fickt, um lediglich seine Bedürfnisse zu erfüllen, und dir währenddessen wehtut?

Hunter stand auf, nahm sie bei der Bewegung mit und legte sie anschließend auf die Couch. Dabei umfasste er ihren Nacken und hielt sie, bis sie den Kopf auf ein Kissen absenkte. Als sie seinen Blick traf, sah sie ihn in aller Deutlichkeit, obwohl ihr Sichtfeld durch die vielen Tränen verschwommen war.

Es war, als würde sie ihn fühlen, bis in ihr Innerstes, und dass dieses übermächtige Empfinden keinen Raum für irgendwelche Zweifel ließ. Gillian erkannte keine Grausamkeit, keine Geringschätzung oder auch nur den Hauch von Jähzorn in seinen Augen. Und mit einem Schlag realisierte sie, dass sie die ganze Zeit keine Angst vor ihm gehabt hatte. Er löste die Manschetten, und vorhin hatte sie geplant, ihm so feste eine zu knallen, wie sie es nur schaffte, sobald sie dazu imstande war. Aber jetzt wollte sie die Arme um ihn werfen und sich an ihn pressen. Das verstand sie nicht.

Hunter legte sich neben sie und zog sie in seine Umarmung, und es war ihr egal, dass er ihr gerade so horrend wehgetan hatte, sie brauchte den Trost. Nachher konnte sie die Mauer zwischen ihm und sich wieder errichten, doch im Moment verfügte sie nicht über die Energie dazu. Eigentlich war es noch schlimmer, denn sie fühlte sich ihm unglaublich nah, und diese Art von Nähe war eine ganz neue Erfahrung für Gillian. Und das nach allem, was er sie hatte durchleiden lassen. Versteigert!

Leider schaffte sie es nicht, sich in erneute Rage hineinzusteigern, weil sie zu ausgelaugt war. Sie lag mit dem Kopf auf seiner Schulter und konnte einfach nicht aufhören zu weinen. Dabei war es längst nicht mehr vor Pein. Hunter sagte nichts und hielt sie, bis sie sich allmählich beruhigte.

„Du brauchst eine Dusche, etwas zu trinken, zu essen und Schlaf."

„Willst du mich denn nicht ...?"

„Vögeln? Möchtest du das jetzt?"

„Nein."

„Ich weiß, und darum ging es mir heute nicht."

„Das verstehe ich nicht. Mir den Arsch zu versohlen hat dich unglaublich angemacht."

„Wir reden später darüber. Du bist total erschöpft."

Sich nach diesem erschütternden Erlebnis ganz normal mit Hunter zu unterhalten, war genauso unwirklich, wie es das Spanking gewesen war. Noch nie in ihrem Leben hatte sie auch nur etwas annähernd Ähnliches gespürt. Es war, als hätte Hunter auf eine Reset-Taste gedrückt und alles, was sie vorher gewesen war, gelöscht, sodass sie nichts mehr von dem tun wollte, was sie sich während der ersten Hälfte der Züchtigung in den leuchtendsten Farben ausgemalt hatte.

Sie hatte ihn töten wollen! Ihn erwürgen! Dann war jedoch irgendwas in ihr geschehen, und sowohl der Schmerz als auch die Demütigung, über seinen Knien zu liegen, hatten den Hass in ihr verändert.

Gillian konnte die Wut nicht aufrechterhalten, dazu war sie zu erschüttert. Das bezog sich nicht nur auf das Unglaubliche, was er durchgezogen hatte, sondern weitete sich auf das aus, was er sie hatte fühlen lassen. Sie sollte es als Misshandlung erachten, versagte allerdings hierbei auf ganzer Linie. In mehr als einer Hinsicht hatte sein unerbittliches Vorgehen ihr gutgetan.

Das durfte nicht sein! Niemals hätte sie ihm das freiwillig gestattet. Aber sie war unbeschreiblich müde und schaffte es einfach nicht, ihn wegzustoßen. Außerdem würde Hunter das sowieso nicht zulassen.

Morgen war ein neuer Tag und dann würde sie das hier auf der Stelle beenden! Sie war ein freier Mensch, eine unabhängige Frau und keine Beute, die man auf einer Auktion ersteigern konnte. Und was hätte Hunter getan, wenn jemand anderes ein höheres Gebot abgegeben hätte? Inzwischen war sie sich nicht mehr sicher, ob das Ganze ein Fake gewesen war oder nicht.

Das war alles schrecklich kompliziert. Ihr fielen die Augen zu, und das Letzte, was sie wahrnahm, war sein starker, warmer unglaublich gut riechender Körper.

Kapitel 8

Hunter ließ sie schlafen. Duschen und essen konnte sie, sobald sie aufwachte. Er konnte nicht anders, als sie anzustarren. Seine harte Vorgehensweise war ihr zweifelslos anzusehen. Die Haare klebten ihr auf der Stirn und Tränenspuren waren deutlich auf ihren Wangen ersichtlich. Sie war fix und fertig. Dennoch spürte er keine Gewissensbisse. Jemand, der nicht verstand, was zwischen Gillian und ihm vorging, würde ihn verdammen und als ein Monster abstempeln. Vielleicht war er das auch, denn jeder einzelne Schlag hatte ihm intensive Lust bereitet, nicht nur körperlich, sondern vor allem seelisch. Noch nie hatte er eine Sub übers Knie gelegt, die sich so stark dagegen gewehrt und einen heißen Arsch so nötig gehabt hatte wie Gillian. Er löste sich vorsichtig von ihr und deckte sie mit einer Steppdecke zu. Sie rührte sich nicht einmal. Hunter war gespannt, wie seine unfreiwillige Beute sich aufführen würde, sobald sie wieder bei Verstand war.

Er ging hinunter in die Küche, öffnete den gut bestückten Kühlschrank und holte den Cheddar heraus. Mit einem gut gefüllten Magen standen die Chancen besser, dass Gillian zuerst mit ihm redete, ehe sie ihr Urteil fällte. Wenn sie sich unkooperativ zeigte, hätte er auch keine Skrupel, sie am Stuhl festzubinden. Er kochte Wasser auf, ritzte die Haut der Tomaten an und warf sie hinein, damit er sie anschließend schälen konnte. Zwanzig Minuten später hatte er einen fruchtigen Nudelauflauf vorbereitet. Er liebte es zu kochen, das hatte er von seinem Stiefvater gelernt.

Hunter deckte den Tisch und musste selbst über die Absurdität seiner Handlungen lächeln. Erst hatte er sie den schlimmsten Ängsten ausgesetzt, die sie sicherlich jemals erlebt hatte, dann hatte er ihr mit einer unglaublichen Freude den Arsch so richtig gründlich versohlt und jetzt wollte er sie mit einem romantischen Abendessen verführen.

Du bist ein Psychopath!

Und das alles nur, weil sie völlig anders ist als jede Sub, die du bisher kennengelernt hast.

Sie ist ja auch keine Sub.

Sie hat wirklich gebraucht, was ich ihr gegeben habe.

Daran besteht kein Zweifel! Aber rechtfertigt das dein Handeln?

Für Zweifel ist es längst zu spät.

Und er bereute nichts. Hunter stellte den Auflauf in den Ofen, schaltete ihn jedoch noch nicht ein. Das würde er tun, sobald Gillian aufwachte. Er holte sein Notebook, warf es an und beantwortete ein paar Mails, löschte die unwichtigen in dem unsinnigen Versuch, sich von der Frau abzulenken, die im Moment friedlich wie ein Engel schlief und ihn geradewegs ins Gefängnis katapultieren konnte, sofern sie es wollte.

Gillian kämpfte sich aus dem schlaftrunkenen Zustand und rieb sich über die verklebten Augen.

Ouch! Ouch!! Ouch!!!

Zaghaft berührte sie ihren Po, legte ihre Handfläche darauf und zuckte von der Hitze zusammen.

Von jetzt auf gleich war sie hellwach. Verfluchter Hunter!

Er hatte sie entführt, gedemütigt und über seine Knie gelegt! Einfach so, weil er Lust dazu gehabt hatte. Sie sollte ihn umbringen, ihn anzeigen, ihn …

Wirklich?

Das eine Wort reichte, um ihre Rachegelüste auf der Stelle zu eliminieren. Denn sie erinnerte sich schlagartig an das angenehm warme Gefühl, das sie während der Züchtigung förmlich überfallen hatte. Als wenn sie eine grässliche Last mit sich herumgetragen hätte und sich endlich jemandem anvertrauen könnte. Sie hatte zwar geschrien und geheult wie noch nie in ihrem Leben, doch die Erfahrung war unzweifelhaft eine besondere. Niemand hatte es jemals gewagt, auf diese Weise mit ihr umzugehen, und es war ganz und gar anders gewesen als das, was Andy ihr vor all den Jahren angetan hatte. Damals war sie schrecklich jung, naiv und zugegebenermaßen auch sehr dumm gewesen. Ein perfektes Opfer für den Despoten. Das Erlebnis mit Hunter war nicht vergleichbar, und irgendwie war sie ihm dankbar, dass er es getan hatte. Natürlich war diese Erkenntnis keine leichte und sie war zudem schwer verständlich.

Auf einmal musste sie an *Outlander* denken, als Jamie Fraser Claire den Hintern mit dem Gürtel versohlt hatte. Die Szene hatte sie beim Ansehen und auch vorher beim Lesen gewaltig angemacht, und da war es für sie in Ordnung gewesen, dass Claire sich gewehrt und es nicht gewollt hatte, dass Jamie sie bestrafte. Sie hatte die Folge zusammen mit Lizzy und Ginger gesehen. Ginger hatte sich furchtbar aufgeregt und das Ganze als unglaublich frauenverachtend empfunden. Lizzy dagegen hatte mit den Schultern gezuckt und gemeint, dass man eben früher so mit Frauen umgegangen sei und es in die Handlung passe. Während die Freundinnen diskutierten, hatte Gillian sich gewünscht, dass sich ein Mann trauen würde, das mit ihr anzustellen. Allerdings waren es zwei sehr unterschiedliche Paar Schuhe, sich etwas vorzustellen oder es selbst zu erleben.

„Du bist wach!"

Ihre Gedankengänge stoppten abrupt beim Anblick von Hunter, der im Türrahmen stand und so selbstzufrieden grinste, wie es ein über alle Maßen arrogantes Arschloch nur konnte.

„Du hast bestimmt Hunger. Das Essen ist in dreißig Minuten fertig. So hast du ausreichend Zeit, um zu duschen und dich ein wenig zu beruhigen." Spöttisch zog er eine Augenbraue hoch und starrte auf ihre Hände, die den Rand der Decke umklammerten. „Glaubst du immer noch, dass du mich aufhalten kannst, Esclava? An meinen Absichten könnte sogar eine Ritterausrüstung nichts ändern. Ich würde sie Stück für Stück auseinandernehmen, bis ich an das herankomme, auf das ich es abgesehen habe."

„Und du hast es zweifellos auf mich abgesehen. Hast du keine Angst, dass ich dich vor den Kadi zerre? Dich zerstöre, sodass du deines Lebens nicht mehr froh wirst?"

Da war nicht einmal ein Anflug von Unsicherheit oder Furcht in seiner teuflischen Mimik zu erkennen. Ihre Drohungen prallten von ihm ab. Vielleicht weil er wusste, dass sie so leer waren wie ein Luftballon, den er mit Leichtigkeit zerstechen könnte. Dazu brauchte er nur mit einem seiner Hufe in ihr aufgeblasenes Gebilde zu treten.

Hunter schlich auf sie zu, und nicht nur, dass sie so gut wie nackt war, ließ ihren Herzschlag wie einen Raketenstart in die Höhe schnellen. Er verursachte das und alles, was er darstellte, ihr antun könnte und es auch bereits getan hatte. Er blieb neben der Couch stehen. Inzwischen hatte sie sich aufgesetzt und sah starr auf ihre weißen Knöchel.

„Damit eins klar ist, Gillian.“ Er schnurrte ihren Namen förmlich. „Das ist das letzte Mal in dieser Woche, dass du deinen Körper vor mir verbergen darfst.“

„Darfst!“

„Richtig, Esclava. Du gehörst mir. Deine Tränen gehören mir. Dein Schmerz sowieso und erst recht deine Orgasmen, von denen du sehr viele haben wirst.“

„Hat dir schon mal jemand gesagt, dass du ein dreister Bastard bist?“

„Ist es denn verwerflich, einer zu sein? Bevorzugst du etwa Männer, die dich mit Samthandschuhen anfassen und bei denen du im Kopf eine Einkaufsliste zusammenstellst, während sie dich vögeln?“

„Bei dir gibt es wohl nur Schwarz oder Weiß?“

„Nein, bei mir gibt es auch Rot in allen Facetten, wie du herausgefunden hast.“

Er starrte auf sie herab, und sie bewegte sich nicht, aus Angst, dass er sich beim geringsten Zucken auf sie stürzen würde.

Hunter hielt ihr die Hand hin „Komm. Du musst duschen, essen und trinken. Und wir sollten reden. Die Decke kannst du loslassen, schließlich habe ich mehr von dir gesehen, als dir lieb ist. Du hast mir Einblicke in die verborgene Gillian geschenkt, wenn auch nicht freiwillig."

Eigentlich sollte sie seine Griffel zur Seite schlagen, doch ihre Instinkte waren schneller als ihr Verstand. Gillian begehrte sogar jetzt, was Hunter ihr geben konnte. Fest umschlossen seine Finger ihre Handfläche, und er zog sie mit einem Ruck auf die Füße, sodass sie nicht nur gegen ihn fiel, sondern sich an ihn schmiegte. Warum musste er sich so gut anfühlen? Ihr Geborgenheit und Sicherheit schenken, sobald er sie berührte? Was war nur an ihm, das jedes ihrer Verhaltensmuster außer Kraft setzte? Ihr stellte sich die Frage, wer Hunter eigentlich war, aber noch brennender wütete das Rätsel in ihrem Gehirn, wer *sie* tatsächlich war. Ihr starker, unerbittlicher Folterknecht umfasste ihre Pobacken und sie keuchte von dem Schmerz auf. Doch wie unverschämt geil sich das anfühlte, als der Lavastrom auf ihrer Oberfläche sich erfrischt den Weg in ihr Inneres bahnte. Es gab keine Fehlinterpretation des Pochens zwischen ihren Schenkeln, der Gier, dass er sie ficken sollte, sich einfach holte, was ihm zustand. Ihre Freundinnen würden den Kopf über sie schütteln, sie als pervers abstempeln, aber es war eigentlich unwichtig, was andere über sie dachten, solange sie brauchte, was Hunter ihr … aufzwang.

„Dein Arsch ist schrecklich heiß und damit meine ich nicht nur die Temperatur." Auch er blieb nicht unberührt; seine Erektion war inzwischen deutlich spürbar. Doch er löste sich von ihr und legte ihr den Arm um die Schultern. „Erst haben wir anderes zu erledigen, ehe ich mir hole, was ich will, Esclava. Wenn ich dich das nächste Mal in diesen Raum bringe, wirst du mehr erleiden als einen wunden Po."

Sie sah sich richtig um und erfasste die wilde Schönheit dieses Zimmers, wie formvollendet es eingerichtet war und was für schaurig-schöne Schrecken es enthielt. Doch damit würde sie sich zu einem späteren Zeitpunkt beschäftigen, wenn er sie fixierte, vielleicht an dem hölzernen Kreuz, oder sie über die gebogene Oberfläche eines Möbelstücks drapierte, das sie an ein gepolstertes mit Leder bezogenes Fass erinnerte. Die Farben des Raums waren satt und dunkel, mit einigen weißen Akzenten und verputzten Wandflächen, die hin und wieder von tannengrünen Tapeten abgelöst wurden.

Hunter brachte sie in ein großzügiges Schlafzimmer mit einem Bett, in dem man nicht nur schlafen konnte. Das zeigten die Ringe und Riemen, die am Rahmen eingelassen waren. Er schob sie in das angrenzende Badezimmer. „Du hast zwanzig Minuten. Ich warte unten in der Küche auf dich. Es ist der zweite Raum auf der linken Seite. Sei pünktlich. Ich mag keine Verspätungen."

„Ich mag keine Verspätungen!", äffte sie ihn nach, was ihr einen Blick einbrachte, der wie ein Waldbrand über sie hinwegfegte.

„Alles zu gegebener Zeit, Esclava. Möchtest du sonst noch etwas kundtun?"

Gillian stellte momentan fest, dass er ein eisiges Lächeln beherrschte, das dem Waldbrand von gerade keineswegs an Eindringlichkeit nachstand. Sie presste die Lippen aufeinander, denn wenn überhaupt, wirkte er äußerst motiviert.

„Soll ich dich duschen? Du scheinst unentschlossen zu sein."

„Das hättest du wohl gerne."

Zu ihrer grenzenlosen Erleichterung ließ er sie stehen, und so hatte sie die dringend benötigte Zeit für sich allein, denn sobald er im selben Raum wie sie war, verlor sie ihre Fähigkeit zu denken, zu handeln und zu … atmen. Doch sie ahnte, dass er noch lange nicht fertig mit ihr war. Die Gillian, die sie kannte, hatte Flucht- und Rachepläne geschmiedet, die sie in die Tat umsetzen wollte, sobald sie die erste Gelegenheit dazu erhielt. Leider war diese Gillian zurück zum Festland geschwommen und hatte sie mit der Unbekannten auf der Insel zurückgelassen, damit sie sich ihren inneren Dämonen, personifiziert in der Form von Hunter Silsbury, stellte. Und dass sie dieser Konfrontation entfliehen konnte, war unmöglich, denn Hunter würde das nicht zulassen. Inzwischen war sie felsenfest davon überzeugt, dass sie allein mit ihm auf der Insel war. Sie wusste zwar nicht, wie er es geschafft hatte, das alles zu inszenieren, aber irgendwann würde sie es herausfinden. Vielleicht sollte sie ihn einfach fragen.

Verunsichert stand Gillian in dem weißen Bademantel im Türrahmen und starrte ihn an, als könnte sie ihren Augen nicht trauen. Zugegeben, das romantische Abendessen mit Kerzen und Blumen, die er, Gott helfe ihm, mit den eigenen Händen in B's Garten gepflückt hatte, passte nicht zu einem knallharten Sadisten, aber es passte zu ihm. Schließlich ließ er seinem Sadismus und auch seiner Dominanz nicht freie Hand und lebte sie nicht 24/7 aus.

„Suchst du nach meinen Hörnern und dem Dreizack?“

Sie machte das Kuhgeräusch und lief auf ihn zu, mit schwingenden Hüften, die selbst in Frottee sexy aussahen.

„Wer bist du, Hunter Silsbury? Und was soll das Ganze? Warum hast du dir nicht eine willige Frau gesucht, die den Boden unter deinen Füßen küsst und sofort tut, wonach du verlangst?“ Inzwischen stand sie vor ihm.

„Weil es nicht das ist, was ich will. Lass uns zuerst essen, ehe wir unser Arrangement besprechen. Du siehst etwas blass aus und musst dringend deine Reserven auffüllen.“ Das war alles andere als uneigennützig, denn er wollte ihr in dieser Woche noch eine Menge schlimme Dinge antun.

Sie sah ihm geradewegs in die Augen. „Okay.“

Er führte sie zum gedeckten Tisch und zog ihr den Stuhl zurecht. Die nächsten Minuten verbrachten sie mit Essen, und mit einem glücklichen Seufzen legte Gillian anschließend das Besteck zur Seite.

„Ich hätte dir nicht zugetraut, dass du kochen kannst.“ Sie leerte ihr Glas mit dem Cidre. „Allerdings habe ich auch nicht damit gerechnet, dass du mich entführen lässt und mich ersteigerst. Du hast das alles von langer Hand geplant, nicht wahr? Hast mich beobachtet und gewusst, womit du mich ködern musst, sodass ich, ohne groß darüber nachzudenken, zuschnappe?“ Die meisten Menschen hielten sich für undurchschaubar, und das Gegenteil zu erfahren, war für die wenigsten angenehm. Gillian stellte in dieser Hinsicht keine Ausnahme dar. „Und ich bin wie ein Idiot in deine Falle getappt."

Hunter beugte sich über den Tisch und packte den Morgenmantel. „Du magst vieles sein, Esclava, aber sicherlich kein Idiot. Aus irgendeinem Grund hast du dir selbst ein Zölibat aufgelegt."

Sie reagierte auf das Gesagte mit einem Stirnrunzeln.

„Ich meine damit nicht Sex allgemein, sondern Sex, der für dich erfüllend ist. Möchtest du mir sagen, warum?"

„Habe ich denn eine Wahl? Wenn du es darauf anlegst, vermagst du alles aus mir herauszukitzeln. Wir beide wissen, dass ich dir schlussendlich nicht standhalten kann."

„Und du willst es auch nicht. Richtig?" Er konnte nicht anders, als sie zart auf die Lippen zu küssen, ehe er sie losließ und sich zurücklehnte. Sie hielt ihm ihr leeres Glas hin und er füllte es.

„Du hast recht, ich will weitergehen mit dir, will noch mehr von dem, was du mir angetan hast." Sie schüttelte den Kopf und starrte kurz in ihr Glas. „Ich kann nicht verstehen, warum ich so reagiere. Wie hast du es geschafft, dass sich diese Scharade so real anfühlt? Du hattest auf jeden Fall Hilfe. Oder war es echt?" Unsicher suchte sie seinen Blick.

„Das werde ich dir zum jetzigen Zeitpunkt nicht verraten. Vielleicht war es echt, vielleicht auch nicht. Im Nachhinein betrachtet hat es dich nicht kalt gelassen. Sag die Wahrheit. Ich gestatte dir keine Lügen, nicht einmal eine winzig kleine."

„Jetzt, wo ich weiß, dass du dahintersteckst, kann ich zugeben, dass es mich ab dem Moment angemacht hat, als du dich zu erkennen gegeben hast. Wenn ich aus der momentanen Situation an alles zurückdenke, macht es mich an. Das ist …“

„Falsch? Weil es sich nicht so gehört?“

„Ja.“

„Du befindest dich in einer wahr gewordenen Fantasie, die du vielleicht nicht genau so ersponnen hast, doch Träume von erzwungener Unterwerfung hast du gehabt? Und sie haben dich richtig aufgegeilt, oder nicht?“ Er stellte es als Fragen, obwohl er die Antworten bereits kannte.

„Das stimmt. Aber wenn das echt gewesen wäre …“

„Dann würdest du anders empfinden, Gillian. Schäm dich nicht für das, was du bist. Dafür gibt es keinen Grund.“ Er fasste nach ihrer Hand und sie zog sie nicht weg.

„Willst du mir noch mehr antun, Hunter? Ich glaube, ich würde dich lassen … schlussendlich.“

„Ehe ich deine Sehnsüchte erfülle, müssen wir einiges klären. Dazu stelle ich dir ein paar Fragen, die du mit einem Ja oder Nein beantwortest. Einverstanden?“

Sie nickte zwar, sah ihn aber zweifelnd an.

„Bist du devot, Gillian?“

„Ja.“

„Du hast vor langer Zeit schlechte Erfahrungen mit einem dominanten Mann gemacht?“

„Ja, aber …“

Er legte ihr einen Finger über die Lippen. „Ja oder Nein, Esclava. Die Details klären wir später.“ Er wollte sich zuerst einen groben Überblick verschaffen und auch herausfinden, wie richtig oder falsch er mit seinen Vermutungen lag. „Du hattest vor mir Angst, weil du gespürt hast, wozu ich fähig bin, und du hast befürchtet, dass ich dein Vertrauen missbrauche, so wie er es getan hat?“

„Ja“, wisperte sie.

„Nachdem du wusstest, dass ich derjenige bin, der dich ersteigert hat, hast du keine Furcht vor mir gehabt, selbst dann nicht, als ich dir spürbar wehgetan habe? Das stimmt doch?“

Er liebte es wirklich, wie sie ihm geradewegs in die Augen sah, obwohl ihr die Antwort sichtlich schwerfiel.

„Ja.“

„Vertraust du mir, dass ich es richtig mache?“

„Ja.“

Das kam, ohne zu zögern. Hunters Herzschlag beschleunigte sich. Ob sie ahnte, wie viel ihm das bedeutete?

„Möchtest du nach Hause?“

„Nein, du mieser Arsch.“

Das hatte er aus ihrer Sicht wohl verdient.

„Erzähl mir von dem, der dir so wehgetan hat. Die Erfahrung liegt schon lange zurück, nicht wahr? Jetzt bitte ausführlicher.“

„Das tut sie. Ich war einundzwanzig und lernte Andy in einem Pub kennen. Er war zehn Jahre älter als ich und sehr charmant, jedenfalls am Anfang. Nach den ersten Treffen kam es zum Sex, der für mich alles andere als erfüllend war.“ Sie musterte weder beschämt ihren Teller noch wich sie seinem Blick aus. „Dann hat Andy mich gefragt, ob ich auf härteren Sex stehe. Und ich habe bejaht, obwohl ich keinerlei Erfahrungen hatte, lediglich Träume und Fantasien." Sie stieß einen Atemzug aus, und er sah ihr deutlich an, wie sehr sie dieses Thema unter Verschluss gehalten hatte, aber auch, dass es sie erleichterte, endlich darüber zu reden. Hunter vermutete, dass sie das bis jetzt nicht getan hatte. Die meisten Menschen redeten nicht offen ungeschönt über schlechten Sex.

„Hat er dich geschlagen?"

Gillian schüttelte den Kopf. „Nicht ein einziges Mal. Jedoch hat er mich wie eine … eine Hure benutzt. Ich hatte keinen Orgasmus in den zwei Jahren, in denen wir zusammen waren. Er liebte es besonders, mir seinen Schwanz bis zum Anschlag in den Hals zu stecken und mich zu demütigen, auch vor anderen." Sie trank einen tiefen Schluck. „Aus heutiger Sicht kann ich nicht mehr verstehen, warum ich mich überhaupt mit ihm abgegeben habe. Aber ich war jung, einsam und dachte, dass er ein toller Fang wäre."

„Du brauchst dich deswegen nicht zu schämen. Was war mit denen, die nach ihm kamen?"

„Ich hatte ein paar Liebhaber, die sich Mühe gegeben haben. Bei einigen bin ich zum Orgasmus gekommen, doch es fühlte sich immer so ungenügend an. Auch während des Höhepunkts konnte ich nicht aufhören nachzudenken, und um deine Worte zu benutzen: Ich hätte mühelos Einkaufslisten für komplizierte Gerichte erstellen können. Sex ist für mich wie ein Fertiggericht, eine Notlösung, aber nichts, das ich mit richtiger Hingabe und Lust ausübe.“ Gillian lächelte traurig. „Ganz anders als in meinen Träumereien und Sehnsüchten.“

„Wenn du mich lässt, ändere ich das.“

„Ich weiß und das macht mir Angst. Du wirst mich dazu bringen, mich vollkommen fallenzulassen, mich aufzugeben, während du meine Fantasien übertriffst. Die Vorstellung ist erschreckend, obwohl ich mir genau das immer gewünscht habe.“

„Möchtest du dich darauf einlassen?“

„Du hast dieses Szenario minutiös vorbereitet. Wie könnte ich da Nein sagen! Und würde es überhaupt etwas an deinen weiteren Absichten ändern, wenn ich ablehnen würde? Du hast alles riskiert, um mich zu bekommen. Du hattest Helfer, mit denen ich mich sehr gerne einmal unterhalten würde, mit einem Baseballschläger in der Hand.“

„Sogar mit dem hättest du gegen Steven und Charles keine Chance, Esclava. Waren sie denn unangemessen grob zu dir? Haben sie dich verletzt oder dich geschlagen?“

Über diese Frage dachte sie erst nach, ehe sie antwortete. „Nein, aber trotzdem war das …“

„… erforderlich und lässt sich auch rückwirkend nicht mehr ändern. Ich stehe zu allem, was ich getan habe, um dich zu bekommen, und empfinde keinerlei Reue. Doch wenn du jetzt darauf bestehst, dass du gehen willst, dann trennen sich unsere Wege.“

Vier Herzschläge ließ sie ihn warten, ehe sie reagierte.

„Lass mich nicht vom Haken, Sir.“ Ihre Finger zitterten und sie stellte das Glas ab. „Allerdings stelle ich eine Bedingung.“

Er nahm ihre Hand in seine, streichelte mit dem Daumen die zarte Haut und fühlte den darunter liegenden heftig schlagenden Puls.

„Ich möchte nach dieser Woche, in der du mein Innerstes nach außen zerrst, wissen, was dich so sehr belastet.“

Das kam überraschend. Er hatte damals eine hohe Summe an die Hinterbliebenen bezahlt, um sich ihr Schweigen zu erkaufen und sein Vergehen aus der Presse rauszuhalten. Es hatte funktioniert. Bei einer normalen Sub, die er auf dem üblichen Weg kennengelernt und über seine Knie gezerrt hätte, würde er ablehnen. Seine tief verborgenen Sünden hatte er bis jetzt mit niemandem teilen wollen, doch die Last wurde immer größer. Außerdem war es nur fair, denn das, was er mit Gillian machte, war mehr als eindringlich, und er befand sich fernab der Grenzen des Legalen.

„Ich stimme zu.“

Sie schenkte ihm ein Lächeln, das direkt in sein Herz rammte. Es gab keinen Zweifel daran, dass er in sie verliebt war. Wahrscheinlich stellte das den eigentlichen Grund seiner Handlungen dar. Nicht seine Gier nach einer wirklich aufmüpfigen Sub, sondern mittlerweile seine Gefühle für diese besondere Frau. Er korrigierte sich: *Sie ist für dich etwas Besonderes. Und wer immer das nicht erkennt, ist ein Idiot.*

„Aber eine Warnung vorab, Esclava. Es wird sich für dich anfühlen, als hätte ich dich wahrhaftig ersteigert. Ich werde dich wie meine Sklavin behandeln, dich allerdings niemals aus Gehässigkeit demütigen. Bist du bereit dazu? Es geht nur ganz oder gar nicht.“

Röte stieg ihr in die Wangen und ihr Lächeln verwandelte sich in ein herausforderndes Grinsen. „Glaubst du tatsächlich, dass ausgerechnet du mich zähmen kannst, Fünfachtelgott?“, hauchte sie mit einem äußerst provokativen Unterton.

Hunter ließ ihre Hand los, nachdem er sich davon überzeugt hatte, dass sie längst nicht so gefasst war, wie sie es gern wäre, und bewiesenermaßen nicht annähernd mutig genug, um es mit ihm aufzunehmen. Er wusste das. Sie auch?

„Zieh den Morgenmantel aus, geh hinüber ins Wohnzimmer und beug dich über die Sofalehne, Esclava.“

Sie schluckte deutlich sichtbar und presste sich gegen die Stuhllehne. „Du spinnst doch.“

Gillian unterschätzte seine Schnelligkeit, denn obwohl sie versuchte wegzulaufen, war er bereits bei ihr, ehe sie den ersten Schritt machen konnte, nachdem sie aufgesprungen war und ihr Stuhl mit einem Knall auf dem Parkett landete. Ihr Peiniger umklammerte von hinten ihren Oberkörper und hielt somit auch ihre Arme in Schach. Mühelos hob er sie von den Füßen und ihr Treten ging ins Leere. Zu ihrem Leidwesen schrie sie ziemlich hysterisch, aber das beeindruckte ihn in keiner Weise. Hunter war so verflucht stark! Und das machte sie an, das spürte sie deutlich zwischen ihren Beinen.

„Du ungehorsames Miststück!“, wisperte er mit einer absolut bedrohlichen Stimme, sodass sie ahnte, dass Hunter hier nicht nur eine Rolle spielte. Er ging darin auf und das ließ sie nicht unbeeindruckt. Ihr Besitzer wollte ihr Sträuben, geilte sich an ihrem

Widerstand auf und hatte keinerlei Skrupel, seine Wünsche mit Gewalt durchzusetzen.

Gillian rechnete fest damit, dass er sie ins Wohnzimmer verschleppen würde, um sie über die Lehne der Couch zu werfen, doch er überraschte sie, weil er das andere Zimmer ansteuerte, denn dort konnte er sie fixieren und mit ihr machen, was immer er auch wollte.

Sie spannte jeden Muskel an, versuchte, seinen Griff zu sprengen, aber genauso gut hätte sie versuchen können, eine Wand aus geschliffenem Marmor hochzuklettern. Hunter lachte wahrhaftig fies, ganz der Jäger, der er war. Er zerrte sie in den wunderschön eingerichteten Folterraum und warf sie mit dem Bauch nach unten auf einen gepolsterten Tisch. Der Gürtel des Morgenmantels hatte sich längst gelöst, sodass er keine Mühe hatte, ihr den Stoff vom Körper zu zerren, und er tat es nicht sanft. Da nutzte es auch nichts, dass sie versuchte, sich an den Ärmeln des Mantels festzukrallen. Ihr Hintern brannte noch immer höllisch, und der bloße Gedanke, dass er sie erneut spanken würde, entriss ihr einen verzweifelten Schrei. Er packte ihr Haar, spreizte die Finger, und der Schmerz war so heftig, dass sie wie eine Flunder zurück auf den Tisch fiel. Ihre Zehen berührten gerade so eben den Boden.

„Was für einen schönen roten Arsch du doch hast. Halte still oder dein Erlebnis von vorhin wird dir wie eine Erholung vorkommen. Du willst nicht wirklich bereits heute erfahren, wie sadistisch ich sein kann. Sei brav und du wirst belohnt. Dann hole ich mir mein Vergnügen bei dir, ohne dir so wehzutun, dass du es nie mehr vergisst." Er umspannte mit der linken Handfläche ihre Pobacke und grub leicht seine Fingerkuppen in das brennende Fleisch, ehe er mit ihnen darüberkratzte. Die Pein flackerte auf der Stelle auf und leckte lodernd über ihre Haut, vergrub sich in ihrem Bewusstsein und ließ sie jammern.

„Du weißt ja gar nicht, wie sehr mich das anmacht, Esclava." Er beugte sich über sie und seine Lippen berührten ihre Schultern, ihren Nacken; so schrecklich verführerisch wisperte dieser Reiz ihren Körper entlang. „Du gehörst mir. Alles, was du bist und hast, ist mein. Jedes Keuchen, jeder Schrei, jedes Wimmern. Und deine Tränen werden reichlich fließen, bis ich mit dir fertig bin."

Urplötzlich ließ er ihr Haar los und packte sie stattdessen an der Taille. Heiß und unerbittlich fühlte er sich an. Er drehte sie um. Der Blick ihres Peinigers stach auf ihrer Haut, und sie konnte nichts vor ihm verbergen. Der Aufprall war alles andere als sanft und ihr wunder Po jagte ebenso einen heißen Schauder über ihren Körper, wie es der Ausdruck auf seinem Gesicht tat. Er presste ihre Handgelenke auf die Oberfläche, doch Gillian schaffte es, ihm einen Tritt gegen den Brustkorb zu verpassen. Allerdings quittierte er den Treffer mit einem Geräusch, das ganz und gar nicht beruhigend war.

„Strampel ruhig, das geilt mich noch weiter auf." Er zog sie mit einem Ruck nach vorn, sodass ihr Hintern an der Kante auflag, und umfasste ihre Kehle, mit genügend Nachdruck, dass sie für einen Moment schockiert innehielt. „Stillhalten, dann brauche ich dir nicht wehzutun, wenigstens nicht auf diese Weise. Spreize deine Beine für mich."

Da sie nicht gehorchte, drückte er etwas fester zu. Schweiß brach auf ihrer Haut aus, und sie wünschte sich, dass sie mutiger wäre, doch sie gab nach. Sie stemmte sich Halt suchend mit den Füßen auf der Kante ab. „Weiter, Esclava. Nur nicht so schüchtern. Oder willst du mich erzürnen und meinen Gürtel spüren? Ein paar satte Striemen würden sich gut auf deinem Arsch machen. Da stimmst du mir ganz gewiss zu."

Ihr Herz donnerte unfassbar heftig, als sie gehorchte. Ihr Geschlecht lag offen vor ihm, und er würde sehr tief blicken können, sofern er es wollte. Doch er sah nicht hin, stellte sich stattdessen zwischen ihre Schenkel. „Du entkommst deinem Schicksal nicht, Esclava. Es ist ein besonders großes Vergnügen für mich, dich zu zähmen."

Er beugte sich herab und sein Mund schloss sich um ihre rechte Brustwarze. Noch immer kontrollierte er sie durch den Griff um ihren Hals. Er saugte fest an der steifen Knospe, so fest, dass es herrlich wehtat. Das reichte ihm jedoch nicht, denn er biss hinein, ehe er den Schmerz fortleckte. Das war pure Folter, allerdings eine Folter, die sie sich nie so vorgestellt hätte. Inzwischen war der Druck auf ihrer Kehle nur noch leicht, doch die Warnung war trotzdem deutlich. Hunter hatte sie im wahrsten Sinne des Wortes in der Hand. Mit dem Daumen strich er über die Seite ihres Halses, und sie war sich sicher, dass ihr sich überschlagender Puls kein Geheimnis war.

Und dann starrte er ihr in die Augen, und Gillian wusste, dass sie in mehr als einer Hinsicht verloren war. Ihre Barrikaden brachen in diesem Moment vollständig ein. Natürlich merkte er es! Gleißende Lust überrollte sie und ihr Schoß pochte ebenso wie die schmerzende Haut auf ihrem Hintern und ihre geschwollenen Nippel. Wenn er darauf scharf wäre, könnte er sie jetzt vögeln. Jedoch tat er es nicht. So leicht wollte er es ihr nicht machen. Ihr Peiniger hatte offensichtlich Schlimmeres mit ihr vor.

Er ließ ihre Kehle los, packte stattdessen ihr rechtes Handgelenk und eine Sekunde später umschloss eine gepolsterte Handschelle ihr Gelenk in Höhe ihrer Hüfte. Verzweifelt wehrte sie sich mit ihrer freien Hand, doch sie war ihm nicht gewachsen. Mit Leichtigkeit klickte auch die zweite Schelle zu.

„Warte auf mich, Esclava. Ich hole ein paar Kleinigkeiten, damit das hier zu einem unvergesslichen Erlebnis für uns beide wird. Stell in der Zwischenzeit keine Dummheiten an." Dann seufzte er theatralisch. „Spreiz deine Beine, so wie sie gerade waren. Solltest du es nicht freiwillig tun, bestrafe ich dich. Dein Arsch ist nicht das Einzige, was ich auspeitschen kann. Die Vorderseite deiner Oberschenkel sind sowieso zu blass für meinen Geschmack, genau wie dein Bauch oder deine Brüste. Also …?" Er hob beide Augenbrauen an und er brauchte sie nicht mehr niederzustarren. Sie lag bereits jetzt schon auf dem Boden und das war beunruhigend erregend. Nach einem Atemzug, der schrecklich zitternd war, tat sie, was ihr Peiniger wollte, und diesmal sah er sich an ihr satt. Noch nie hatte ihr jemand auf diese rohe Weise zwischen die Beine gestarrt.

Er ging hinüber zu einem Schrank, der knarrte, als Hunter die Tür öffnete. Das Geräusch passte wirklich hierher. Allerdings wunderte Gillian sich, dass sie über das Rauschen ihres Blutes hinweg überhaupt etwas hören konnte. Doch all ihre Sinne waren bis zum Bersten angespannt, sodass ihr kein Detail verborgen blieb. Die Luft, die auf ihren überhitzten Leib traf, streichelte sie wie Seide, und das zeigte ihr auch deutlich, wie es um ihre Pussy bestellt war. Sie war nass, so verflucht nass! Ihre Nippel waren ebenso geschwollen wie ihre Klit und sie war unglaublich geil. So hatte sie sich noch nie gefühlt: Lebendig, aufgeregt, und es war, als würde sie gleich zerplatzen, nur damit Hunter sie wieder zusammenfügen konnte.

Die Ereignisse hatten sie genauso überrollt, wie er es getan hatte, und er hatte ihr somit jegliche Chance genommen, gründlich nachzudenken. Es war nicht ihr Verstand gewesen, der diesem wilden Spiel zugestimmt hatte, sondern ihr Bauch oder vielmehr ihre Vagina! Sexuelle Bedürfnisse hatten ihre Vernunft außer Kraft gesetzt, und all das Unterdrückte war in dem Moment aus ihr gebrochen, als sie Hunters Stimme gehört hatte. Von dieser Sekunde an hatte der Schrecken eine andere Form angenommen, denn von da an hatte sie sich vor sich selbst gefürchtet, aber nicht vor ihm.

Hunter kehrte zu ihr zurück, und er lächelte sie weder an, noch ließ er sie auf eine andere Weise erkennen, was er fühlte oder dachte. Er legte mehrere Dinge auf ihren Bauch, die ihren Schweiß auf der Stelle in eiskalte Tropfen verwandelten.

„Hunter!“, entfuhr es ihr, ehe sein wahrhaft einschüchternder Blick sie verstummen ließ.

„Das ist die letzte Warnung, Esclava. Vergisst du erneut, mich mit ‚Sir‘ anzureden, werde ich das hier benutzen.“ Seine Finger schwebten über der Zange aus Edelstahl, ehe er das Skalpell packte. „Du würdest mich dazu zwingen, dir einen Schnitt zu verpassen, vorzugsweise an der Innenseite deines Oberschenkels, sodass du dein restliches Leben daran erinnert wirst, wem du den Respekt versagt hast. Verstehst du das?“

Alles in ihr verlangte danach, sich aufzubäumen, die Beine aneinanderzupressen und so lange zu kreischen, bis sie keine Stimme mehr hatte. Stattdessen wisperte sie: „Ja, Sir.“ Was für grauenvolle Dinge konnte Hunter mit einer Zange anstellen? Oder mit dem Skalpell?

„Gut, dann kann ich ja das eine oder andere erst einmal weglegen. Du wirst dich kooperativ zeigen und dich gegen nichts wehren, was ich dir antue. Und zum Schluss, Esclava …“ Er fuhr mit der stumpfen Seite der Klinge genau an der Stelle entlang, die er gerade angekündigt hatte mit seiner ausgewogenen wunderschönen Stimme, die einfach nicht aufhörte, sie in den Bann zu ziehen. Aber das traf auf den ganzen Mann zu, einschließlich seines Sadismus‘, der sie nicht abstieß, sondern anzog wie kaum etwas zuvor. Obwohl sie wie verrückt zitterte, schaffte Gillian es, ansonsten bewegungslos zu verharren. „… du wirst mich anflehen weiterzumachen, egal wie schlimm ich mit dir verfahre. Ich weiß das und du wirst es gleich ebenfalls wissen."

Er entfernte fast alle Dinge aus Edelstahl von ihrem Bauch, zum Glück auch die große Nadel. Dann griff er nach einem der beiden schwarzen Bänder, das er um ihren rechten Knöchel befestigte. Das Material war weich, circa sechs Zentimeter breit und mit Klett versehen.

„Locker lassen." Er führte das andere Ende durch die Handschelle und zog es stramm, bis sie mit den Fingerspitzen ihren Fuß berühren konnte. Anschließend tat er das Gleiche auf der anderen Seite. „Falls du nicht aushältst, was ich mit dir veranstalte, sagst du Rot. Okay?"

Er gab ihr ein Safeword. Sie war sicher bei ihm, und die anfängliche Panik verschwand, sodass sie sich darauf konzentrieren konnte, wie es ihr wirklich erging. Die Fixierung tat ganz seltsame Dinge mit ihr. Gillian war ihm bereits vorher vollkommen ausgeliefert gewesen, doch jetzt fiel ihre Hilflosigkeit sie an, lustvoll und beängstigend. Aber die Fesselung schützte sie auch, weil sie ihm weder den Zugriff noch die Ansicht verwehren könnte, selbst wenn sie es versuchte.

Er beugte sich zu ihr herab und stützte sich mit beiden Händen neben ihrem Kopf ab. „Weißt du eigentlich, wie heiß du aussiehst?" Hunter erwartete offensichtlich keine Antwort, denn seine Lippen berührten ihre, zunächst sanft, ehe er mit seiner Zunge in ihren Mund eindrang und sie leidenschaftlich küsste. Es war anders als jeder vorherige Kuss mit ihm, aber auch mit jedem anderen Mann. Gefesselt zu sein, als sein Speichel sich mit ihrem vermischte, zwar seine Sklavin, nichtsdestotrotz in Sicherheit zu sein, öffnete ihre Schleusen, sodass ihr schwindlig von der eigenen Gier wurde, dass er sie endlich dort berühren sollte, wo sie es am meisten brauchte. Und noch nie hatte sie es so sehr gebraucht, dass ein Mann sie fickte. Ja, genau das sollte er mit ihr machen, sie nehmen, während sie in absoluter Machtlosigkeit gefangen war.

Seine warmen Lippen lösten sich von ihr und er strich ihr die Haare aus der Stirn. „Mir scheint, dir gefällt, was ich mit dir veranstalte. Dabei ist das nur der Anfang, Esclava."

Unzählige Male hatte sie bereits gedacht, dass ihr Herzschlag sein Limit erreicht hätte, doch das war ein Irrtum, wie sie in diesem Moment feststellte. Er schenkte ihr ein Lächeln und das war mehr als beunruhigend. Eigentlich brauchte er nur das einzusetzen und sie würde fast alles für ihn tun.

Dann fasste er an die Seiten des Tisches und hielt zwei Riemenenden in den Händen, die er direkt über ihrem Hals verschloss. „Ist das tolerierbar, Esclava?"

Nach einem Augenblick der Unsicherheit spürte sie, dass das Leder sie nicht einengte und sie frei atmen konnte. Abwartend musterte er ihr Gesicht.

„Ja, Sir."

„Wie lautet dein Wort?"

„Rot, Sir."

„Wann wirst du es benutzen?"

„Wenn ich wirklich nicht aushalten kann, was du mit mir machst, Sir."

„Das ist nicht nur aufs Körperliche bezogen, sondern gilt auch für deinen mentalen Zustand. Heute gewähre ich dir dieses Netz.“ Und dann griff er nach den verbliebenen Gegenständen, die noch auf ihr lagen. Den Plug und den Vibrator legte er neben ihrer Schulter ab, doch das mit Spitzen bestückte Rad hielt er fest umschlossen. Der Drang, den Kopf anzuheben, war übermächtig und demonstrierte ihr deutlich, dass die Effizienz seiner Fesselung durchdacht war, auch das stellte eine Art von Netz dar. Hunter war erfahren und strahlte eine unglaubliche Ruhe aus, der sie sich trotz ihres aufgewühlten Zustands nicht entziehen konnte.

Er hielt das grauenvolle Ding hoch. „Die Angst vor diesem Dornenrad ist verständlich, denn ich könnte mit ihm Spuren, sogar blutige, auf deiner Haut hinterlassen, sofern ich das wollte. Allerdings kann ich dich selbst mit meiner Hand schwer verletzen oder mit Worten massive Schäden anrichten. Also ist das hier auch nicht schlimmer als alles andere, was ich benutzen könnte. Konzentrier dich auf mich, nicht auf die Utensilien.“ Er sah ihr tief, auf eine fast hypnotische Weise, in die Augen. „Wir, nicht ich allein, fangen langsam an, finden gemeinsam heraus, wie empfindlich du bist. Ich hoffe für dich, dass du keine Nadelphobie hast. Aber zunächst werde ich dir einen Sinn rauben, um die anderen zu schärfen. So kannst du dich einfach fallenlassen und siehst vorher nicht, was ich vorhabe.“

Er positionierte seine Hand direkt unter ihre Kehle und übte etwas Druck aus, nicht um sie einzuschüchtern, sondern um sie zu beruhigen. Es wirkte. Hunter legte das Rad zu dem Sextoy und zog anschließend eine Augenbinde aus der Tasche, die er ihr sogleich überstreifte. Sein bedeutungsvoller Blick war das Letzte, was sie sah, ehe alles in Dunkelheit versank. Allerdings war diese Dunkelheit keinesfalls trostlos, denn ihre verbliebenen Sinne erfassten die Umgebung weitaus besser, als es ihr Augenlicht getan hatte. Auf der Stelle hörte sie sein gleichmäßiges Atmen, spürte die Souveränität, die Hunter ausstrahlte, die bar von Jähzorn oder Selbstsucht war. Sie roch ihn über den Geruch des Leders und den angenehmen Duft des Raums hinweg. Ihr war vorher nicht aufgefallen, dass dem Fünf-Sterne-Dungeon ein leichtes Orangenaroma anhaftete, das sehr wahrscheinlich dem Reinigungsmittel geschuldet war. Jede Bewegung, die ihr Sir machte, war wie ein Echo in ihrem Verstand: das Rascheln seiner Kleidung, seine festen Schritte. Aber sie bildete sich auch ein, dass sie seinen Blick spürte, dass er sie genau musterte und jede Kleinigkeit bemerkte, sodass sie ein gewaltiges Vertrauen erfasste und urplötzlich Tränen hinter ihren Lidern stachen. Das Polster lag weich unter ihrer Haut und stellte einen starken Kontrast zu der unbequemen Haltung dar. Sie konnte ihre Gliedmaßen lediglich ein wenig bewegen, damit es etwas Erleichterung brachte. Ihren Kopf nicht anheben zu können, war unfassbar erregend, denn sobald sie das versuchte, drückte das Leder gegen ihren Hals.

„Du testest momentan deine Möglichkeiten aus, Esclava, die nicht gerade üppig sind. Nicht wahr?“

Die Stimme war hinter ihr, und sie schrie vor Schreck auf, als er ihr über die Wange streichelte. „Bevor ich dich mit dem Rad quäle, werde ich mich zuerst mit deiner Pussy vergnügen.“

Als Hunter um sie herumlief, untermalte er seinen Weg mit den Fingerspitzen und Gillian erschauderte. „Ich ahne, dass die Dornen dir gefallen werden, mein hilfloses Opfer.“ Er nahm etwas auf und sogleich ertönte ein leises Summen. Das musste der Vibrator sein. Sie hatte damit gerechnet, dass er sie vögeln würde. Offensichtlich stand das nicht oben auf seiner Agenda. Ihre weit gespreizten Beine ermöglichten ihm leichten Zugriff, und er ging nicht zaghaft vor, sondern presste die Spitze des Toys auf ihre Klit und hielt sie an Ort und Stelle. Das war zu viel! Zu invasiv und direkt, doch sie konnte nichts tun, um ihn daran zu hindern.

„Hör auf, dich zu wehren, du vergeudest nur deine Kräfte.“ Warm lag eine Hand auf der Innenseite ihres linken Oberschenkels. Ein ziehendes Gefühl ließ ihre Lustperle pulsieren und sie strampeln, als die starke Stimulation ihr Werk tat. Der unangenehme, zu intensive Reiz verwandelte sich in pures Glück, und sie spürte das verräterische Pochen, das Zusammenziehen ihres Geschlechts, das den nahenden Höhepunkt ankündigte. Falls er jetzt aufhörte, würde sie sterben! Und wie verflucht schnell er sie in diesen Zustand gebracht hatte, war beschämend.

„Das geht ja leicht mit dir, du geiles Miststück.“

Sie hasste Dirty Talk und Beleidigungen, doch das passte zu ihrer Situation, und anstatt sie abzutörnen, geschah das Gegenteil. Sie wäre gekommen, wenn er das Gerät nicht weggenommen hätte. „Flehe mich an, Esclava. Bettel für deinen Orgasmus und ich gewähre ihn dir.“

Gillian presste augenblicklich die Lippen aufeinander, denn dazu war sie nach seiner Aufforderung nicht bereit. Hätte er es nicht verlangt, hätte sie es instinktiv getan. Doch bei Befehlen hatte sie schon immer trotzig reagiert.

„So stur." Belustigung tropfte glasklar aus seinem Tonfall. „Manche brauchen eben mehr Überzeugung als andere."

Endlose Sekunden passierte gar nichts, außer dass sie mit sich rang und sich fragte, ob ihr Stolz es wert war, sich den Höhepunkt zu versagen.

Und dann keuchte sie entsetzt auf, denn das Spielzeug vibrierte nicht nur, sondern ein eigenartiger Reiz durchfuhr zusätzlich ihren Körper, ausgehend von ihrer Klit. Es war nicht schmerzhaft, aber fremd, wie ein leichter Stromschlag, der im Verlauf heftiger wurde.

„Hunter!"

Für das Vergehen biss er ihr fest in die Innenseite ihres Oberschenkels, ließ nicht los, bis sie eine Entschuldigung stammelte, die ihr zunächst stockend über die Lippen kam, allerdings unter dem steigenden Schmerz an Inbrunst zunahm.

Sie war noch mit der Pein beschäftigt, als er den Vibrator erneut an ihren furchtbar pochenden Kitzler führte. Dieses Mal fehlte die Vibration, und das Kribbeln des Reizstroms war stärker und lustvoller, wie leichte Hiebe, nicht auf, sondern in ihrem Körper, jedoch ohne das Brennen. Nie hätte sie Strom mit sexueller Stimulation in Verbindung gebracht, doch das irgendwie fiese Kribbeln war erregend. Sie wimmerte und versuchte, gleichzeitig auszuweichen sowie sich an dem Vibrator zu reiben. Leider ließ

Hunter keins von beiden zu. Der Strom suchte sich den Weg durch ihren Leib und die Vibration kehrte zurück. Noch eine Sekunde und sie würde kommen und er könnte sich dann sein Flehen in den maskulinen Arsch stecken!

Doch er war es, der über sie bestimmte und auch über ihren Orgasmus, denn er unterbrach ihren Zieleinlauf. Stattdessen spürte sie etwas Spitzes an der Innenseite ihres Schenkels und Nadelstiche schienen ihre Haut zu durchbrechen. Sie schrie auf und versuchte, sich aufzubäumen. Hart klatschte seine Hand mitten auf ihr Geschlecht, und das Brennen verteilte sich ebenso, wie der Strom es getan hatte.

„Stillhalten, Esclava. Ich will dir nicht unbeabsichtigt Verletzungen zufügen. Falls du blutest, dann nur, weil ich es so wollte."

Das Piken war nicht nur ein Piken, sondern es aktivierte ihre Nervenenden mit einem kitzelnden, aber eben auch stechenden, tief gehenden Reiz, der sich an der ganzen Länge ihres Oberschenkels verteilte, als er über ihre Haut rollte. Zur selben Zeit kribbelte, kitzelte und stach es und ihr überhitzter, überreizter und zudem unerfüllter Körper schrie nach Erlösung. Jetzt waren die Dornen an ihrem rechten Oberschenkel und sie konnte das nicht mehr aushalten - doch sie musste es.

Je intensiver er Gillian quälte, desto stärker pochte sein Schwanz. Er führte das Dornenrad mit leichter Hand über ihre empfindliche Haut und passte auf, dass er sie nicht damit verletzte. Ihr Geschlecht glänzte unfassbar nass, und er hielt es kaum noch aus, sie nicht zu ficken. Wenn er sie jetzt nähme, könnte er es so machen, dass sie nicht kam. Den wenigsten Frauen reichte eine vaginale Stimulation, und aus ihrem Gespräch wusste er, dass es bei Gillian nicht anders war. Doch er war auf ihr Betteln nach Erlösung aus. Er gierte danach, sie auf den Knien zu sehen, und er wollte, dass sie sich ihm widersetzte. All das war wie ein Rausch für ihn.

„Soll ich damit über deine Nippel fahren, Esclava? Oder gar über deine Klitoris? Vielleicht ein Muster auf deinem Bauch hinterlassen?" Er setzte eine der Spitzen auf ihre linke geschwollene Brustwarze, sodass das Metall sie gerade so eben berührte. Das reichte, und die renitente Sub hielt sogar die Luft an, lag ganz und gar bewegungslos, und das war in ihrem jetzigen Zustand kein einfaches Unterfangen.

„Ich warte, Esclava. Du weißt, was ich verlange." Er erhöhte den Druck, und sie stieß einen Atemzug aus, der in einem schrillen Keuchen endete. Und dann führte er zwei Finger in ihr heißes, pitschnasses Geschlecht ein. Er wusste nicht, wie sie es schaffte, sich nicht zu bewegen, doch es gelang ihr für ein paar Sekunden, ehe sie einknickte.

„Bitte!"

Mit dem Daumen streifte er ihre Klit und sie zuckte zusammen. Gerade noch rechtzeitig hob er das Dornenrad, ehe er sich vorbeugte, um an der harten Warze zu saugen, und das keinesfalls sanft.

„Sir! Bitte, bitte, bitte."

Na also!

Wahrscheinlich war ihr nicht einmal bewusst, dass sie flehte, doch das reichte ihm für den Anfang. Er behielt den Nippel im Mund, lutschte so fest daran, dass sie dieses Mal aufschrie, und er schaffte es nicht mehr, sich zu beherrschen. Hunter zog seine Hand zurück, die Finger nass von ihrer Geilheit, und öffnete Knopf und Reißverschluss seiner Hose. Er zog sie und die Shorts gerade weit genug nach unten, dass er sie ficken konnte. Heiß lag sein Schwanz in seiner Hand, und er schaute auf Gillian herab, als er es sich genüsslich selbst besorgte. Wenn er sich nicht beherrschte, würde sein Vergnügen ein viel zu Kurzes sein. Ohne Vorwarnung drang er in sie ein. Er machte es weder vorsichtig noch langsam, sondern vergrub sich bis zum Anschlag in ihrer Möse und versuchte erst gar nicht, das Stöhnen zu unterdrücken, denn zu geil fühlte sich die feuchte Hitze um seinen Schwanz an.

Gillian keuchte auf, und er massierte ihren Kitzler, nahm ihr somit das Unbehagen, und merkte, dass er verflucht breit grinste. Eine Ewigkeit hatte er auf jeden einzelnen dieser Momente mit ihr gewartet, doch die Jagd war noch lange nicht vorbei. Schließlich hatte er nicht vor, das Wild zu töten, sondern es zu zähmen, bis es ihm sprichwörtlich aus der Hand fraß, und dann würde es irgendwann doch wieder zubeißen, weil es Gillians Natur entsprach. Im Augenblick war sie zu gierig, um klar zu denken, ein Zustand, den er beim Sex bevorzugte. Viele würden seine Vorlieben als gewalttätig erachten und ihn für das, was er Gillian angetan hatte, in die tiefste Hölle verdammen. Doch von diesen Moralvorstellungen hatte er sich vor langer Zeit befreit.

Er beugte sich vor und löste erst die Lederriemen um ihren Hals und streifte ihr anschließend die Binde vom Kopf.

Gillian blinzelte, bis sie seinen Blick traf, und augenblicklich schoss weitere Röte in ihre Wangen. So verflucht entzückend!

„Kein Wort, Esclava. Es tut dir gut, mal den frechen Mund zu halten." An diesem Funkeln in den Tiefen ihrer blauen Augen würde er sich nie sattsehen können. Zu oft hatte er Subbies unter den Händen gehabt, die im Laufe ihrer Erfahrungen ihr Feuer verloren hatten und die von den erwarteten Verhaltensregeln förmlich eingeschnürt wurden, bis sie nur noch konditioniert handelten. „Solltest du mir nicht gehorchen, werde ich dir zwar nicht wehtun, doch dann komme nur ich zum Zug. Das geht bei einem Mann so viel einfacher als bei einer Frau. Ist dir dein Aufstand das wirklich wert?"

Während er sprach, bewegte er die Hüften langsam und kostete jeden Millimeter aus. Dabei hörte er nicht auf, ihren Kitzler sanft zu stimulieren, gerade genug, um sie auf dem Gipfel ihrer Erregung zu halten. „Und sieh nicht weg. Ich will in deinem Blick sehen, wie du kommst."

Sie stieß einen tiefen Seufzer aus angesichts der aussichtslosen Lage, in der sie sich befand. Es war gut, wenn man erkannte, dass man sich nicht rauswinden konnte. „Sobald ich mit dir durch bin, wirst du dich auf Knien bei mir für diese wundervolle Erfahrung bedanken."

Ihre Mimik schrie ihm deutlich entgegen, dass sie lieber Dreck fressen würde. Das konnte sie gerne tun, während sie kniete, von ihm aus auch auf allen vieren. Denn das würde sie, weil ihr unter anderem in dieser Hinsicht keine Wahl verblieb. Das hatte er bereits jetzt mit einer mehr als vorausschauenden Planung sichergestellt.

Er umfasste kurz ihre Wangen und angesichts dieser Zärtlichkeit trat ein eigenartiger Ausdruck in ihre Augen. Interessant! Sanftheit machte ihr Angst, wogegen es seine Grausamkeit nicht getan hatte. Er fickte sie tief, bedächtig, wobei er sich zwingen musste, den Rhythmus beizubehalten. Hunter führte den linken Daumen an ihren Mund und sie verstand die stumme Einladung. Fest saugte sie daran, während er sich vor und zurück bewegte und ihre Klit inzwischen mit zwei Fingern umkreiste. Seine Atmung passte sich ihrer beschleunigten an, als die Erfüllung der körperlichen Gier sich mit der seelischen vermischte. Gillian bäumte sich auf, stützte sich auf ihren Schulterblättern ab und biss ihm in den Daumen.

Biest!

Die Wildheit in ihrem Blick jagte geradewegs in seinen Schwanz, und er zahlte es ihr heim, indem er in ihren Kitzler kniff. Sie schaffte es, gleichzeitig zu stöhnen und zu schreien und dann wieder zu stöhnen, als er den geschundenen Knoten losließ und erneut massierte, allerdings fester im Vergleich zu vorher.

Sie wollte sich bewegen, sich aus den Fesseln befreien und sich an ihm festklammern. Das merkte Hunter ihr deutlich an. Doch all das versagte er ihr, und das trug erheblich zu der Lust bei, die sie zweifelslos noch nie so stark empfunden hatte. An irgendwelche Einkäufe dachte sie jetzt bestimmt nicht. Obwohl, vielleicht stellte sie gerade ein Set aus Messern, Schlagringen und Pfefferspray zusammen.

Jetzt schloss sie die Lider, da sie nicht anders konnte, als der Orgasmus sie packte. Einfach verflucht wunderschön! Und was er noch mit diesen Brüsten vorhatte, die sich perfekt für einen Tittenfick eigneten!

Sie starrte ihn an, nachdem das Zucken aufgehört hatte, und legte den Kopf zurück. Ein wahrhaft engelhaftes Lächeln zierte ihr hübsches Gesicht. Hunter fragte sich, wie lange dieser Zustand wohl anhalten würde.

Bestimmt war er von sehr kurzer Dauer!

Er zog den Daumen aus ihrem Mund und vergnügte sich stattdessen mit ihren prallen Nippeln, während er sie vögelte. Die steifen Spitzen waren dazu gemacht, um in sie hineinzukneifen, und das war es, was er machte. Er fügte ihr neuen Lustschmerz zu, als er immer schneller in sie hineinstieß, Gillian in den Fesseln ruckte, bis gleißendes herrliches Vergnügen seinen ganzen Körper überschwemmte. Er nahm nichts mehr wahr außer der Gier, die endlich ihre Erfüllung fand.

Seine Hoden zogen sich zusammen, und der Höhepunkt verkrampfte seine Muskeln, ehe eine vollkommene Entspannung einsetzte, nachdem er sich in ihr vergossen hatte. Für ein paar Sekunden hielt er inne, ehe er sich aus ihr zurückzog, jedoch war das nur physisch, denn mental war er nach wie vor mit ihr verbunden. Er löste die Velcro Straps und drückte danach auf den Mechanismus, der die Handschellen öffnete.

„Das war unglaublich, Hunter. Ich bin noch nie …“ Gillian verstummte unter dem Ausdruck in seinen Augen, den Zoe einmal mit zu Hochglanz poliertem Stahl verglichen hatte. „Es tut …“ Sie besann sich und schluckte die Entschuldigung herunter, die sie hatte stammeln wollen. Stattdessen spannte sie ihr Kinn an.

„Auf die Knie, Esclava.“

Sie machte wieder dieses Geräusch, das dieses Mal nichts mit einer niedlichen Kuh zu tun hatte, sondern mit einem bis aufs Blut gereizten Stier. Hunter richtete seine Kleidung, schloss den Reißverschluss und machte den Knopf zu.

Dann eben auf die harte Tour, Liebes.

Hunter zog sie kurzerhand in eine sitzende Position. Ächzend streckte sie die Beine aus. Mit einem fiesen Grinsen hob er sie vom Tisch und stellte sie in genügend Abstand zu dem Möbelstück auf die Füße. Seine Hände lagen um ihre Taille und dann ließ er sie los. Ihre verkrampften Muskeln gaben nach und sie sackte auf den Boden. Sein Grinsen wurde noch breiter und sie erfüllte nicht nur seine Erwartungen, Gillian übertraf sie.

„Hör auf, so blöd zu grienen.“

„Keine Entschuldigung? Kein Dank, Esclava? Du weißt ja gar nicht, wie mich das zufriedenstellt. Denn jetzt kann ich zu dem Hauptgang obendrein ein für mich wahrhaft schmackhaftes Dessert hinzufügen: Mousse au Spankolat.“ Er packte sie am Genick, grub gleichzeitig seine Finger in ihr nass geschwitztes Haar und zwang ihren Oberkörper nach unten. Die Handlung machte ihm fast genauso viel Spaß, wie sie zu ficken. Ihr üppiger Arsch sah wirklich fantastisch in dieser Position aus, und wenn er zehn Jahre jünger wäre, hätte er sie erneut genommen, noch während sie vor Schmerz heulte.

Bedauerlich!

„Sechs Stück auf jede Hälfte, Zuckerstück. Du hast es dir verdient." Er presste sie mit purer Körperkraft nieder, und sie war einfach zu schwach, um viel dagegen ausrichten zu können, obwohl sie versuchte, sich zu befreien. Und dann landete seine Handfläche mit einem wirklich satten Knall auf ihrer rechten Arschbacke. Er hatte nicht vor, die Seiten abwechselnd zu bearbeiten. Denn das hier war nichts anderes als die Quittung für ihr respektloses Benehmen. Während Hunter sein wunderbares Werk tat, schrie sie kontinuierlich mit einer Mischung aus Schmerz und Zorn, wobei er sich nicht sicher war, welches davon überwog. Lust pochte heiß wie Lava durch seine Venen, weil ihm das weitaus mehr Freude machte, als einer willigen Sub mit einem Rohrstock den Hintern zu versohlen.

Nach vollbrachter Arbeit leuchtete ihr Gesäß erneut tiefrot, doch er hielt sie weiterhin an Ort und Stelle.

„Du entschuldigst dich bei mir und bedankst dich besonders für die Bestrafung oder ich zwinge dich zu einem Orgasmus. Gleich hier und jetzt, und mir ist es egal, wie lange das dauert. Und glaub mir …" Er zog ihren Kopf hoch und führte genügend Druck aus, bis sie ihn anfunkelte. Tränen tropften ihre Wangen hinunter und ihre Lippen zitterten. So verflucht verführerisch! „… ich bringe dich dazu, einen Höhepunkt zu erleiden, denn genießen wirst du ihn nicht. Deine Entscheidung, Esclava, die du mir sofort mitteilst, nachdem ich dich losgelassen habe."

Gillian focht zwar einen inneren Kampf aus, dieser war jedoch für Hunter deutlich sichtbar. Er löste sich von ihr, blieb aber in der Hocke und reagierte eine Sekunde zu spät.

„Zur Hölle mir dir, du verfluchter sadistischer Arsch", kreischte sie, während sie nach vorn schnellte und ihn so hart schubste, dass er auf dem Hintern landete. Sie sprang auf, doch er war schon auf den Beinen, als sie keine drei Schritte gelaufen war, und holte sie ein, als sie beinahe die Tür erreicht hatte. Er bekam sie an den Haaren zu fassen und sie wirbelte herum. Hunter schaffte es gerade so eben, ihr Gelenk zu packen, ehe ihre Hand mit seiner Wange kollidierte.

„Gillian!"

„Wie konntest du nur! Ich wollte mich in deine Arme werfen und du … du …" Sie versuchte tatsächlich, ihm das Knie dahin zu rammen, wo es am meisten wehtat.

Hunter fasste es nicht! Sein Schwanz war hart, und er gierte schon wieder danach, sie zu ficken. Er hatte nicht vor, dem etwas entgegenzusetzen. Doch zunächst drehte er ihr den Arm auf den Rücken und zog ihn nach oben, bis sie aufhörte, sich wie eine Furie zu benehmen. Hunter überlegte für einen Moment, welcher Ort am besten geeignet war, und entschied sich für das Schlafzimmer. Im Bett war es immer noch am bequemsten, zudem konnte er sie dort schnell und einfach fixieren.

„Vorwärts, Esclava!"

„Ich bin nicht deine verfluchte Sklavin!"

Er biss ihr in den Schultermuskel, bis sie aufschrie und mit dem Unterkörper nach hinten ruckte. Dabei blieb ihr natürlich nicht seine Erektion verborgen. Er spürte das Glühen ihrer Haut, sogar durch den Stoff von Hose und Shorts.

„Und ob du das bist. Eine kleine Entschuldigung, ein bisschen Respekt und du hättest deine Kuschelstunde, Champagner und Erdbeeren bekommen. Leider bist du anscheinend nicht gerade die schlaueste Person, wenn es um Konsequenzen geht.“ Er schob sie mit Gewalt weiter, und er würde sich gar nicht die Mühe machen, sie zu fesseln. Ein Aufliegevibrator und sein Schwanz würden Stimulation genug sein. Denn sie mochte sich wie die größte Zicke aufführen, aber wenn Hunter eines wusste, dann, dass sie unter dem ganzen Zorn ebenso erregt war wie er.

Sie erreichten das Schlafzimmer, wo er sie über die Türschwelle schubste, auf das Bett zu, und dort bugsierte er sie mit dem Gesicht nach unten auf die Matratze. Hunter entschied sich doch dazu, sie zu fixieren, nicht dass sie sich selbst verletzte, daher warf er sich kurzerhand auf sie und hielt sie mit seinem Körpergewicht an Ort und Stelle. Da konnte sie noch so sehr versuchen, ihn abzuschütteln und sich aufzubäumen.

„Du verschwendest nur deine verbliebene Energie, Esclava“, wisperte er an ihrem Ohr, was sie vor Wut irgendeine Unflätigkeit in das Kissen schreien ließ.

B’s Konzept war gründlich durchdacht: Die Ringe, Seile und daran befestigten Manschetten waren strategisch angebracht. Hunter griff an ihr vorbei und angelte sich eine der ledernen Manschetten vom

Kopfteil. Anschließend zwang er ihren Arm nach oben, presste sie noch stärker in die Matratze, da sie sich mit neuem Elan wehrte.

„Winde dich ruhig weiter, das macht mich so unglaublich an.“ Und das tat es wirklich. Ihr glühender weicher Arsch war kaum zum Aushalten. Gleich würde er ihn in seiner ganzen Pracht begutachten können, während er in sie hineinstieß.

Wenig später war sie sicher fixiert. Er küsste sie zwischen die Schulterblätter und streifte mit den Lippen über ihre überempfindliche Haut und sie erschauerte auf der Stelle. Hunter rollte sich von ihr, stellte sich neben das Bett und starrte auf sie herunter. Gillian weigerte sich, ihn anzusehen, und blickte demonstrativ in die andere Richtung. Sie bebte am ganzen Körper. Er tätschelte lüstern ihren Hintern und umfasste anschließend die Rundung.

„Du fühlst dich so gut an, Esclava. Und dein Arsch gehört verboten.“ Er riss sich das T-Shirt vom Leib und machte kurzen Prozess mit der restlichen Kleidung.

Jetzt sah sie ihn an, und ihr Verstand mochte ihr sagen, dass er ein perverses Schwein war, ihr Körper sowie ihre Bedürfnisse sprachen jedoch eine ganze andere Sprache. Er wusste, dass er sich nicht zu verstecken brauchte und das bezog sich auf jeden Aspekt seines Körpers.

„Du hast ja gar kein Stummelschwänzchen“, flüsterte sie mit einem aufmüpfigen Grinsen.

Hunter gab zu, dass er für einen Sekundenbruchteil erstarrte und selbst ein Geräusch machte, das durchaus mit jedem Stier konkurrieren konnte. Sie wollte es so, forderte ihn heraus und würde exakt das bekommen, was ihr zustand.

„Nicht doch!“ Er schnalzte mit der Zunge, ein Ton, der sie merklich auf die Palme brachte. Schade nur für Gillian, dass sie sich kaum von der Stelle rühren konnte. Hunter schob ein großes festes abgeschrägtes Kissen unter ihr Becken, und jetzt war sie genau in der Position, in der er sie wollte. „Eine Kleinigkeit fehlt noch, Esclava. Du sollst schließlich genauso viel Vergnügen daran haben wie ich.“ Er ging hinüber zum Highboard und zog die oberste Schublade auf. Hier lagen neue, voll aufgeladene Sextoys. Hunter wählte wie geplant einen Aufliegevibrator aus. Wie die meisten bestand auch dieser aus medizinischem Silikon, fühlte sich angenehm an, und er stellte ihn auf die höchste Stufe, die beachtlich war.

Er lief zurück zum Bett und sie spießte ihn gerade mit ihrem Blick auf. „Ich will das nicht“, sagte sie wenig überzeugend.

„Tatsächlich? Wenn dem wirklich so wäre, weißt du, wie du mich stoppen kannst.“ Er fasste ihr von hinten an die Pussy und ihr Körper bestätigte ihm alles, was er wissen musste. Er schob das Toy an Ort und Stelle und merkte augenblicklich, als es richtig saß, denn sie zuckte deutlich zusammen. „Du hast die Wahl, Esclava. Du kommst, während ich dich ficke, oder ich mache anschließend mit dir weiter, bis du kommst, also sieh zu, dass der Vibrator dort bleibt, wo er ist.“ Er zwängte sich zwischen ihre Beine, drängte sie auseinander und vergrub sich abermals in seiner unwilligen und doch so willigen Beute. Aber nicht nur ihr leuchtender Po reizte ihn, ihre Brüste weckten ebenso sein Interesse. Sie keuchte auf, als er sich bewegte, und sie kämpfte bei den ersten Stößen gegen ihn an, wollte sich nicht davontragen lassen.

Hunter schob seine Hände unter ihren Oberkörper und knetete fest ihre Titten und zwickte sie in die steifen Nippel. Sie konnte einfach nicht anders als nachzugeben und stöhnte laut auf, als die unterschiedlichen Reize ihren Körper fluteten. Die Weichheit ihrer Brüste, die sich perfekt in seine Handflächen schmiegten, war eine weitere Zutat in dem Cocktail mit dem Namen Gillian Cross. Sie befriedigte wirklich jeden seiner Geschmacksnerven. Während er sich bewegte, rieb er über ihre wunde Haut, und ihr Keuchen, ihre leisen Schreie und das mehrmals gestammelte „Sir" zerrten auch ihn fort, kurz nachdem sie einen heftigen Orgasmus gehabt hatte.

Hunter sackte auf sie und brauchte ein paar Momente, bis er zu Atem kam. Er löste nacheinander die Schnallen der Manschetten und drehte sie anschließend um, musterte prüfend ihr Gesicht. Zufrieden mit dem, was er erspähte, ließ er es zu, dass sie die Arme um seinen Hals warf, um sich an ihn zu schmiegen. Sie leuchtete förmlich vor Glück, weil sie genau das von ihm bekommen hatte, was sie gebraucht hatte, um zu sich zu finden.

„Ich sollte dich zum Teufel wünschen", wisperte sie, während sie sich dichter an ihn presste.

„Das geht nicht, Esclava, da ich der Teufel bin."

Sie drückte ihre Nase in seine Halsbeuge und er spürte ihren schnellen Herzschlag, der sich erst allmählich beruhigte. „Bekomme ich jetzt den Champagner und die Erdbeeren?"

„Alles, was du willst. Doch zuerst duschen wir, und dein Po braucht ein bisschen kühlende Creme. Er soll sich erholen. Denn schließlich habe ich noch ein paar Dinge mit ihm und dir vor."

Gillian ächzte und Hunter musste zugeben, dass auch er so zufrieden, glücklich und geerdet war wie seit einer verflucht langen Zeit nicht mehr.

Eine halbe Stunde später saßen sie im Bett, zwischen sich eine Schüssel mit Erdbeeren und einer Schale mit geschmolzener Schokolade, in den Händen Flöten mit eiskaltem Champagner.

Gillian hob ihr Glas. „Morgen, mein Fürst der Dunkelheit, mache ich dir das Leben schwer. Doch momentan fehlt mir sogar die Kraft, um dich anzufunkeln." Sie lächelte ihn offen an. „Ich danke dir, Sir. Das war einfach nur geil." Dann tunkte sie eine Frucht in die Vollmilchschokolade und biss genüsslich hinein.

Gott! Er war aufgeschmissen.

Kapitel 9

Das warme Wasser umfloss lindernd ihren Körper und verzückt atmete sie den Duft des Fliederschaumbads ein. Zufrieden sank Gillian in der Wanne zurück und schloss ergeben die Lider. Ihr tat wirklich alles weh, selbst Stellen, die eigentlich nicht schmerzen sollten, denn sie hatte nicht gewusst, dass die Muskeln es dort konnten. Es war noch immer unwirklich, was Hunter getan hatte, um sie zu bekommen.

Und wie er dich bekommen hat!

Gestern Nacht war sie an ihn gekuschelt eingeschlafen und heute Morgen genauso aufgewacht. Im ersten Moment hatte sie sich kaum bewegen können, und das hatte Hunter, der sie anscheinend bereits seit längerer Zeit beobachtet hatte, ein äußerst zufriedenes Grinsen entlockt. Ihr Po brannte, aber sie hatte mit weitaus Schlimmerem gerechnet. Der Gedanke, dass er zu sehr viel schrecklicheren Dingen fähig war, jagte ihr einen Schauder über den Körper.

Zwei Stunden gewährte er ihr, damit sie sich sammeln und erholen konnte, allerdings wären dazu drei Wochen nötig. Eigentlich sollte seine mentale Invasion sie beunruhigen, denn sie erinnerte sich in Bruchstücken an ihre Schreie, ihr Weinen und auch an ihr Flehen. So hatte sie sich früher immer Orgasmen vorgestellt und die Realität wirkte nach. Hochmut kam vor dem Fall und das traf auf sie mit jeder Silbe zu. Im Vorfeld hätte sie vehement abgestritten, dass Hunter all das in ihr ans Tageslicht zerren würde. Hunter hatte sie geschubst und sie war kontrolliert in die Tiefe gestolpert. Denn es war kein freier Sturz gewesen, er hatte sie gestoßen, an ihr gezerrt, sie ständig in verschiedene Richtungen gelenkt, wobei er sie zwischendurch sanft aufgegangen hatte, nur um sie erneut unerbittlich ins Unbekannte zu befördern. Das Auffinden der Abgründe in der eigenen Persönlichkeit war beängstigend und zugleich befreiend. So hemmungslos zu weinen vor Schmerz, aber auch vor Erleichterung, war eine Erfahrung, die sie nie mehr missen wollte. Die Schläge selbst waren nicht anregend gewesen, sondern, dass er sie zu ihrem Glück gezwungen hatte. Die Willensstärke von ihm, dass er es trotz ihrer Gegenwehr durchgezogen hatte, erregte sie sogar jetzt.

Gott! Er hatte sie entführen und versteigern lassen, sich vorhin mit den Worten verabschiedet, dass sie keine Dummheiten anstellen sollte! Und sie liebte ihn dafür, anders konnte sie es nicht ausdrücken. Gillian schaltete die warnenden Stimmen in ihrem Kopf ab, die sie vehement daran erinnerten, dass es gefährlich war, sich auf einen Mann wie Hunter einzulassen, und das unberücksichtigt von der Natur ihrer Beziehung.

Esclava!

Wenn sie seine Sklavin war, dann war er ihr Herr und Meister. Das Wort Sklave war mit Negativem behaftet. Das Eigentum von jemand anderes zu sein, war bestimmt nichts, das man beschönigen sollte. Aber sie gehörte ihm ja nicht wirklich, sondern nur in dieser Woche. Oder? Nein, da existierte kein Oder. Sie konnte sich in der Tat nicht vorstellen, stets zu tun, was er ihr sagte. Doch im Moment verzehrte sie sich nach seinem harten und gleichzeitig liebevollen Vorgehen.

Und was ist danach, du blöde Nuss?

Schhh! Darüber denke ich nach, wenn es an der Zeit ist.

Aber da sie seine ersteigerte Esclava war, sollte sie sich auch wie eine benehmen. Eine Flucht wäre die nächste logische Tat, obwohl es nur bei einem Versuch bleiben würde. Ihr Herzschlag wummerte bei den köstlichen, äußerst anregenden Fantasien, wie ihre Bestrafung aussehen könnte.

Auf einmal hielt sie nichts mehr in der Badewanne. Sie tauchte unter, ließ das Wasser ab und spülte anschließend den Schaum von sich. Nachdem sie sich abgetrocknet hatte, gab es nur ein riesiges Problem: Hunter hatte ihr nichts zum Anziehen gegeben. Aber er hatte sicherlich ausreichend Kleidung für sich selbst mitgebracht. Ob Hunter noch auf der rückwärtigen Veranda vor seinem Laptop saß? Das musste sie einfach hoffen.

Sie schlich aus dem Badezimmer und öffnete den Kleiderschrank. Dort schnappte sie sich das erstbeste Longsleeve und eine Boxershorts, die sie sich anzog.

Schuhe!

Sie konnte kaum barfuß draußen herumrennen, doch das Paar Turnschuhe, das auf dem untersten Regalboden stand, war mehrere Nummern zu groß. Sie stopfte Socken hinein, zog welche an und nahm die *Nikes* in die Hand. Gillian kontrollierte nicht, wo Hunter sich befand, denn er würde sie auf der Stelle bemerken, sobald sie in seiner Nähe war. Der Mann verfügte ihrer Meinung nach über überscharfe Sinne, und die Bestätigung wollte sie sich nicht holen, indem sie sich von ihm entdecken ließ. Das Risiko, ihm versehentlich über den Weg zu laufen, war geringer. Sie schlich die steinerne Treppe hinunter und durchquerte den schaurig-schönen Raum, wobei sie sich zwang, sich nicht vorzustellen, was er mit ihr hier anstellen würde, sobald ihre Flucht ein Ende fand. Wenn sie ehrlich war, sehnte sie diesen Moment bereits jetzt inbrünstig herbei. Wie lange es wohl dauerte, bis er ihre Abwesenheit bemerkte? Sie betätigte den Hebel für die Verandatür und schob sie gerade so weit auf, bis sie hindurchpasste. Jedes von ihr gemachte Geräusch zerrte an ihren überreizten Nerven, sodass sie die Tür offen ließ. Gillian streifte die Schuhe über. Anschließend schnürte sie die Senkel so stramm wie möglich. Solange sie nicht rannte, würde es gehen.

Gott! Es war traumhaft hier. Überall grünte und blühte es, und die Vegetation war tropisch, einschließlich der dazugehörenden Palmen. Sie schaute in den Himmel, der sie mit Sonne und Wattewölkchen begrüßte. Hinter der Veranda gab es einen Schwimmteich, und sie fragte sich zum ersten Mal, ob die Insel Hunter gehörte. Wundern würde es sie nicht.

Ob er einer Adels- oder Industriellendynastie entstammte? Natürlich hatte sie ihm im Internet hinterherspioniert, doch es gab erschreckend wenige Informationen zu seiner Person. Allerdings galt das für die meisten Wirtschaftsbosse; wahrscheinlich waren die zu unwichtig für die Presse. Sie lief nach rechts, entfernte sich vom Haus und bemerkte, dass es noch ein Gästehaus gab. Da sie weder einen anderen Menschen gehört noch gesehen hatte, außer bei der Versteigerung, von der sie einfach wusste, dass sie ein Fake gewesen war, riskierte sie es und joggte direkt darauf zu. Hunter war vielleicht ein skrupelloser Sadist, sobald es darum ging, zu bekommen, was er wollte, aber ein Menschenhändler war er sicherlich nicht. Außerdem hatte er Prinzipien, die seine Hemmungslosigkeit, was ihre Person anbelangte, ausbalancierten. Eigentlich sollte sie ihn ins Meer werfen, doch wenn sie ehrlich war, gefiel ihr, was er ihr antat. Daran gab es nicht den geringsten Zweifel. Ungelenk rannte sie über den Rasen, der das Attribut *gepflegt* wirklich verdiente. Und dann sah sie eine Bewegung hinter dem rechten Fenster.

Shit!

Nur nicht in Panik geraten. Wer immer das auch war, hatte sie sicherlich nicht bemerkt. Gillian unterdrückte den Reflex, sich flach auf den Boden zu werfen. Ihr wurde bewusst, dass ihre *Flucht* sich für ihren Körper verflucht echt anfühlte und somit ihren Verstand überrollte. Sie schlug einen Haken nach links und stolperte mehr, als dass sie rannte, auf einen schmalen Weg zu, der zwischen lila und weiß blühenden Pflanzen hindurchführte. Als sie ihn erreichte, strauchelte Gillian und konnte sich gerade noch fangen.

Reiß dich zusammen! Es gibt keinen Grund, in Panik zu verfallen! Hunter wird dich nicht wie eine echte Sklavin auspeitschen oder mit einem Brandzeichen versehen!

Oder?

Sie atmete tief durch, leider beruhigte das weder ihren sich außer Kontrolle befindenden Puls noch ihre sich überschlagenden Gedanken, denn dass er sie mit einer Peitsche züchtigen könnte, befand sich durchaus im Rahmen des Möglichen. Sie hatte irrtümlich geglaubt, dass sie ihn einzuschätzen vermochte, doch sie wurde bereits jetzt von sich selbst eines Besseren belehrt. Und Hunter! Er würde ihr eine gewaltige Lehre erteilen, die sie bestimmt nicht einfach abwaschen konnte. Sie blickte über die Schulter und prallte direkt gegen etwas Unnachgiebiges.

Oh! Er war es, nicht Prinz Charming, nicht Prinz Charles, sondern Charles der Schreckliche. Und sein Blick war ebenso hart, wie es seine Hände waren, die ihre Oberarme wie Zwingen umklammerten. Gnade war nicht von ihm zu erwarten.

Seufzend klappte Hunter das Notebook zu. Es war Zeit nachzusehen, was seine süße Esclava tat. Vielleicht sollte er sich zu ihr in die Wanne legen, um sich mit ihr in der nächsten Stunde zu vergnügen. Er hatte ihr eine kurze Ruhepause angekündigt, aber in Wahrheit wollte er ihr heute nichts Schlimmes mehr antun. Sie brauchte Ruhe und morgen war auch noch ein Tag. Sie könnten nachher die Insel erkunden, ein paar Runden im Schwimmteich drehen und gemeinsam das Abendessen zubereiten. Ein perfekter, normaler Urlaubstag, ehe er sie erneut herausforderte.

Hunter lief die Treppe hoch und ging ins Schlafzimmer. Aus dem Badezimmer war kein Geräusch zu hören. Ob sie eingeschlafen war? Beim Frühstück war sie noch völlig fertig gewesen und obendrein etwas durcheinander. Natürlich stellte sie seine Vorgehensweise infrage, aber vor allem ihre Reaktionen darauf. Devot zu sein, die Neigung allerdings schlussendlich auch auszuleben, waren zwei unterschiedliche Seiten einer Medaille. Die Fantasien waren glänzend, glatt, makellos und unverschnörkelt, doch die Realität hatte Dellen, Abschürfungen, Tiefen und Gipfel, Absplitterungen und Abgründe, die das Gegenteil von oberflächlich waren. Sich wirklich zu unterwerfen, konnte sehr beängstigend sein, aufzehrend bis ins Mark, dazu imstande, einem die Seele auszulaugen, sofern der dominante Part nicht das passende Kontergewicht lieferte. Und die Eroberung von Gillian war alles andere als legitim.

„Esclava?“, rief er und es kam keine Antwort.

Hunter wusste, dass er die Badewanne und auch das Haus leer vorfinden würde, trotzdem vergewisserte er sich zunächst im Badezimmer. Dann überprüfte er den Kleiderschrank. Das Miststück hatte unter anderem seine Turnschuhe entwendet, und wie vermutet war sie nirgends aufzufinden. Sie war durch die Verandatür von B's Luxusdungeon geflohen. Anscheinend wünschte sie heute keinen Ruhetag, sondern das genaue Gegenteil.

Hüte dich vor deinen Wünschen, Esclava.

Von jetzt auf gleich war er der Jäger, der eine entlaufene Sklavin einfangen und äußerst angemessen bestrafen würde. Hunter schnappte sich das neben seinem Notebook liegende Walkie-Talkie und lief nach draußen. Er wollte gerade Charles anfunken, als das Gerät knisternd zum Leben erwachte.

Hunter drückte auf den Knopf. „Lass mich raten, du hast ein kleines Vögelchen gefangen, das in viel zu großen Schuhen unterwegs ist?“

Charles schnaubte belustigt. „Wohin soll ich sie verschleppen?“

„Ich bin auf der Veranda vor B's Dungeon. Bring sie mir. Over and out."

Vier Minuten später musste er ein Grinsen unterdrücken, da Gillian es B's Butler, Bodyguard und Head der Security nicht einfach machte. Charles hatte ihr einen Arm auf den Rücken gedreht und ihr Genick gepackt, dennoch versuchte sie, ihre jetzt nicht so kleinen Schuhe in den Boden zu stemmen. Ihrem Gesichtsausdruck nach war sie nicht damit einverstanden, dass Charles sie anfasste, sie unter seine Kontrolle gebracht hatte und dass er überhaupt hier war. Man könnte sogar vermuten, dass sie ihn verabscheute, und das war eine Zutat, mit der Hunter liebend gerne arbeitete. Charles hielt sie weiter fest, als sie ihn erreichten. Gillian wollte etwas sagen, besann sich allerdings eines Besseren, sobald sie Hunters Blick traf. Sie wurde sichtlich bleicher und diesen Zustand gedachte er noch zu steigern.

„Offensichtlich wollte die Sklavin abhauen und hat sich nicht einfach einfangen lassen?"

„Sie hat mich in die Hand gebissen und als perverse voyeuristische Schlampe bezeichnet." Er sagte das absolut tonlos, doch seine Iriden funkelten belustigt.

„Hat sie das?" Hunter packte ihr Kinn. Man konnte einer Sub tief in die Augen blicken oder bis zum Kern durchdringen – er wählte die zweite Option. „Du ziehst dich jetzt aus, gehst auf die Knie und entschuldigst dich erst bei Charles und anschließend bei mir." Natürlich würde sie nichts von alldem tun. „Du weigerst dich?" Wenn sie es gekonnt hätte, dann hätte sie ihre Zähne in seine Hand geschlagen. „Du möchtest mir etwas sagen, Esclava?“

„Er hat mir bereits ein Mal zwischen die Beine geglotzt und das werde ich keinesfalls ein zweites Mal zulassen.“

„Wirst du nicht?“

Ihre bleichen Wangen verfärbten sich mit hektischen Flecken, denn sie ahnte Schlimmes, und damit hatte sie völlig recht. Er beugte sich herab, um ihr ins Gesicht zu grinsen. „Du wirst, Esclava. Da bin ich mir ganz sicher. Doch du hast bestimmt Durst und solltest erst einmal etwas trinken. Lass sie los, Charles.“

Charles ließ sie betont langsam los und Hunter nahm ihre eiskalte verschwitzte Hand in seine. Misstrauisch starrte sie ihn an, folgte ihm allerdings, ohne sich zu wehren, ins Haus. Er nickte Charles zu, als sie in der Küche standen, und der Dunkelhaarige mit französischen Wurzeln ahnte, was er vorhatte. Scham war ein sehr gutes Instrument, um kleine freche Sklavinnen in kleine folgsame zu verwandeln. Beschämung kam in mehreren Stufen und das würde Gillian gleich auf die harte Tour lernen.

Charles öffnete die Halbliterflasche und reichte sie ihr. Gillian nahm sie ihm ab, wobei sie es vermied, seine Finger zu berühren. Ob der schreckliche Durst von der Nervosität herrührte? Egal! Sie setzte die Flasche an die Lippen und leerte sie nach und nach. Beide Männer sahen ihr dabei schweigend zu. Doch tapfer hielt sie ihnen stand und erwiderte ihre scheiß dominant belustigten Blicke. Charles der Schreckliche würde niemals nie nicht ihren nackten

Körper wieder zu Gesicht bekommen. Hunter konnte sie gerne bestrafen, jedoch ohne diesen Widerling! Obwohl sie ja zugeben musste, dass jetzt, wo sie wusste, dass er keinem Mädchenhändlerring angehörte, sie ihn auf eine perverse Weise heiß fand. Aber sie würde lieber implodieren, als das zuzugeben.

„Noch mehr, Esclava? Hier trink die Saftschorle aus.“

„Danke, Hunter. Das ist so nett von dir. Wirklich!“ Sie schüttete das große Glas hinterher. Die Versuchung, ihn weiter zu reizen, war einfach zu übermächtig.

„So sehr willst du es also? Dann sollst du selbstverständlich genau das bekommen, was du begehrst.“ Sein ruhiger spöttischer Tonfall verhieß nichts Gutes. „Wir wollen die Sklavin freilich nicht enttäuschen. Du stimmst mir sicherlich zu, Charles?“

Mit voller Absicht sprach er in der dritten Person von ihr, doch sie würde nicht darauf anspringen.

„Selbstverständlich, schließlich führt das nur dazu, dass auch wir genau das bekommen, was wir wollen.“

Wir?

Hunter sah auf ihre Hände, die das große Glas nicht nur umklammerten, sondern beinahe zerdrückten. „Holst du ein Halsband? Ich bringe die Sklavin in ihr neues Zimmer.“

Neues Zimmer?

Seinen Versuch, sie zusätzlich einzuschüchtern, konnte er vergessen. Gab es in dem Haus vielleicht einen weiteren Raum wie das gruselige wunderschöne Folterzimmer?

„Komm, Esclava." Hunter sah sie abwartend an, weil sie sich nicht rührte. „Soll Charles auch einen Rohrstock mitbringen? Er ist bewandert in der Kunst der englischen Erziehung. Wahrscheinlich weißt du nicht, was das ist, aber er gibt dir sicherlich gerne eine Lehrstunde, direkt hier über dem Tisch, während ich dich festhalte. Das wird sich so in dein Gehirn einbrennen, dass du das Gelernte niemals wieder vergessen wirst."

Okay! Jetzt war sie nicht nur verunsichert, sondern beinahe panisch. Hunter scherzte nicht. Er drehte sich um und erwartete, dass sie ihm folgte, und genau das tat sie. Vielleicht war es auch ein normaler Raum und hatte hoffentlich ein Badezimmer en suite. Wenn sie aufgeregt war, musste sie immer auf die Toilette.

Hunter lief durch das Foyer und bog in einen Korridor ab. Er blieb vor einer der vier Türen stehen, öffnete sie und hielt sie einladend auf. Gillian ging an ihm vorbei, stoppte dann allerdings, als wäre sie vor eine Wand gelaufen.

„Das ist nicht dein Ernst!", würgte sie hervor, während sie herumwirbelte.

„Gefällt dir die Einrichtung nicht, Esclava?" Er stand im Türrahmen und versperrte ihr den Weg. „Du hast alles, was du benötigst, eine Matratze, eine Decke und einen Eimer."

In diesem Moment gesellte Charles sich dazu. Da er es nicht schaffte, sich neben Hunter zu stellen, blieb er versetzt dahinter stehen. An seinem Finger baumelte ein karamellfarbenes Halsband, mit verschnörkelten Verzierungen. Er reichte es Hunter.

„Wenn du bereit bist, dein neues Domizil zu verlassen, brauchst du nur das Folgende zu tun: ausziehen, hinknien und das Halsband umlegen. Und nebenbei gesagt, Liebes, beobachten wir dich abwechselnd die ganze Zeit. Es sind Kameras in der Decke eingelassen. Jetzt her mit meinen Schuhen!“ Er hauchte den letzten Satz mit einem derartig bedrohlichen Unterton, dass ihr Magen bis in ihre Füße plumpste. Sein Gesicht war versteinert, und Charles wirkte, als würde er nur darauf warten, zur Tat zu schreiten.

„Alles, was du tust oder nichts tust, sagst, egal ob mit deinem Mund oder deinem angepissten Gesichtsausdruck, hat Konsequenzen, Esclava. Jede Verzögerung, jedes Missachten wird sich im wahrsten Sinne des Wortes in dir einbrennen.“

Sie lief durch den Raum, setzte sich auf die Matratze, und ihre Finger zitterten so sehr, dass sie kaum die Schnürsenkel lösen konnte. Und daher war es nicht gerade befriedigend, die Schuhe Richtung Tür zu werfen. Sekunden später war sie allein, und ihr Herzschlag beschleunigte sich weiter, aus Angst, dass Hunter das Licht ausmachte. Einen Lichtschalter gab es hier ebenso wenig wie ein Fenster. Endlose Minuten wartete sie, dass die Welt um sie herum in Dunkelheit versank, ehe ihr Zorn durchbrach. Das Halsband lag neben der Tür.

Sie stand auf und widerstand der Versuchung, darauf herumzutrampeln. Nein, sie würde gelassen bleiben und keinesfalls tun, was er von ihr wollte. So hatte sie sich eine Bestrafung nicht vorgestellt, sie war kein bisschen aufregend, erregend oder auch nur irgendwie anregend.

Scheiße! Sie musste wirklich auf die Toilette, und erst jetzt begriff sie, warum er ihr das Wasser und die Schorle gegeben hatte. Der hinterfotzige Arsch! Und das mit dem Eimer, das konnte er vergessen. Gillian setzte sich zurück auf die Matratze und starrte auf die weißen Wände, auf die weiße Decke und auf die von dieser Seite aus weiße Tür. Der Eimer war perverserweise knallrot. Nach einer Weile stand sie auf und lief umher. Die Zelle war fünfzehn Schritte lang und zehn breit. Die Decke war zu hoch, um sie zu erreichen, und sie bezweifelte, dass sie die sechs eingelassenen Kameras zertrümmern könnte, wenn sie den Eimer danach warf. Sie trat gegen das rote Gebilde, das an die Wand prallte.

Sie presste die Beine aneinander und versuchte, an alles Mögliche zu denken. Gillian betete nacheinander jedes Lied herunter, das sie auswendig kannte, und das waren erschreckend wenige. Schlussendlich war es nicht der Drang, aufs Klo zu gehen, der sie sprichwörtlich in die Knie zwang, sondern die Langeweile, denn das war für Gillian das Allerschlimmste. Sie hatte Meditation noch nie etwas abgewinnen können und nutzlos herumzulümmeln torpedierte nachhaltig ihren Stolz, bis er zerbarst.

Sie riss sich die Kleidungsstücke vom Leib und spielte wirklich für einen wahnwitzigen Augenblick mit der Idee, sie anstelle des Eimers zu benutzen. Das würde Hunter so richtig anpissen! Was für ein Wortwitz! Mist, sie hätte erst das Halsband aufheben sollen, anstatt ihnen diese Ansicht zu geben.

Als ob das irgendwas ändern würde!

Sie hob es auf, und es war weicher, als sie gedacht hatte. Geschlossen wurde es mit einer Schnalle, und an der Vorderseite war ein silberner Ring eingelassen.

Wie lange war sie schon in diesem Raum gefangen? Es kam ihr wie eine Ewigkeit vor, sodass sie es keine Sekunde mehr aushielt. Nachdem sie das Leder um ihren Hals befestigt hatte, kniete sie auf den Boden und wusste zunächst nicht, wohin mit ihren Händen. Sie legte sie auf ihre Oberschenkel und schaute sie starr an. Scheiße, war das unbequem! Und sie hasste es! Oder vielmehr: Sie wollte es hassen.

Denn sie registrierte auch eine unerwartete Reaktion: Nachzugeben fühlte sich unglaublich erleichternd an. Hunter ließ sie etwas schmoren, bis sie näherkommende Schritte hörte, während sie ein Emotionswechselbad durchlitt. Die Tür schwang auf und leider war Hunter nicht allein. In der Hand hielt er eine Leine und er befestigte sie wortlos an dem Ring an ihrem Halsband.

„Du bist still, Esclava, außer ich erlaube dir zu reden. Das gilt selbstverständlich nicht für dein Safeword."

Wenn sie ehrlich war, lag es schon auf ihrer Zunge, doch sie brachte es nicht über sich, Rot zu sagen. Aber was sollte sie tun, falls die Männer sie zwangen, hinter ihnen herzukriechen? Wollten das Master nicht immer, einschließlich des Sauberleckens ihrer Stiefel? Allein der Gedanke ließ sie innerlich würgen.

„Sieht sie nicht fantastisch aus?"

Sie linste hoch und Hunters Mimik war irgendwie … stolz. Auf sie?

„Das tut sie." Charles musterte sie, allerdings keinesfalls lüstern, sondern auf eine völlig überlegene Weise.

Hunter reichte ihr die Hand und half ihr auf die Füße. „Kommst du, Esclava? Wir haben heute noch einiges mit dir vor, ehe wir ins Bett gehen können." Er lief los und die Leine straffte sich. Das war so albern. „Charles, sporn sie ein wenig an."

Gillian versuchte auszuweichen, doch seine Hand landete klatschend auf ihrem Po, mit genügend Nachdruck, um ihr einen erbosten Schrei zu entlocken und sie in Bewegung zu versetzen. Natürlich glotzte Charles auf ihren Arsch, das spürte sie deutlich, während sie hinter Hunter in ihr nicht mehr so lustvoll erscheinendes Verderbnis trottete. Sie hatte sich das alles schön ausgemalt, leider hatte er ihre Pläne skrupellos durchkreuzt. Im Englischen nannte man ihre Absicht: Topping from below, und sie war gründlich in die Hose gegangen. Aber woher hätte sie wissen sollen, dass der Schreckliche noch auf der Insel verweilte?

Die Männer brachten Gillian natürlich in das stilvolle Zimmer mit den zahlreichen Utensilien, die allesamt dazu gedacht waren, ihre Unterwerfung und Hingabe sicherzustellen. Hunter blieb mitten im Raum stehen und drehte sich zu ihr um. Warum nur konnte sie ihm nicht standhalten?

Sie wünschte sich wirklich, dass sie ihn wenigstens jetzt aus tiefstem Herzen für seine Vorgehensweise verabscheuen könnte, um genügend Willensstärke zu haben, ihm das Safeword um die Ohren zu knallen, sodass er mit dieser Szene nicht weitermachen konnte. Jedoch schaffte sie es nicht, aus Selbstachtung, denn damit hätte sie sich aus etwas rausgewunden, das sie sich selbst eingebrockt hatte.

Gillian suchte Hunters Blick und versuchte, Charles so weit wie möglich zu ignorieren, nicht darauf zu achten, wie sehr es sie unter Strom setzte, dass er sie musterte. Sie berührte Hunter an der Schulter und sah ihn mit dem flehendsten Ausdruck an, den sie zustande brachte. Schließlich war es dringend!

„Du möchtest etwas sagen, Esclava? Auf dem Boden liegend sollte es dir leichter fallen. Einen Satz oder eine Frage gewähre ich dir. Das Angebot würde ich an deiner Stelle nicht verschwenden. Ich fühle mich angesichts deiner Vergehen nicht besonders großzügig dir gegenüber." Er löste den Karabinerhaken, während sie den schlimmsten inneren Zwiespalt ihres Lebens erlitt.

Du brauchst eigentlich nur ein Wort zu flüstern, aber das willst du doch gar nicht, denn das Spiel hier entsetzt dich nicht nur, es macht dich auch an.

Geht das nicht zu weit?

Dein Verstand steht auf verlorenem Posten.

Gillian sank auf die Knie, stützte sich mit den Händen ab, legte sich auf den Rücken und schaute starr auf die weiße Decke mit den frei liegenden Holzbalken, wobei sie ihre Beine aneinanderpresste.

„Nicht doch, Esclava. Du weißt, wie es richtig geht."

Er hatte ihr eine Frage zugestanden und sie platzte aus ihr. „Darf ich auf die Toilette, Sir?"

„Hat dir die Badezimmersituation in deiner Fünf-Sterne-Suite nicht zugesagt?“

Er konnte sich seine Suggestivfragen in den Allerwertesten schieben. Aber er würde sie bestimmt nicht bestrafen, indem er ihre Grundbedürfnisse ignorierte. Oder? Die liegende Position war in mehr als einer Weise nervenaufreibend. Sie fühlte sich schrecklich klein, schwach und unterlegen. Nein, das waren nicht die korrekten Begriffe für ihren Zustand. Sie fühlte sich devot! Es gefiel ihr, was er mit ihr machte, und bei den allerheiligsten Moralaposteln, es tat ihr gut. Obwohl sie es sich nicht eingestehen wollte, sie hatte anscheinend eine exhibitionistische Ader, von der sie wirklich vor Hunter nie etwas geahnt hatte.

„Du wirst Charles und mir zunächst deine Reue beweisen müssen. Spreiz die Beine, Esclava, und strecke die Arme nach oben aus. SOFORT!“

Ihre armseligen Versuche, sich nur auf Hunter zu konzentrieren und Charles vollkommen auszublenden, misslangen auf ganzer Linie. Und sie nahm es ihrem Körper sehr übel, dass er auf diese Situation mittlerweile mit starker Lust reagierte. Dazu noch Hunters autoritärer Tonfall, der es ihr leicht machte, ihm zu gehorchen. Sie tat, was er verlangt hatte, und bemerkte augenblicklich die Hitze ihres Geschlechts.

Sowohl Hunter als auch Charles starrten ihr genau zwischen die Beine und sie musterte nach wie vor die Decke.

„Esclava! Versuchst du gerade, einen Einkaufszettel anzulegen? Mir scheint, du bist nicht ganz bei der … Sache. Anscheinend brauchst du ein paar weitere Anreize, um dich richtig auf uns zu fokussieren. Auf alle viere mit dir, deinen Arsch in unsere Richtung."

Schockiert hob sie den Kopf an, aber das hätte sie lieber nicht tun sollen, denn es gab keinen anderen Ausweg, als seinen Blick zu treffen.

„Möchtest du zurück in dein Luxuszimmer? Vielleicht für die nächsten zwei Tage? Ich bin mir sicher, dass du dort genügend Zeit und die nötige Ruhe findest, um dein Verhalten gründlich zu überdenken." Dann wandte er sich Charles zu. „Und vorher Rohrstock oder Gerte?"

„Sie hat sich den Stock wirklich verdient. Aber für eine Novizin ist er etwas zu hart. Eine Gerte sollte reichen, um ihre Reue anzuheizen." Er lächelte absolut einschüchternd. „Und das Gefühl sollte mindestens für zwei Tage anhalten."

„Brauchst du eine Extraeinladung, Gillian?" Hunters Tonfall erinnerte sie an einen Gletscherbach, ebenso kalt und unberechenbar.

Auch wenn sie nicht wirklich verstand, warum sie es tat, befolgte sie den Befehl ihres Masters. Aber natürlich reichte es ihm nicht, wie sie es ausführte.

„Beine auseinander. Du solltest meine Geduld nicht weiter auf die Probe stellen."

Sogar das machte sie, und sie war froh, dass sie nicht ihr Gesicht sehen konnten, denn an einem Strang Tomaten würde sie nicht auffallen.

„Schon besser, allerdings noch nicht ausreichend. Greif nach hinten und spreiz deine Pobacken."

Die Frage, ob dies sein Ernst sei, war überflüssig. Hitze flutete über ihre Haut und ihr brach der Schweiß aus.

„Scheust du dich etwa, uns dein jungfräuliches Arschloch zu zeigen? Soll ich das für dich erledigen? Charles, holst du mir bitte einen von den mittelgroßen Analplugs? Hier gibt es gleich mehrere Probleme, an denen wir ansetzen müssen. Vergiss das Gleitgel nicht."

„Schon gut!"

Hunters Hand klatschte hart auf ihren rechten Oberschenkel und sie stieß einen zischenden Atemzug aus.

„Sir, ich meine …" Ihre Stimme brach, und sie konnte sich einfach nicht genug konzentrieren, um einen vernünftigen Satz rauszubringen. Tränen brannten hinter ihren Lidern, als sie sich auf die linke Schulter absenkte und nach hinten griff. In diesem Moment legte Hunter seine Hand zwischen ihre Schulterblätter und streichelte mit den Fingerspitzen ihren Nacken. Irgendwie half ihr das, den finalen Schritt zu nehmen, und sie schloss die Augen, während sie das Peinlichste machte, was sie jemals getan hatte.

„Hübsch", sagte Charles. Er lief um sie herum und hockte sich neben ihren Kopf. „Sieh mich an, kleine Sklavin. Ich schwöre dir, dass du weder davon noch von allem anderen, was dir unter den Händen von Hunter geschieht, sterben wirst. Du hast einen schönen Körper und ihn zu verstecken wäre eine Schande."

Warum nur musste er jetzt so etwas Nettes sagen? Sie wollte ihn weiterhin verabscheuen. Dieses Mal drückte seine Mimik nur Zärtlichkeit aus. Er mochte der Schreckliche sein, aber er hatte Grundsätze und ein Gewissen. Welcherart war seine Beziehung zu Hunter, der ihm offensichtlich vertraute? Genau genommen wusste sie nicht viel über Hunter, und doch ließ sie zu, dass er Dinge mit ihr anstellte, die sie eigentlich nur jemandem gestatten sollte, der ihr Herz in Händen hielt und es mit größter Achtung und Liebe behandelte. Und in diesem Moment, als sie sich zutiefst gedemütigt fühlen müsste, merkte sie, dass sie es nicht war, obendrein, dass ihre Gefühle für Hunger längst nicht nur körperlicher Natur waren. Vielleicht waren sie das auch von Anfang an nicht gewesen.

„Auf die Füße mit dir", sagte Hunter und half ihr auf. Sobald sie stand, hakte er zwei Finger unter das Halsband und zog sie Richtung des gepolsterten Tisches, auf dem sie bereits gelegen hatte. „Auf den Rücken mit dir. Wir sind noch nicht fertig mit dir." Er umfasste sie an der Taille und hob sie kurzerhand hoch.

„Sir …!"

Er legte einen Finger auf ihre Lippen. „Wusstest du, dass viele Frauen in deinem jetzigen Zustand den Orgasmus stärker spüren?"

Was?

„Charles wird dich an den Händen festhalten, während wir herausfinden, ob du zu ihnen gehörst. Er wird auch deine Nippel massieren, dich aber ansonsten nicht stimulieren. Du hast dir diese Strafe verdient und wirst sie mit Demut ertragen, Esclava." Er lächelte sie an. Gillian war allerdings nicht zum Lachen zumute, eher zum Heulen. „Ich weiß, was gut für dich ist. Du hast noch einen weiten Weg vor dir. Und mit irgendwas müssen wir ja beginnen.

Sonst bist du nächste Woche genauso ungezogen wie zu diesem Zeitpunkt. Hinlegen!“

Sie wünschte sich, dass er ihr kein Safeword gegeben hätte, denn das steigerte die Brisanz ihres Nachgebens. So konnte sie sich nicht damit rausreden, dass er sie zu etwas zwang, was sie eigentlich nicht wollte.

Gillian legte sich zurück und fragte sich, ob er sie einfach ficken wollte. Dabei würde sie mit Sicherheit nicht kommen. Fast sehnte sie herbei, dass genau das geschehen würde, doch Hunter machte es ihr nie leicht.

„Gib mir deine Hände, Schätzchen“, sagte Charles.

Was immer Hunter mit ihr vorhatte, der nicht mehr so Schreckliche fand bereits jetzt ein perverses Vergnügen daran. Gillian streckte die Arme über den Kopf aus. Sobald er ihre Handgelenke mit seinen Fingern umschloss, überwältigte sie diese köstliche Hilflosigkeit.

„Augen auf!“, befahl Charles ihr.

Dabei wollte sie nichts verzweifelter, als die visuellen Reize auszublenden, sodass sie sich in eine Fantasiewelt retten konnte, die längst nicht derart schillernd und überwältigend wie die Realität war.

Hunter blieb vor ihren Beinen stehen, die sie bereits für ihn spreizte. Es nutzte sowieso nichts, wenn sie sich weigerte. Er zog eine Schublade auf, die sich an der Tischunterseite befand, und Gillian konnte nicht anders, als den Kopf anzuheben, um zu sehen, womit er sie zu foltern gedachte. Sie schluckte hart, was ihm ein noch breiteres Grinsen entlockte. Mit dem Daumen klappte er den Verschluss des Gleitgels hoch und drückte eine großzügige Menge auf seine linke Handfläche, ehe er die Tube neben ihr ablegte.

Zu ihrer grenzenlosen Erleichterung schmierte er nicht ihren Anus ein, sondern ihren Kitzler. Die Stimulation war so stark, dass sie zusammenzuckte, was ihr einen sengenden Klaps auf den Venushügel einbrachte. Lust vor einem fremden Mann zu empfinden, war unfassbar erregend. Das überraschte sie eiskalt. Gillian wollte ihre Geilheit nicht zeigen, ihr keine Stimme geben, doch das war von Anfang an zum Scheitern verurteilt.

Oh Gott, was tat Hunter? Er nahm den wirklich großen Vibrator und schmierte ihn reichlich mit dem Gel ein. Während er das tat, fesselte er seinen Blick an ihren. Das schaffte er jedes Mal.

Mit einem Ächzen legte sie den Kopf zurück auf die Unterlage, was auch nicht besser war, denn nun waren es Charles‘ dunkle Augen, die sie gefangen hielten. Hitze strömte erneute in ihre Wangen, als Hunter mit zwei Fingern ihre Klit rieb, sie langsam umkreiste und genau den richtigen Druck ausübte.

Und dann drang er mit ihnen ein, und jetzt machte sich ihre volle Blase nachdrücklich bemerkbar, besonders, als er einen Punkt in ihrem Inneren berührte, den sie bis zu diesem Zeitpunkt für eine Erfindung gehalten hatte.

Sie spannte ihre Beckenmuskulatur an, und das erhöhte das herrliche Gefühl, das gleichzeitig so schrecklich war.

„Sehr schön, Esclava. Entspann dich einfach, was anderes lassen wir nicht zu.“ Hunter zog seine Finger aus ihr und führte stattdessen den Vibrator ein.

Oh!

Gillian hatte noch nie einen vaginalen Orgasmus bekommen, auch dann nicht, wenn sie sich selbst mit einem Sextoy befriedigt hatte.

Doch das war nichts im Vergleich zu dem hier gewesen. Charles erhöhte etwas den Druck seiner Hände und das vermischte sich mit dem Ausgefülltsein ihrer Vagina.

Hunter hielt das Spielzeug zunächst still, gewährte ihr ein paar Sekunden, um sich an den Druck zu gewöhnen, ehe er ihn bewegte. Der Vibrator war so dick, dass er nicht nur genau diese spezielle Stelle massierte, sondern sich zudem deutlich an ihrer Blase bemerkbar machte.

„Tut das weh, Esclava?“

Sie hätte jetzt auch lügen können, aber wahrscheinlich würde er es sowieso bemerken.

„Nein, Sir.“

„Ich weiß.“ Pure Genugtuung tropfte aus seiner Stimme. Und dann schaltete er ihn ein. Es war überwältigend. Gillian wollte loslassen, konnte es jedoch nicht. Daher spannte sie die Muskeln in ihrem Inneren weiter an, was das wahnsinnig schöne Gefühl nur noch steigerte. Am schlimmsten war es, wenn er das Toy fast ganz rauszog, nur um es anschließend tief in sie hineinzuschieben. Und er tat es so unglaublich langsam.

„Charles, würdest du …“

Dieser ließ ihre Handgelenke los und umfasste stattdessen ihre Brüste, knetete sie erst sanft, nachfolgend mit mehr Druck. Und dann kniff er in ihre Nippel, unfassbar fest. Gillian vermochte sich auf keinen Reiz zu konzentrieren. Von zwei Männern auf diese Weise Stimulation zu erfahren, war wirklich heiß. Vielleicht wäre es anders, wenn sie sie einfach nur vögeln würden. Hier stand sie im Mittelpunkt, und das war mehr, als sie jemals zu träumen gewagt hätte. Sie biss die Zähne zusammen, um das Stöhnen und Flehen zurückzudrängen, aber das gelang ihr nicht einmal ansatzweise.

Sie wölbte den Rücken, allerdings verstärkte das den Reiz des Vibrators. Doch Hunter beließ es nicht dabei. Er fing an, ihre Klit zu streicheln, und zwar unerbittlich. Gillian konnte ihm den Zugriff nicht verwehren, denn sein Körper verhinderte es. Ihre brennenden Brustwarzen sandten den Lustschmerz durch ihre Nervenbahnen, und auch er sammelte sich in ihrem Geschlecht. Dieses Mal nicht nur in ihrer Lustperle, sondern überall in ihrem Inneren.

„Sie hat wirklich schöne Titten, perfekt, um einen Schwanz dazwischen zu reiben“, sagte Charles. Er knetete, zwirbelte und merkte genau, wenn es ihr zu viel wurde. Dann lockerte er den Druck und besänftigte die pochenden Spitzen mit seiner Zunge. Inzwischen war es ihr egal, was sie machte, sagte oder vielmehr stammelte. Alles, was zählte, war, dass der Trieb endlich nachließ. Sonst ging ihr Höhepunkt immer von ihrer Klitoris aus, doch nicht heute. Die Wellen breiteten sich in ihrem Inneren aus, und sie hob das Becken an, drängte sich Hunter entgegen und sie konnte einfach nicht mehr die Augen aufhalten. Weder Charles noch Hunter ermahnten sie.

Der Orgasmus jagte durch sie hindurch, hinterließ ein wunderschönes Pulsieren, das nicht abebbte, sondern erneut in gleißender Ekstase gipfelte. Sie hörte auf zu denken, verlor sich unter den Händen ihrer Peiniger, bis pures Glück sie flutete.

„Esclava, sieh mich an, mein kleiner Engel."

Sie schaffte es kaum, den Kopf anzuheben, und sobald sie in die blaugrünen Abgründe spähte, wäre sie beinahe in Tränen ausgebrochen. Denn jetzt war sie endgültig erledigt. Sie hatte sich in Hunter Silsbury verliebt und das war nie ihr Wunsch gewesen.

„Lass locker, ich ziehe den Vibrator raus. Es geht leichter, wenn du nicht so verkrampft bist."

Sekunden später half Charles ihr in eine sitzende Position.

„Du kannst ins Bad gehen und dir unter der Dusche etwas ausdenken, um mich zu besänftigen. Ich komme gleich zu dir", sagte Hunter.

Hunter wechselte einen Blick mit Charles, als Gillian aus dem Dungeon stürmte. „Danke für deine Unterstützung."

„Ich bin drüben, falls du weitere Hilfe brauchst. Und Hunter …" Er lächelte wissend. „… sie ist mehr als nur eine willkommene Abwechslung für dich. Tu ihr nicht weh. Das hat sie nicht verdient."

Hunter wusste, dass er damit nicht eine körperliche Züchtigung meinte. „Und wenn sie mich nicht will?"

„Eher geht morgen die Sonne nicht auf." Charles schlug ihm fest auf den Rücken, grinste breit und lief durch die Verandatür nach draußen. Hunter verschloss sie hinter ihm und lief anschließend in sein Schlafzimmer. Genau wie er es gehofft hatte, stand Gillian noch unter der Dusche. Er entledigte sich seiner Kleidung und gesellte sich zu ihr. Sie begrüßte ihn mit einem Lächeln, das sich in seinem Herzen einnistete.

„Fürs Erste könntest du mich waschen, Esclava. Und was möchtest du danach tun?“

Ein keckes Blitzen trat in ihre Augen. „Dir die Seele aus dem Leib blasen, Sir. Das hast du dir verdient.“

Er stellte sich zu ihr unter den großen Duschkopf und zog sie dicht an sich. „Große Töne für so ein erschöpftes Ding.“

„Ich stehe zu meinem Wort, Sir. Das wird du gleich herausfinden.“

Und sie würde herausfinden, dass er derartig vollmundige Bekundungen für sich nutzen konnte. Und dann tat er das, was er schon die ganze Zeit wollte. Er drängte sie gegen die Fliesen und küsste sie, nicht zart, sondern genauso leidenschaftlich, wie sie es verdiente. Ihre Lippen waren so weich, ihr Geschmack so süß und im Moment war sie wie anschmiegsame Seide in seinen Händen.

Willig öffnete sie den Mund, und er umfasste ihren Po, rieb seine pochende Erektion an ihrem warmen, nassen Körper, während sich ihr Speichel mit seinem vermischte.

Wenn er sich jetzt nicht zurückzog, würde er sie noch hier in der Dusche nehmen.

Er musste zugeben, dass er ziemlich atemlos war, als er seine Lippen von ihren löste. Irgendwie sah sie sehr zufrieden aus, was sicherlich nicht an ihrem gesättigten Zustand lag.

Sie freute sich darauf, seinen Schwanz unter ihre Kontrolle zu bekommen. Leichtsinniger dunkler Engel, denn genau das war sie.

Sie pumpte eine reichhaltige Menge von der Flüssigseife aus dem an der Wand angebrachten Spender in ihre Hand.

„Stütz dich mit den Händen an den Fliesen ab, Sir“, sagte sie mit einem Grinsen in der Stimme.

Seit wann gab sie hier die Befehle? Doch er fand Gefallen an diesem Spiel.

„Mit dem Gesicht zur Wand, wenn du so nett wärst.“

Er war so nett.

„Den Arsch etwas nach hinten … Sir. Bitte.“

Auch das machte er. Sie fing an, seine Schultern einzuseifen, und ihre Hände fühlten sich besänftigend und erregend zugleich an. Hunter war bis zum Bersten erregt, und das war nicht nur sinnbildlich gemeint. Das geile Vorspiel hatte all seine Sinne in Feuer versetzt, und er dachte für eine Sekunde an den armen Charles, der leider keine Subbie zur Verfügung hatte, mit der er sich jetzt vergnügen konnte.

Mit den Handflächen glitt Gillian seinen Rücken hinab, und sie hinterließen ein Prickeln auf seiner Haut, ein Pochen in seinem Schwanz, der nichts Besseres zu tun hatte, als von seinem Körper abzustehen und seinen Verstand zu umnebeln. Er wollte Gillian so sehr, dass es auf eine herrliche Weise schmerzte. Sie setzte die Tortur fort, indem sie seinen Arsch wusch, und zwar mit stärkerer Begeisterung, als er es eigentlich ertragen konnte. Und dann klatschte ihre Hand spielerisch auf seine rechte Backe.

„Vorsichtig, Esclava.“

Leider schaffte er es nicht, noch etwas zu sagen, weil sie kurzerhand nach vorn griff, seinen Schwanz umfasste und ihn langsam massierte, wobei sie die ganze Länge auskostete. Vielleicht, wenn er nicht so erregt wäre, hätte er ihr mehr entgegensetzen können, doch im Moment war er wie Wachs in ihren Händen und nicht umgekehrt. Sie presste sich an ihn und streifte mit ihren Nippeln über seinen Rücken. Mittlerweile seifte sie seine Hoden ein, mit zarten Berührungen, die dennoch wie elektrische Strömungen durch seinen Unterleib schossen.

„Du bist so hart, Meister", flüsterte sie und biss ihm in die Pobacke, nur um den leichten Schmerz fortzusaugen, was ihn sehr daran erinnerte, wo er ihren Mund am meisten herbeisehnte. Anschließend schäumte sie seinen Bauch, Brustkorb und seine Beine ein. Er konnte das nicht mehr aushalten und drehte sich zu ihr um.

„Mir scheint, du bist etwas ungeduldig." Sie besaß die Frechheit, sich über die Lippen zu lecken.

„Bin ich das?"

„Mhmmm."

„Trockne dich ab. Du weißt, wie du mich im Schlafzimmer erwarten sollst." Hunter war sich nicht zu hundert Prozent sicher, ob sie dieses Mal gehorchen würde. Gillian war ein wenig unberechenbar und in vielerlei Hinsicht zu stur für ihr eigenes Wohlergehen.

„Ja, Meister."

Mit einem entrüsteten Schrei hechtete sie aus dem Duschbereich, weil er ihr in den Oberschenkel gekniffen hatte. Vielleicht hätte er ihr lieber in den Hals beißen sollen!

Hunter wusch sich die Haare und spülte anschließend den Schaum mit kälterem Wasser ab, als er es für gewöhnlich tat. Er war realistisch genug, um zuzugeben, dass er diese Vorsichtsmaßnahme dringend brauchte. Gillian ging ihm nicht nur unter die Haut, sie steckte in seinem Fleisch und in seinem Herzen. Er hatte noch nie eine Frau unterworfen, in die er wirklich verliebt gewesen war. Jede Handlung und Reaktion, sowohl von seiner Seite aus als auch von ihrer, fühlten sich intensiver an. Esclava stellte seine bisherigen Erfahrungen weit in den Schatten, denn sie waren nur ein fahler Abklatsch gewesen. Vor Gillian hatte er das nicht gewusst. Ihm war nur seine Ruhelosigkeit aufgefallen, der Verdacht, dass etwas in seinem Leben fehlte.

Er rubbelte sich das Haar trocken, schlang sich ein Handtuch um die Hüften, und war gespannt, wie sie ihn empfangen würde. Indessen überraschte sie ihn dieses Mal mit Gehorsam. Sie kniete zwar nicht auf dem Boden, sondern auf dem Bett, aber er wollte nicht kleinlich sein.

Er blieb an der Längsseite stehen und hob abwartend die Augenbrauen.

„Wenn ich …?“ Sie seufzte und ihre Wangen nahmen ein zartes Rot an.

„Warum so schüchtern, Esclava? Du hast doch ansonsten keine Hemmungen, in die Welt hinauszuposaunen, was dir gerade durch den Kopf geht.“

„Normalerweise tue ich es einfach und frage vorher nicht um Erlaubnis, Sir.“

„Was tust du?“

„Meinem Geliebten einen blasen, bis er nicht mehr weiß, wo oben und unten ist.“

„So gut bist du also? Wir werden sehen.“ Unter ihrem ungläubigen Blick nahm er sein Smartphone, das auf dem Nachttisch lag, und tippte auf die App mit der Stoppuhr. „Wenn du es nicht schaffst, dass ich innerhalb von fünf Minuten komme, erhältst du für jede weitere Minute einen Schlag mit einem Instrument meiner Wahl: Gerte, Rohrstock oder Gürtel. An deiner Stelle würde ich keine Sekunde vergeuden." Er aktivierte die Uhr und legte das Telefon zurück.

„Bleib genau da, wo du bist, du fieser Mistkerl. Sir!"

Sie ließ sich nach vorn sinken, zupfte an dem Handtuch und warf es achtlos auf den Boden. Dann umfasste sie mit der rechten Hand seinen viel zu heißen, schrecklich pochenden Schwanz, ehe ihre weichen, warmen, feuchten Lippen seine Eichel umschlossen. Sie saugte zwar nur leicht, dennoch jagte der geile Reiz durch seinen Körper. So verflucht höllisch gut fühlte sich das an. Ob sie wohl hastig versuchte, die fünf Minuten einzuhalten? Damit würde sie nur das Gegenteil erreichen. Ein Blowjob war nur gut, wenn er mit Bedacht ausgeführt wurde. Er merkte sofort, ob es der Sub Spaß machte, ihn mit dem Mund zu befriedigen. Zum Glück traf das auf Gillian zu. Der Anblick ihres Körpers in dieser Position war ein Leckerbissen, in den er am liebsten hineinbeißen würde. Ob sie ihren Arsch mit Absicht so rausstreckte?

Selbstredend! Sie setzte jedes ihr zur Verfügung stehende Mittel ein. Allerdings wusste er im Gegensatz zu ihr, dass sie es niemals in fünf Minuten schaffen würde, ihn zum Orgasmus zu bringen. Auf ihn wartete das doppelte Vergnügen. Ihr Po hatte sich von der gestrigen Strapaze erholt, dennoch würde er bis morgen warten, bis er sie mit dem Flogger bestrafte. Die anderen Schlaginstrumente verwahrte er für einen späteren Zeitpunkt. Ihr Gehirn würde sich erfreulicherweise die ganze Zeit mit den Schlägen beschäftigen, sich bis ins kleinste Detail ausmalen, wie der Schmerz sich anfühlte. Dabei würde sie es erst richtig wissen, wenn es so weit war.

Gillian leckte und saugte zunächst nur seine Eichel, bis er es kaum noch aushielt. Doch er riss sich zusammen, drängte die berauschende Lust ein wenig zurück, sodass er es wirklich auskosten konnte, was sie ihm antat. Sie nahm ihn tiefer auf und lutschte ihn langsam. Gillian hatte nicht übertrieben, als sie ihre Fertigkeiten angepriesen hatte. Ihre raue Zunge war die reinste Folter, als sie wieder dazu überging, ihn zu lecken, diesmal die ganze Länge seines Schwanzes. Das fühlte sich so verfickt gut an, besonders wenn sie zum Abschluss fest an seiner Penisspitze saugte. Hunter fasste in ihr Haar, doch ohne Druck auszuüben. Er wollte sie nur berühren, sich irgendwie noch mehr mit ihr verbinden. Was tat dieses kleine Monster nur mit ihm? Vom ersten Moment an hatte ich ihn mit ihrem unverschämten Benehmen und ihrer großen Klappe verzaubert. Eindeutig danach hatte er sich verzehrt und sein Unterbewusstsein hatte das auf der Stelle erfasst. Gab es so was wie Schicksal?

Er war genau zum richtigen Zeitpunkt auf *Sex on the Tongue* aufmerksam geworden. Das mittelständische Unternehmen war sein Boot gewesen, um ihn aus einer mörderischen See voller Haie zu retten, wobei er selbst beinahe zum schlimmsten Raubfisch geworden wäre. All das war immer weiter in den Hintergrund gerückt, seitdem er sie erblickt hatte.

Sie neigte den Kopf ein wenig zur Seite und beging ein teuflisches Werk mit seinen Hoden. Federleicht berührte sie sie mit der Zungenspitze, dennoch spürte er das in seinem ganzen Unterleib. Sie verstärkte ihre Bemühungen und leckte ihn dort ausgiebig, während sie seine Erektion bedächtig mit einer Hand massierte. Und dann saugte sie an seinen Hoden, kurz davor, dass es unangenehm wehtat. Doch sie merkte instinktiv, wie fest sie es machen durfte, um das Vergnügen etwas vor dem Schmerz zu halten.

Er konnte kaum noch stehen, daher löste er sich von ihr und legte sich aufs Bett, indem er sich an das Kopfteil und die Kopfkissen lehnte. Jetzt hatte er freie Sicht auf ihre wirklich geilen Titten, die hübsch hin und her wippten, als sie sich zwischen seinen Beinen positionierte. Sie schenkte ihm einen kecken Blick, ehe sie mit ihren tiefroten erigierten Nippeln über seine Hoden streichelte. Ihr dunkles Haar kitzelte ihn zusätzlich, was ihn daran erinnerte, dass er keine Kurzhaarfrisuren mochte.

Gott!

Das fühlte sich nicht nur absolut heiß an, es war auch ein visueller Reiz, der wirklich an seiner Selbstbeherrschung zerrte. Sie küsste ihn auf den Bauch und streifte mit ihren Lippen über seine schrecklich empfindliche Haut, auf der eine Gänsehaut ausbrach, was ihr ein bezauberndes Lächeln entlockte, das geradewegs in sein Herz rammte. Sie nahm seinen Schwanz in beide Hände und vergnügte sich damit, ihn zu massieren, denn dass es ihr Freude bereitete, war ihr deutlich anzusehen.

Er hatte es noch nie verstanden, warum viele Männer sich nur auf ihre eigene Befriedigung konzentrierten, weil das ein egoistisches Vergnügen war, das nur eine kurzfristige Erleichterung mit sich brachte, aber keineswegs eine richtige Erfüllung. Kein Wunder, dass in derartigen Beziehungen nach einiger Zeit nichts Aufregendes mehr passierte.

Gillian nahm erneut seine Eichel in den Mund, und Hunter ließ los, befreite sich von seiner Kontrolle, um sich ihr vollkommen hinzugeben. Schließlich waren die fünf Minuten längst abgelaufen. Und das Wissen, dass sie Blut und Wasser schwitzte, sich vor den Schlägen fürchtete, sich aber dennoch nicht dazu hinreißen ließ, nachlässig zu werden, bereitete ihm eine sadistische Freude.

Sie nahm ihn wieder so weit in dem Mund, wie sie es schaffte, und umhüllte seine Länge mit feuchter Hitze, die sogar seine überstieg. Rauf und runter bewegte sie den Kopf, und seine Muskeln verkrampften, als sich seine Hoden zusammenzogen. Sie merkte, dass er fast so weit war, und erhöhte ihre Bemühungen, mit genau dem perfekten Rhythmus, um ihn kommen zu lassen. Pures Glück flutete seine Sinne und seinen Körper. Hunter starrte sie an, sah sich an dem Anblick ihrer weichen Lippen um seinen harten Schwanz satt, während er seine Erfüllung erlangte und sich in ihrem Mund ergoss. Er kam heftig und lange.

Gillian löste sich von ihm und er griff nach dem Smartphone und blickte ihr in die Augen. „Ich fürchte, du liegst zwölf Minuten über dem Zeitlimit,

Esclava. Aber keine Angst, du kannst dich noch ausreichend mit der Fantasie beschäftigen, wie ich ein hübsches Streifenmuster auf deinem Arsch hinterlasse. Morgen finden wir dann heraus, ob ich mit deiner Einbildungskraft mithalten kann. Und jetzt komm her."

„Du weißt schon, dass das megafies ist, Sir?"

Natürlich musste sie ihn mit einer schnippischen Antwort herausfordern. „Es spricht jedoch nichts dagegen, dich meine Hand spüren zu lassen."

„Da spricht eine Menge gegen", sagte sie, noch während er sie packte und über seine Oberschenkel zog. Er drehte ihr den Arm auf den Rücken. Sein Sadismus flackerte auf und sein müder gesättigter Zustand verschwand von einer Sekunde zur nächsten.

„Ich hatte dir mitgeteilt, dass es vielfältige Arten von Leid gibt, die meine Handfläche auf deinem Arsch hinterlassen kann. Ich mache dich jetzt mit einem Brennen bekannt, das ich mit leichter Hand austeilen werde. Der Schmerz tritt erst nach und nach ein. Aber eins steht fest, Esclava, du wirst den ganzen Tag daran Freude haben. Nächstes Mal, denkst du vielleicht wenigstens ein bisschen nach, ehe du drauflos plapperst."

Bei den ersten Schlägen langweilte sie sich noch, doch das änderte sich mit jedem Hieb, bis schließlich eine sehr reuige tränenüberströmte Sub ihn um Verzeihung bat. Und das mehrere Male hintereinander.

Eine Stunde später standen sie nebeneinander in der Küche und bereiteten Folienkartoffeln mit Sour

Cream und Steaks zu. Weil er nett war, hatte er ihr erlaubt, Socken anzuziehen, aber ansonsten erfreute er sich an ihrem nackten Körper. Gillian hackte auf den Schnittlauch ein, als ob sie ihn töten wollte, ehe sie ihm einen grimmigen Blick zuwarf. Er erwiderte ihn mit einem herzhaften Lachen, und dann konnte er nicht anders, als sie in die Arme zu ziehen. Ihre Haut fühlte sich kalt an. „Zieh dir was an, mein dunkler Engel. Im Kleiderschrank hängen ein paar Sachen für dich." Er hatte sie vorhin dort hineingetan. „Möchtest du draußen auf der Veranda essen?"

„Sehr gerne." Sie lief schnell aus der Küche, und er starrte ihr natürlich auf den Arsch, während sie es tat. Schließlich war auch er in erster Linie ein Kerl.

„Wüstling!", rief sie ihm aus der vermeintlichen Sicherheit des Flurs zu.

Du hast ja keine Ahnung, Baby.

Hunter deckte draußen den Tisch. Es war ein lauer Abend, genau richtig, um sie noch ein wenig weiter zu verführen, diesmal mit Romantik. In diesem Moment summte sein Smartphone und er schaute auf das Display.

Es war eine Nachricht von Zoe. *‚Ich vermisse dich.'*

Das kam überraschend, schließlich hatten sie einvernehmlich ihre Spielbeziehung beendet. Zudem hatte Zoe sich in irgendeinen Kerl verguckt, und da war es nur fair, dass sie sich nicht mehr trafen. Außerdem hatte er für sie nur Freundschaft und sexuelles Interesse empfunden und nie etwas anderes behauptet. Sie wusste nicht, dass er mit Gillian auf B's Insel war, auch nicht, wie ernst es ihm inzwischen mit Gillian war. Seltsamerweise hatte Dorian Zoe nie gemocht, obwohl sein Bruder sich das ihr gegenüber nie hatte anmerken lassen. Zugegebenermaßen war Dorian ein Meister darin, seine wahren Gefühle zu verbergen. Da er in der Spielbeziehung keine Gefahr gesehen hatte, hatte er sich nicht eingemischt, nachdem er Hunter seine Bedenken hinsichtlich Zoe mitgeteilt hatte. Er hielt sie für labil und berechnend. Hunter teilte seine Meinung diesbezüglich nicht. Ob er Zoe anrufen sollte? Allerdings wäre ein Gespräch mit ihr nichts, was er zwischendurch erledigen konnte. Sein Instinkt sagte ihm da etwas anderes. Und es wäre sowohl Gillian als auch Zoe gegenüber unfair. Er würde sich nach dieser Woche persönlich mit ihr treffen und für klare Verhältnisse sorgen.

„Ich habe einen Bärenhunger", sagte Gillian und riss ihn aus den Gedanken. „Ist alles in Ordnung?" Sie sah auf das Telefon in seiner Hand und er legte es auf den Tisch.

„Nichts Wichtiges."

Sie sah hinreißend in der Shorts und dem Longsleeve aus. Das Türkisblau ließ ihre Augen strahlen. Das war jedoch nicht das Einzige, das an ihr strahlte. Gillian schien von innen heraus zu leuchten, und er mochte ein arroganter Arsch sein, aber es machte ihn stolz, weil er dafür verantwortlich war.

„Wie willst du dein Steak?"

„Fast ganz durch."

Er warf ihres zuerst in die Pfanne. Sie brachte die Sour Cream nach draußen und holte anschließend die Kartoffeln aus dem Ofen. Die Tätigkeiten ließen ihn lächeln, denn sie waren zwar alltäglich, doch er hatte die Kleinigkeiten nicht oft mit einer Frau geteilt.

„Setz dich. Ich komme sofort."

„Ist das ein Befehl?"

Er wusste, dass mehr hinter der Frage steckte. „Nein, eine Bitte. Auch ich brauche zwischendurch eine Pause. Auf Dauer würde ein derartiges Machtgefälle dich frustrieren und mich langweilen."

„Du erwartest also keinen bedingungslosen Gehorsam?"

„Nein. Wärst du denn an einer so gearteten Beziehung interessiert? Es soll angeblich Paare geben, die 24/7 praktizieren. Allerdings habe ich bisher keins kennengelernt."

Gillian runzelte die Stirn. „Das kann ich klar verneinen und mir beim besten Willen nicht vorstellen, so zu leben. Meine Mum war ziemlich unselbstständig, als mein Dad noch gelebt hat. Nach seinem Tod ist sie aufgeblüht. An Anfang hat sie sich dafür in Grund und Boden geschämt."

„Es gibt auch außerhalb von BDSM Beziehungen, bei denen ein Partner von dem anderen kleingehalten wird. Das ist ebenso eine Art von Versklavung."

„So habe ich das noch nie betrachtet, doch du hast recht. Meine Mum war die Dienerin meines Dads und hat stets nur gemacht, was er gewollt hat. Das fing bei ganz kleinen Dingen an. Sie hat nur seine Lieblingsgerichte gekocht, aber nie ihre. Ihre Urlaube haben sie immer in einem Camper verbracht und sie hasste das. Jetzt macht sie eine Kreuzfahrt nach der anderen oder geht wandern." Gillian stieß einen Atemzug aus. „Sorry, ich wollte dich nicht mit meiner Familiengeschichte langweilen."

Hunter wendete die Steaks und zog sie in seine Arme. „Ich möchte alles von dir wissen."

Doch er sah ihr an, dass sie ihre Geheimnisse nicht einfach mit ihm teilen wollte, was auch verständlich war. „Erzähle mir, wonach dir ist. Ich verspreche dir, dein Vertrauen nicht zu missbrauchen. Und jetzt raus mit dir an die frische Luft. Du kannst schon mal den Wein eingießen. Mach dich nützlich, Esclava."

Sie schlug ihm nicht allzu sanft auf den Hintern und stürmte dann kichernd auf die Veranda. Anscheinend spielte Esclava gern mit dem Feuer, und auch das hatte er, ohne es zu wissen, vermisst. Hunter legte das Fleisch auf die Teller, ging nach draußen und stellte sie auf den Tisch. Er setzte sich gegenüber von ihr und sie wirkte auf einmal fast ein wenig ängstlich.

Die ersten Minuten aßen sie schweigend. Sie war ebenso ausgehungert wie er, und es machte ihm Spaß, ihr dabei zuzusehen, wie verzückt sie das Essen genoss.

„Darf ich dich etwas Persönliches fragen?" Gillian sah ihn an.

„Natürlich. Unsere Beziehung könnte nicht persönlicher sein. Du kannst mich fragen, was immer du auch möchtest." Hunter fasste über den Tisch und verschlang seine Finger mit ihren.

„Hast du schon mal richtig geliebt? Und mit jemandem zusammengelebt, mit dem du das getan hast, was du mit mir machst? Du bist sehr erfahren. Ich verstehe nicht, wieso ausgerechnet ich dich reize. An meinem Aussehen kann es wohl kaum liegen." Die Sätze überschlugen sich förmlich, und er konnte es ihr nicht verdenken, dass sie mehr über ihn wissen wollte. Ihm ging es genauso. Er hatte nicht über diese Woche hinaus geplant und das war für ihn ein ungewöhnliches Verhalten. Wahrscheinlich hatte ihn die eigene Routine angeödet, was sich jetzt allerdings als fatal erweisen könnte. Hatte er sich wirklich vorgestellt, dass er Gillian bekommen würde und sie dann so weitermachen würden wie zuvor?

Die Ausrede, dass er nichts von seinen wahren Gefühlen gewusst hatte, wäre eine Lüge. Er hatte diese Erkenntnis nur zurückgedrängt. Als Gillian ihm ihre Bedingung gestellt und er eingewilligt hatte, war ihm sehr klar gewesen, worauf das Ganze hinauslief. Mit einer Spielbeziehung teilte er niemals dunkle Bürden. Seine Seele behielt er in solchen Fällen für sich. Und bei ihr machte er eine riesengroße Ausnahme. Was das bedeutete, war offensichtlich! Er wollte weitaus mehr, als sich nur zu verlieben. Das Gesamtpaket war das, wonach er sich bei ihr verzehrte.

„Das sind eine Menge Fragen, die ich dir gerne beantworte. Aber fangen wir mit deinem Aussehen an. Wieso denkst du, dass du diesbezüglich nicht mit meinen bisherigen Eroberungen mithalten kannst?"

„Warst du es nicht, der gesagt hat, dass ich voluminöse Stummelbeinchen habe? Und einen fetten Arsch?" Ihr anklagender Blick stach auf ihn ein.

„Das hat dich wirklich verletzt?"

Sie stieß einen Atemzug aus, den man nur als entnervt bezeichnen konnte. „Um ehrlich zu sein, nein. Es hat mich herausgefordert und ich fand dich nur noch reizvoller."

„Weil du genau weißt, dass du einen fantastischen Arsch hast. Ich würde dich nie mit etwas beleidigen, das tatsächlich ein Makel wäre. Du bist wunderschön und niemand ist ständig mit seinem Aussehen zufrieden. Sogar ich nicht."

Das ließ sie lachen. „Du bist der arroganteste, selbstsicherste Mann, der jemals einen Fuß auf diese Welt gesetzt hat. Wahrscheinlich küsst du jeden Morgen dein Spiegelbild und schleckst es ab."

„So wirke ich also auf dich? Das ist interessant. Aber ich küsse lieber dich, und auf das mit dem Abschlecken komme ich bei Gelegenheit zurück." Sie wurde tatsächlich rot. „Hat ein Mann dich schon einmal richtig geleckt?"

„Jetzt lenke nicht vom Thema ab. Das ist unhöflich, invasiv und unfair."

„Einverstanden. Du darfst mich zuerst auf den Grill legen und dann darf ich dasselbe mit dir tun."

Sie nickte. „Das ist nur fair."

„Ich möchte dich nicht anlügen. Selbstverständlich habe ich mein Wissen, was BDSM angeht, nicht nur theoretisch gelernt. Ich bin seit gut fünfzehn Jahren ein praktizierender Sadist. Allerdings habe ich meine Neigungen ausschließlich in Spielbeziehungen ausgelebt. Ich hatte weder die Zeit noch die Energie, um mich wirklich auf eine Frau einzulassen."

„Du sagtest ‚hatte'. Und was ist jetzt?"

„Jetzt ist das Kartenspiel ein anderes und das Deck wird neu gemischt."

„Du warst noch nie richtig verliebt? Und was ist mit deinen … Spielbeziehungen? Du bist dir sicher, dass sich nie eine von ihnen in dich verknallt hat. Das kann ich mir nicht vorstellen."

„Falls das geschah, habe ich die Beziehung sofort beendet."

Gillian schluckte hart, und er merkte förmlich, wie die einzelnen Rädchen in ihrem Gehirn in Hochgeschwindigkeit surrten. Allerdings fragte er sich gerade, ob er bei Zoe zu lange gewartet hatte.

„Das hört sich hartherzig an, jedoch habe ich von vornerein mit offenen Karten gespielt. Bevor ich in die erste Session eingewilligt habe, habe ich jedes Mal klipp und klar gesagt, dass ich nur an ihren Reaktionen als devoter und masochistischer Part interessiert bin, aber dass sie ihre Herzen für sich behalten sollen. Bei dir, Gillian, ist allerdings vom ersten Moment an alles anders gewesen. Doch diese ernsten Themen können wir nach dieser Woche vertiefen oder am besten langsam auf uns zukommen lassen. Was ist mit dir? Warst du schon mal richtig verliebt?"

„Ich dachte es ein paarmal. Im Nachhinein betrachtet waren es nur Geplänkel. Mir fehlte immer etwas in jeder Beziehung. Gott …!" Sie strich sich die Haare zurück. „Die armen Kerle hatten gar keine Chance, egal, wie nett und bemüht sie waren. Jetzt weiß ich, was mir gefehlt hat, so jemand wie du. Du hast dir einfach geholt, was du wolltest, hast mich gezwungen, nicht nur in mein Inneres zu blicken, sondern mich dem zu stellen, was sich dort im Verborgenen befindet. Doch was hättest du getan, falls ich das alles hassen würde?"

„Die Option existierte nicht, Esclava. Das weißt du ebenso gut wie ich."

„Dennoch ist es schwer, mich so zu akzeptieren, wie ich anscheinend bin. Um bei den Spiegeln zu bleiben …" Sie drückte seine Hand. „Wenn ich hineingeschaut habe, habe ich mich nie gesehen, wie ich eigentlich bin, sondern nur eine Projektion meines Ichs. Aber vielleicht hätte ich damit ganz gut leben können. Schließlich habe ich mich mit mir selbst arrangiert."

„Und dann? Wie würdest du später auf dieses Dasein zurückblicken? Du bist dazu gemacht zu lieben, Gillian. Falls es einen Gott gibt, hat er sich etwas dabei gedacht, als er dir diesen Körper geschenkt hat. Er ist viel zu schade, um einsam unter einer Bettdecke zu verstauben."

„Wahrscheinlich werde ich das irgendwann einsehen. Dennoch habe ich eine letzte Frage. Bitte beantworte sie mir."

„Wenn ich es kann, und will."

„Ihr habt doch nicht wirklich weitere Frauen versteigert?"

Eigentlich sollte er sie im Ungewissen lassen. Aber sie vertraute ihm und diese Emotion war weitaus fragiler als Liebe. Vertrauen konnte man mit einem Wort, einer Handlung oder damit verwirken, dass man nicht zur Tat schritt. Einen Menschen im Stich zu lassen, war das schlimmste Vergehen, das galt sowohl für den Mann als auch für den Dom.

„Steven, Charles und Lucille waren echt. Den Rest haben wir auf Band aufgenommen. Der Eigentümer der Insel, Barnaby Mortimer, dreht gerne Filme und besitzt das erforderliche Equipment. Lucille ist seine Frau, seine Sub und die Liebe seines Lebens. Er hat mir einen Gefallen geschuldet, den ich für dich eingefordert habe."

„Ich weiß nicht, ob ich Lucille mögen oder hassen soll. Das war eine oscarreife Darbietung. Aber war es wirklich nötig, dass Charles der Schreckliche …"

Sie presste die Lippen aufeinander, weil sie bemerkte, dass sie ihm weitere Munition lieferte.

„Charles der Schreckliche!“ Hunter prustete los. „Verflucht, Gillian. Du bist einfach herrlich. Und ja, es war nötig. Ich würde es jederzeit wieder tun, falls es das ist, was du brauchst. Also fordere mich lieber nicht heraus, denn das hast du bereits zur Genüge getan.“

Esclava war hin- und hergerissen, schließlich war dies ein Aspekt, der ihr eine verbotene Erregung verschaffte. Ihren Zwiespalt sah und hörte er ihr deutlich an. Sie atmete hektisch, und er wusste, dass es sie aufgeilte, wenn sie an die Szene zurückdachte. Im Nachhinein hatte diese zwar ihren abscheulichen Touch verloren, aber weder an Eindringlichkeit noch an Scham.

„Möchtest du einen Nachtisch? Ich habe die neueste, streng geheime Kreation von Lizzy in den Kühlschrank gepackt. Es sind Cupcakes mit dem Namen Butterfly-Kiss.“ Dass sie Süßes liebte, war kein Geheimnis.

„Falls ich Nein sage, zwingst du mich dann, einen oder zwei zu mampfen? So könnte ich es ohne Reue tun.“

„Das kannst du vergessen. Solltest du keinen wollen, esse ich sie. Und Charles würde sich sehr freuen, wenn du ihm einen servieren würdest, während du nichts außer einer Schürze und einer Haube trägst.“

„Du bist unmöglich. Dich hat man sicherlich noch nie übers Knie gelegt.“

„Man könnte meinen, dass du es darauf anlegst, genau dort zu landen. Keine Sorge, das oder etwas ähnlich Geartetes wird bestimmt in naher Zukunft geschehen. Ob es dir gefällt, finden wir dann gemeinsam heraus." Hunter ließ ihre Hand los und holte die Cupcakes aus dem Kühlschrank. Er legte sie auf Dessertteller und brachte sie zum Tisch. Die vanillefarbene Köstlichkeit hatte ein herrliches luftiges Topping und schmeckte nach reifen Pfirsichen, er hatte bereits vorab probiert. „Mach den Mund auf, Esclava."

Er fütterte sie mit dem ersten Bissen und sie machte ein absolut entzücktes, beinahe ekstatisches Geräusch.

Eine halbe Stunde später schlenderten sie zum Strand und beobachteten den perfekten Sonnenuntergang. Es sah aus, als würde die Sonne im Meer versinken.

Ehe sie aneinandergekuschelt einschliefen, liebte er sie zärtlich und das tat ihnen beiden mehr als gut.

Kapitel 10

Gillians Haut war zu eng, das Blut rauschte zu schnell durch ihren Körper, sodass sie befürchtete, dass die leichteste Erschütterung sie zum Zerbersten bringen würde. Und an allem war Hunter schuld. Genau wie er es prophezeit hatte, dachte sie die ganze Zeit über an die Schläge, die er ihr mit einem Stock verabreichen wollte. Sie vermutete, dass er den Rohrstock nehmen würde, denn er passte ausgezeichnet zu seinem fiesen Naturell. Er hatte sie heute Morgen ausschlafen lassen, und als sie zum Frühstück gekommen war, lagen die drei Folterinstrumente fein säuberlich nebeneinander auf dem Tisch.

Er hatte sie beinahe liebevoll betrachtet, wohingegen er ihr einen durchdringenden durch und durch angsteinflößenden Blick gegönnt hatte, der auch Stunden später weiterhin seine Wirkung zeigte. Ihr Magen flatterte auf eine völlig neuartige Weise, und wenn sie noch länger auf diesem scheiß Stuhl sitzen müsste, könnte sie für nichts mehr garantieren.

Einerseits langweilte sie sich zu Tode, und andererseits war sie derart aufgeregt, dass sie ihre ganze Willenskraft brauchte, um nicht herumzuzappeln. Hunter hatte sie mitten im Raum auf einen Stuhl gesetzt, während er in aller Seelenruhe seine E-Mails Wort für Wort in einem Schneckentempo durcharbeitete. Diese Übung sollte ihr helfen, ihre innere Balance zu finden! Dass sie nicht lachte.

„Streck deine Arme aus, Esclava. Offensichtlich bist du nicht ganz bei der Sache und unterschätzt den Ernst deiner Lage. Du brauchst noch ein wenig

Hilfe, wie mir scheint. Lässt du den Becher fallen, kommen fünf weitere Hiebe hinzu."

Sie dachte nicht daran, das zu tun, doch wenn eine Körperhaltung dominant sein konnte, dann war es seine. Falls sie sich ihm widersetzte, musste sie mit Strafe rechnen. Oder er würde sie einfach wieder in die Zelle verfrachten. Es war seltsam, nicht tun zu dürfen, was man wollte. Sie befolgte seinen Befehl, trotz ihres inneren Widerstands.

„Braves Mädchen. Handfläche nach oben." Mit einer blanken Mimik stellte er den Plastikbecher, der zu drei Viertel mit Wasser gefüllt war, auf ihrer Hand ab. „Ich brauche noch ein paar Minuten, doch das solltest du schaffen, wenn du dich ein bisschen bemühst, mir wenigstens einen Hauch von wahrer Demut zu zeigen." Dann grinste er breit und so richtig fies. Wahrscheinlich ahnte er genau, was sie sich gerade vorstellte. „Würde ich lieber nicht machen an deiner Stelle. Wenn du manierlich bist, gestalte ich die Schläge für beide Seiten vergnüglich. Solltest du dem Drang nachgeben, mir das Wasser ins Gesicht zu schütten, werde nur ich Vergnügen habe." Er beugte sich zu ihr vor, und lediglich die Lehne hielt sie davon ab, zurückzuweichen. Hätte er den Becher nicht noch festgehalten, wäre er runtergefallen. „Das ist nicht nur ein Versprechen, das ist eine schmerzhafte Tatsache. Für dich!"

Natürlich wusste er, was sie – gar nicht so insgeheim – dachte, denn sie zeigte ihre Emotionen viel zu deutlich. Schließlich glich ihr Gesicht eher einem Pokémon- als einem Pokerface.

„Und jetzt konzentrier dich, Esclava. Sonst geht der Tag für dich nicht bequem zu Ende."

Als hätte er kuschelig angefangen! Seit der ersten Sekunde, nachdem sie aufgewacht war, stand sie unter Starkstrom.

„Dein zischender Blick bringt dich ebenfalls nicht weiter. Aber vielleicht möchtest du dich über den Boden schlängeln, während ich der Gerte freien Lauf lasse. Wenn du Glück hast, treffe ich dabei nur deinen Arsch, was allerdings sehr unwahrscheinlich ist. Hast du überhaupt eine Ahnung, wie schmerzhaft und lästig Striemen auf den Waden sind oder auf den Fußsohlen?“ Er grinste auf diese fiese Art, die sie wirklich abgrundtief verabscheute. „Erspar dir die Antwort, das kannst du nicht wissen. Noch nicht!“ Hunter ließ den Becher vorsichtig los.

Gillian atmete durch und stellte nach nicht einmal zehn Sekunden fest, dass sie ohne seine Hilfe bereits jetzt Schwierigkeiten hatte, ihre Hand ruhig zu halten.

„Du kannst jederzeit loslassen, mein dunkler Engel, das wird meine dunkle Seite mehr als entzücken.“

Er manipulierte sie, reizte sie und forderte ihren Stolz heraus. Aber zur Hölle! Ihre Aufgabe war von Anfang an zum Scheitern verurteilt, das war ihr ebenso klar wie ihm. Hunter würde sowieso bekommen, worauf er abzielte. Sie wartete, bis er sich umdrehte, und trank den Becher lautstark leer. Hunter wirbelte herum. Ihr Triumph blieb ihr förmlich in der Kehle stecken, weil sie wusste, dass sie diese Mimik niemals vergessen würde. Hunter Silsbury war derart fassungslos, dass ihm der Mund offen stand. Mit Mühe schluckte sie das Wasser hinunter und leckte sich demonstrativ über die Lippen. Den

Plastikbecher ließ sie fallen. Wenn schon, denn schon!

Mit einem Satz war er bei ihr, und sie wäre ja weggerannt, doch die Fußmanschetten mit der kurzen Kette dazwischen verhinderten das effektiv.

Sie liebte es, wie er in ihr Haar packte und ihr den Kopf grob nach hinten riss. Allerdings änderte das nichts daran, dass ihr Herzschlag einen Rhythmus annahm, der bis in ihre Schädeldecke wummerte. Hunter beugte sich zu ihr herab, so dicht, dass seine Lippen beinahe ihre berührten. „So sehr willst du es, Esclava? Du wirst bekommen, wonach du verlangst, und noch viel mehr." Am Zopf zog er sie vom Stuhl, was mittlerweile dermaßen schmerzhaft war, dass sie aufschrie. Doch er lockerte seinen Griff nicht sofort, erst nach einigen höllischen Metern, bei denen Tränen hinter ihren Lidern brannten. Unvermittelt krachte sein Mund auf ihren, als er sie an die nächstbeste Wand stieß, sodass sie die Pein vergaß, während sich zunächst sein Atem und anschließend sein Speichel mit ihrem vermischte, seine Lippen zu Beginn hart und dann weich wurden.

Er drückte ihre Arme über ihrem Kopf gegen den Putz, und sie verwandelte sich innerhalb von Sekunden in seine Sklavin, die alles wollte, was er ihr zu bieten hatte. Das bezog sich nicht nur auf die körperlichen Reaktionen, sondern auch auf ihre mentalen Sehnsüchte. Sie brauchte den Zwang, seine starke Hand und sein unerbittliches Vorgehen. Und sie würde genau das von Hunter erhalten. Obwohl sie Angst vor den Schlägen hatte, sehnte Gillian sie zur selben Zeit herbei. Hunter löste sich von ihr, hielt ihre Handgelenke weiterhin fest. „Äußerst praktisch, dass du bereits nackt bist, Esclava. Den Rest von dir, den ich begehre, holen wir uns gemeinsam. Tränenüberströmt und bettelnd mag ich dich am liebsten, wie du sehr wohl weißt."

Er zog sie hinter sich her, mit einem unerbittlichen Griff, der in ihrem Fall etwas Gutes bedeutete. Seine Muskeln bewegten sich unter dem schwarzen T-Shirt, und er lief so schnell, wie sie es mit der Fußfesselung gerade so eben schaffte. Hatte sie zu viel riskiert? War er wirklich wütend auf sie?

Das glaubte sie nicht, denn Wut passte nicht zu ihm. Sie würde ihre Hand dafür ins Feuer legen, dass er noch nie eine Frau, die sich ihm als Sub oder Sklavin anvertraut hatte, im Jähzorn geschlagen hatte. Das würde einem Verprügeln gleichkommen. Hunter verfolgte andere Ziele, und dazu gehörte nicht, sie zu brechen oder fertigzumachen. Er brachte sie natürlich in den Luxusdungeon und blieb mitten im Raum mit ihr stehen.

„Hinknien, Esclava."

Ob sie ihn mit einem Lächeln besänftigen konnte? Wohl eher nicht. „Sehr gerne, Sir."

„Tatsächlich?" Er hielt ihre Hände, als sie es tat, und sobald ihre Knie den Holzboden berührten, erfasste sie ein Gefühl von Stille. Schon wieder füllten Tränen ihre Augen, doch diese waren unfassbar ergreifend und rein.

Hunter sah sie mit einem merkwürdigen Ausdruck an. „Esclava", sagte er schrecklich sanft, und sie konnte die Tränen nicht mehr zurückhalten, während sie zu ihm aufblickte. Sie rollten ihre Wangen hinab, und dieser Moment verband sie mit Hunter, so wie sie es nicht für möglich gehalten hätte.

Er küsste sie auf den Handrücken und ließ sie dann los. „Du bist unbeschreiblich schön und genau das, wonach ich mich schon mein Leben lang verzehrt habe. Ich will dich."

Meinte er jetzt, in dieser Woche oder für ... immer? Sie schluckte hart, um sich unter Kontrolle zu bekommen, und verfluchte die rosaroten Gedanken, denn Pink war sicherlich keine Farbe, die zu dem Sadisten passte.

Sie erinnerte sich glasklar an seine Worte, dass er bisher keine Sub an sich rangelassen hatte, und auch wenn das, was er anschließend gesagt hatte, ihr Hoffnung machte, blieben die Zweifel, warum er ausgerechnet für sie eine Ausnahme machen sollte. Für Gillian Cross, die nichts Besonderes zu bieten hatte, außer sich selbst. Es war erschreckend, dass man sich an Beleidigungen und Erniedrigungen jahrelang festhalten konnte, hingegen Komplimente und Lob nur kurz bei einem wirkten und man zudem Schwierigkeiten hatte, das Positive anzunehmen, ohne sich dafür zu schämen.

„Esclava! Mir scheint, dass du dich auf alles andere konzentrierst, außer auf mich. Dabei bin ich in der nächsten Stunde oder auch Stunden das Zentrum deines Universums. Aber ich weiß, dass ich das erwartete Verhalten gleich erhalten werde. Schließlich lasse ich dir keine Wahl, nicht wahr? Warte hier auf mich. Ich brauche noch ein paar Utensilien, um all das von dir zu bekommen, worauf ich abziele." Er legte eine Hand unter ihr Kinn und hob es an. „Und das ist nicht gerade wenig."

Irgendwie war dieser Augenblick ein ganz spezieller. Seine Berührung verband sie mit ihm und damit meinte sie nicht körperlich. Die unterwürfige Haltung war wie ein inneres Schimmern, das sie wärmte und vor allem erdete. Hunter stand über ihr und das war nicht nur sinnbildlich gemeint. Sie konnte sich gleich fallenlassen, sich seinen fähigen Händen und seinem Willen übergeben, ohne dabei Schaden zu nehmen. Gillian erkannte glasklar, dass es das war, was sie unbedingt brauchte, um endlich glücklich zu sein.

„Schon besser, mein dunkler Engel. Bist du bereit für meine böse Seite?"

„Ja, Sir." Und wie sie das war!

Er sah ihr auf diese unnachahmliche Art in die Augen, und sie versank in den Tiefen, die sie auf eine prickelnde Weise erschauern ließen. Ihr Körper erwachte zum Leben und drängte ihren Verstand in den Hintergrund. Sie spürte das Sehnen ihres Schoßes, wie sich ihre Nippel aufstellten, hart für ihn wurden, damit er ihnen diese grauenvollen Dinge antun konnte, die sie so sehr begehrte.

Hunter schenkte ihr ein kaum bemerkbares Lächeln, doch sie erfasste es, obendrein wie er die Schultern straffte, wie sich seine Körperhaltung änderte. Er strahlte Autorität aus, Sicherheit und Unnachgiebigkeit, aber auch Zärtlichkeit, die sie schlussendlich von ihm bekommen würde, allerdings erst, wenn es so weit war.

Er lief aus dem Raum, um die Schlagwerkzeuge zu holen, und so hatte sie Gelegenheit, sich ganz auf sich zu fokussieren. Sie setzte sich aufrechter hin, wobei sie sich zur selben Zeit zu entspannen versuchte, bereits jetzt ein bisschen loszulassen, damit sie ihren Sir und Master zufriedenstellen konnte. Zum ersten Mal in ihrem Leben wollte sie sich wirklich unterwerfen, denn bei Hunter war sie sicher. Sie vertraute ihm bedingungslos und das war befreiend.

Er kehrte zu ihr zurück, und sein Anblick jagte eine Welle durch ihren Leib, die jeden Nerv erwartungsvoll kribbeln ließ. In den Händen hielt er den gefürchteten Rohrstock und Manschetten. Sie konnte nur auf den Stock starren, als er ihn vor ihr ablegte. Als sie sich endlich traute, zu Hunter hochzusehen, war sein Grinsen nur eins: sadistisch. Ihre offen gezeigte Angst machte ihn an, sehr sogar. Aber sie zu verbergen, war sinnlos. Das würde sie niemals schaffen, und sollte sie es versuchen, würde er sie bestrafen. Er ging vor ihr in die Hocke, und ihr war klar, was er von ihr erwartete. Hunter wollte sie fesseln, damit sie sich nicht wehren konnte, während er sie bestrafte. Mindestens siebzehn Schläge würde er ihr verabreichen und die Zahl war ihr noch nie so hoch vorgekommen. Würde sie überhaupt an der Qual vorbeiempfinden können? Oder würde die Pein so schrecklich sein, dass sie ihm nie wieder vertrauen könnte?

Sie vermochte diese Fragen nicht zu beantworten, doch trotz ihrer ganzen Zweifel hielt sie ihm die Handgelenke hin. Er befestigte das gepolsterte Leder, und sie verstand nicht, warum die Fixierung ihr Sicherheit vermittelte. Aber so war es. Und als er den Sitz prüfte, sicherstellte, dass er ihr nichts Ungewolltes zufügte, lehnte sie sich einfach nach vorn, bis ihre Stirn seinen Brustkorb berührte. Ob sie das durfte, war ihr egal. Hunter hatte ihr bisher keine strengen Verhaltensweisen auferlegt. Sie hatte im Netz darüber gelesen, dass Berührungen und Blickkontakt vonseiten der Sub aus bei vielen Doms verpönt waren, doch anscheinend gehörte er nicht zu dieser Sorte, wofür sie sehr dankbar war. Gillian atmete tief ein, und sein Geruch war beruhigend, besänftigte ihren aufgebrachten Zustand ein wenig. Als er dann noch ihren Nacken streichelte, verlangsamte sich ihr außer Kontrolle geratener Herzschlag, wenigstens für den Moment.

Was war das nur mit seiner Berührung, die sie so nachdrücklich erschütterte? Bei keinem anderen Menschen war ihr das bisher so ergangen. Mit ihm erreichte sie Höhen und Abgründe, die sich ohne ihn für immer außer ihrer Reichweite befunden hätten. Daran gab es nichts zu rütteln. Das Leben war vorher an ihr vorbeigeplätschert und jetzt stand sie mitten in dem reißenden Strom mit dem Namen Hunter.

Er umfasste ihre Schultern sanft und brachte sie zurück in die aufrechte Haltung, dann hakte er die Manschetten ineinander und half ihr hoch. Danach verkürzte er die Kette zwischen ihren Füßen, sodass sie diese nicht mehr auseinandersetzen konnte. Er betätigte eine Seilwinde, bis er den Haken an ihren Handgelenksmanschetten befestigen konnte, und straffte anschließend das Seil, bis sie gerade noch auf den Fußballen stehen konnte. Auf der Stelle veränderte diese hilflose Haltung einfach alles. Sie spürte deutlich, dass sie nass für ihn wurde, und das trotz oder vielleicht war es die intensiv empfundene Furcht, die die starke Erregung auslöste. Ihre Brüste hoben sich durch die Streckung, und sie wusste, dass der Anblick heiß aussah. Etwas, das sich im nächsten Augenblick bestätigte, da Hunter das großformatige Gemälde einer nackten Frau an der gegenüberliegenden Wand, dem sie bisher kaum Beachtung geschenkt hatte, zur Seite schob, sodass ein Spiegel zum Vorschein kam, und so bekam die Bezeichnung Sanduhr-Figur eine neue Bedeutung für sie, weil sie auf sie zutraf.

Hunter kehrte zu ihr zurück und stellte sich hinter sie. „Siehst du jetzt, was ich sehe? Wie schön du bist, in deiner ganzen stolzen Sturheit? Dass Üppigkeit ebenso reizvoll ist wie Zierlichkeit? Dass Schönheit von Selbstsicherheit und innerer Stärke kommt? Und dass das, was man liebt, nicht unattraktiv sein kann?“

Was man liebt?

Zwei rasende Herzschläge konnte sie darüber nachdenken, ehe er ihre Brüste umfasste und fest in ihre Nippel kniff. „Betrachte dich genau, während ich dir zunächst ein wenig Lust verschaffe, bevor ich dir so richtig wehtue.“ Ihre Blicke kreuzten sich im Spiegel, als er seine Erektion an ihrem Po rieb. Wäre er doch nur auch nackt! Aber diesen Wunsch würde er ihr erst erfüllen, wenn er sich an ihrem Leid gesättigt hatte.

Er strich mit seinen Lippen über ihren Nacken, und jetzt begriff sie, warum er ihr befohlen hatte, die Haare hochzubinden. Sobald er eine neue Stelle ihrer Haut streichelte, erschauerte sie, und der Anblick seiner Hände, die ihre Brüste kneteten, sowie seiner kräftigen Unterarme trugen zu der visuellen Erregung bei, die der körperlichen nicht nachstand. Er überragte sie deutlich, und sie fühlte sich fast zierlich, obwohl sie es nicht war. Ihre Unterlegenheit in vielen Aspekten wurde ihr durch das eigene Spiegelbild erst richtig bewusst.

„Gefällt dir, was du erspähst, Esclava?“

„Ja, Sir. Sehr sogar.“

Seine Bemühungen blieben sanft, deswegen lechzte Gillian nach Lustschmerz, doch er gewährte ihn ihr nicht. Mit beiden Händen griff er um sie herum und spreizte ihre Schamlippen, sodass sie ihren Kitzler sehen konnte. Es war ganz anders, ihm dabei zuzusehen, wie er sie stimulierte, die empfindliche Knospe mit den Fingern umkreiste. Hunter stand so dicht hinter ihr, dass sie sich an ihn lehnen konnte und seine Körperwärme auf sie überging, sie noch näher an ihn fesselte, als es die Manschetten taten.

Sie war ihm komplett ausgeliefert und das war mehr als heiß. Ihr gesamter Körper vibrierte förmlich, und sie würde kommen, wenn er jetzt weitermachte. Natürlich hörte er auf, als es am schönsten war, sein verfluchtes Timing perfekt, um sie flehen zu lassen.

„Du bist still. Dein Betteln kannst du dir für gleich aufsparen, sobald der Schmerz auf deiner betörenden Oberfläche wütet. Deine Erlösung wird noch eine ganze Zeit auf sich warten lassen, mein dunkler Engel.“

Er löste sich von ihr, und sie erschauderte von der Kälte, die seine fehlende Berührung hinterließ. Hunter bückte sich, um den Stock aufzuheben, und zu sehen, was hinter ihr geschah, war nervenaufreibend, weil seine Mimik ihr nicht verborgen blieb. Er packte den Rohrstock und betrachtete ihn interessiert, ehe er seine Aufmerksamkeit zurück auf sie lenkte. Ihr lief ein eisiger und zugleich heißer Schauder über den Rücken, sobald sie anfing, Hunters Gefühlsleben zu deuten. Sie erspähte eine nackte rohe Gier, die keinesfalls lediglich davon herrührte, dass er sie nur ficken wollte. Hunters Appetit lag viel tiefer, und all das, was er begehrte, lag in ihr versteckt, doch es würde ihm keine Probleme bereiten, sich durch das Menü durchzuschmecken und jede Geschmacksrichtung auszukosten, bis er auch den letzten Tropfen von ihr verschlungen hatte.

„Hast du Angst vor mir, Esclava?"

Diese Frage war alles andere als leicht zu beantworten, denn darauf gab es kein simples Ja oder Nein.

„Vordergründig vor dem Stock."

„Ich bin derjenige, der ihn führt, und ich bin erfahren genug, um dich alles spüren zu lassen, was ich will, angefangen von zarten Rötungen bis zu einem brennenden Inferno, bei dem du vergisst, wer du bist." Er hob den Arm, und in Erwartung einer niederschmetternden Pein schrie sie bereits auf, noch ehe das Schlaginstrument sie gerade so eben berührte, leicht wie der Kuss eines Schmetterlingsflügels.

„Sachte, Esclava." Er umfasste ihre Pobacke und streichelte sie mit den Fingerspitzen, ehe er sich vor sie stellte. „Was ist schlimmer, die Furcht vor dem Schmerz oder der tatsächliche?" Er legte ihr einen Finger über die Lippen. „Beides kann zutreffen, je nachdem, was ich bezwecke." Und dann zog er die Augenmaske aus seiner Hosentasche, streifte sie ihr über den Kopf und küsste sie leicht auf den Mund. „Keine Angst, mein dunkler Engel. Ich werde dir nun einen weiteren Sinn rauben, sodass du dich ganz darauf konzentrieren kannst, was du spürst. Es sind nur Kopfhörer.“ Sekunden später hörte Gillian nur noch ihren wummernden Herzschlag und *Where The Wild Roses Grow*. Das Lied hatte es Hunter offensichtlich angetan und es passte zu ihm.

Dass sie sich vorhin bereits hilflos gefühlt hatte, war ein Irrtum gewesen. Denn jetzt war sie es wirklich. Sie wusste weder, wo Hunter stand, noch ob er sie musterte oder womöglich einfach gegangen war. Vielleicht wollte er sie für einen längeren Zeitraum sich selbst überlassen und das war eine mehr als grauenvolle Vorstellung. Sie brauchte ihn, um das hier durchzustehen. Allerdings ließ er sie völlig im Ungewissen, und Panik kochte in ihr hoch, bis zu dem Moment, als er ihre Schulter berührte. Aber wie sollte sie sicher sein, dass es Hunter war und nicht der Schreckliche?

Wie weit war Hunter wirklich bereit zu gehen? Seine Hand verblieb dort, als er sie zunächst umrundete, bis er vor ihr stand. Sie war nicht ohne jeden Sinnesreiz, denn was sie sonst niemals bemerkte, waren die Vibrationen des Holzbodens. Tief atmete sie ein, und sobald sie Hunters Duft erfasste, wurde ihr beinahe schwindlig vor Erleichterung. Als er die Berührung löste, versuchte sie, sich auf das Lied zu konzentrieren, sich an etwas festzuhalten, damit sie sich nicht fühlte, als würde sie in ein Nichts gezogen, ohne irgendeinen Rettungsanker.

Und dann berührte irgendwas ihre Brüste, fächerte über ihre Haut und kitzelte ihre Nippel. Das kam so überraschend, dass sie stark zusammenzuckte, weil sie mit einem brennenden Hieb auf ihren Po gerechnet hatte. Was immer er in der Hand hielt, erreichte, dass sie ganz bei ihm war. Ihre Gedanken stoppten abrupt, während er ihren Körper liebkoste. Was es auch war, es hatte mehrere Streifen oder Fäden. Das Gefühl war unfassbar angenehm und doch lauerte der Schmerz im Hintergrund. Ihr Leib reagierte hyperempfindlich auf jeden Reiz, der das genaue Gegenteil von dem war, was sie erwartet hatte. Kitzelnd erwachten ihre Nervenenden zum Leben und trugen die Empfindung bis in ihre Muskeln hinein. Als Hunter über ihren Bauch streichelte, flatterte er förmlich.

Und dann hörte er urplötzlich damit auf, und sein warmer, feuchter Mund saugte stattdessen an ihren Brustwarzen, hart genug, um einen Anflug von Pein zu erzeugen, die so köstlich war, dass Gillian sie bis in ihre Klit spürte. Sie sehnte sich so sehr danach, ihre Beine zu spreizen, um ihn einzuladen, sie dort zu stimulieren. Aber er hatte im Vorfeld seine Fesselung so angelegt, dass sie das nicht konnte.

Er zog ihre Nippel in die Länge und biss sie sogar, was sie keuchen und strampeln ließ. Doch die Hand, mit der er sie zwischen den Schulterblättern festhielt, war ebenso unerbittlich wie die Fixierung. Nachdem ihre Warzen unglaublich pochten und fürchterlich heiß kribbelten, pustete er auf sie, sein Atem kühl auf dem überhitzten Fleisch.

Sie sehnte sich so sehr nach seiner Stimme, aber dasselbe Lied spielte in einer endlosen Dauerschleife. Jetzt waren es seine Finger, die ihre rechte Brustwarze rieben, ehe ein unbeschreiblicher Schmerz sie aufschreien ließ. Etwas biss hinein und ebbte zu einem Pochen ab. Der Schreck über die unerwartete Pein war größer, als es der Reiz tatsächlich war. Was war das? Hatte er etwa eine Wäscheklammer an der zarten Knospe befestigt? So fühlte es sich zumindest an.

Noch als sie sich mit der ungewohnten Stimulation beschäftigte, erlitt ihr zweiter Nippel dasselbe Schicksal. Anschließend umfasste Hunter ihren Wangen und küsste sie leidenschaftlich. Doch viel zu schnell war der Kuss vorbei, ehe er sie umrundete, sie belauerte, und sie ahnte, dass der Stock sie gleich treffen würde. Instinktiv verkrampfte sie sich und dann erreichte ein wundervoll milder Schmerz ihren Po. Jetzt wusste sie, was er benutzt hatte, um sie zu liebkosen: Das musste ein Flogger sein, denn das geringe Brennen verteilte sich auf mehrere Flächen.

Ein Ruck und er erlöste sie von den Kopfhörern, und der Klang seiner Stimme war das schönste, was sie jemals gehört hatte. „Esclava, keine Angst. Noch werde ich dir nicht sehr wehtun. Genieße, was ich dir antue, lass dich einfach fallen."

Und das war es, was sie tat, als er ihren Körper mit den ledernen Strippen liebte. Es fühlte sich so gut an, so verteufelt gut. Hunter beschränkte die Feuerzungen nicht nur auf ihren Hintern, sondern erhitzte langsam ihre Oberschenkel, ihren Bauch.

Nie wusste sie, wo er sie als Nächstes treffen würde, und die Angst vor der Agonie zerfloss unter jedem Streicheln des Schlaginstruments, denn das war es, was er mit ihr machte. Er küsste ihren Körper wach, bis er überall kribbelte und ihre Haut glühte wie das sanfte Schimmern eines Kerzenlichts in einem Schneesturm.

Hunter mahnte sich zur Geduld, während er den dunklen Engel auf den Stock vorbereitete. Er sah ihr deutlich an, dass sich ihre ausgiebig vorgestellten Schrecken nicht erfüllten und sie sich in seiner Verführung verlor, schließlich konnte sie nicht anders, weil er ihr keine Wahl ließ, als genau das zu tun. Hin und wieder lächelte sie sogar, nicht ahnend, was ihr noch bevorstand. Sie war das schönste Glühwürmchen, welches er jemals erblickt hatte, denn sie leuchtete förmlich von innen nach außen, da es ihr mehr als guttat, was er mit ihrem wunderschönen Körper anstellte.
Und für ihn gestaltete sich die Session nicht weniger erfüllend. Sein Sadismus wurde nicht nur durch die verursachte Qual genährt, sondern durch ihre Hingabe, das Geschenk, das Gillian ihm vorbehaltlos machte. Sie stellte keine Forderungen an ihn, nahm an, was er ihr gab, und er entblätterte sie, eine Schicht nach der anderen.

Er positionierte sich vor ihr, um ihr die Binde abzunehmen, denn was er als Nächstes vorhatte, sollte sie sehen. Sie blinzelte, bis sie ihm direkt in die Augen starrte, und leckte sich über die hübsch geschwungenen Lippen. Für ein paar Momente war er unfähig, sich von ihr loszureißen, dabei sollte es genau umgekehrt sein. Doch die Wahrheit war, dass Gillian ihn genauso in ihren Bann zog, wie Hunter sie in seinen.

Der dunkle Engel hatte ihn verhext und er hatte es willentlich geschehen lassen. Nicht nur er weckte bei ihr versteckte Sehnsüchte, sie tat es auch bei ihm. Liebe, eine Beziehung, der Wunsch, mit einer Frau im Arm einzuschlafen und aufzuwachen, hatten verborgen auf seiner Agenda gestanden, bis Gillian ihm in den Weg gespült wurde.

„Fühlst du dich gut?“ Die Frage war rein rhetorischer Natur.

„Ja, Sir“, wisperte sie.

„Ausgezeichnet, dann können wir jetzt zum zweiten Teil schreiten. Du hast ein Rendezvous mit dem Rohrstock. Bist du bereit, Esclava?“

Ein Beben lief über ihren Leib, und sie sah ihn mit so viel Vertrauen, aber auch neu erwachter Angst an, dass er sich ein Lächeln verkneifen musste.

„Kann man dazu bereit sein?“

„Lass dich von mir tiefer in die Welt des Schmerzes führen. Es wird dir gefallen. Wie ist dein Safeword?“

Sie brauchte das jetzt, damit sie nicht zurückschreckte. Hunter war sich sehr bewusst, dass er vorsichtig sein musste. Er war ein Sadist, der zur Erfüllung seiner Begierden auch stärkere Qualen austeilen musste. Und er wollte das nur noch bei Gillian finden.

„Rot, Sir.“

„Versuche, dich nicht zu verkrampfen, das macht es nur schlimmer. Atme durch das Brennen hindurch. Wenn du dich darauf einlässt und dich innerlich nicht sperrst, verspreche ich dir, dass die Erfahrung dich bereichern wird.“

Zweifel standen glasklar in ihrer Mimik, und sie war nah daran, in Tränen auszubrechen.

„Vier Stück, Gillian.“

„Aber du hast mir siebzehn angedroht!“

„Die haben dich auch ausreichend beschäftigt und das hat mir sehr gefallen.“

„Du bist ein manipulativer Bas…“

„Fünf. Möchtest du noch etwas vermelden?“

Und ob sie das wollte! Ein Knebel würde ihr zur eigenen Sicherheit mehr als guttun. Diese Option hielt er sich für spätere Vergnügen offen, sobald sie sich zuversichtlicher in seinem Universum bewegte. Allerdings konnte er ihr diese Zuversicht ebenso schnell nehmen, wie er sie ihr gewährte, und genau das machte das hier so spannend. Ein Spiel war sie jedoch zu keinem Zeitpunkt für ihn gewesen, auch wenn er anfänglich anders gedacht hatte. Er nahm den Rohrstock auf, noch während ihre Furcht in seinem Bewusstsein prickelte. Gillian stand für ein paar Sekunden absolut bewegungslos und das war nicht allein den Fesseln geschuldet.

Sie hielt den Atem an, bis er wie ein Schwall aus ihrem Mund strömte. Ihr Bauch zitterte sichtbar und sie lehnte den Kopf gegen ihren rechten Arm. Ein verzweifelter Versuch, sich selbst Halt zu geben. Hunter umrundete sie mehrere Male, zögerte es hinaus, bis er ihr den ersten Schlag verpasste, denn zu verführerisch war ihr Anblick. Ihr Zittern machte ihn hart, der flehende Ausdruck in ihren Augen ließ seinen Schwanz pochen, und das Hin- und Herpendeln ihrer Emotionen zwischen Vertrauen und Panik war ein Fest für seinen Sadismus, ein Vorspiel der speziellen Art, für ihn, aber vor allem für sie.

Er stellte sich hinter sie, und sie starrte auf das Spiegelbild, als hinge ihr Leben davon ab. Es war besonders schlimm für den empfangenden Part zu sehen, wie der dominante Part ausholte, weil der Verstand die Schmerzrezeptoren schon anregte, obwohl sie noch inaktiv waren. Wenn Gillian gelernt hatte, dass es ihr auch durchaus Freude bereiten konnte, starken Qualen ausgesetzt zu sein, würde sie diesen Teil vielleicht genießen können. Hunter ließ zunächst den Arm locker nach unten hängen, während seine Finger den Stock zwar fest, jedoch nicht verkrampft hielten.

Es gab nichts Schlimmeres, als den Halt zu verlieren, und am Anfang seiner sadistisch geprägten Karriere war ihm genau das passiert. Aus seinem unglaublich verschwitzten Griff war ihm die Gerte aus der Hand geflogen, was zum Glück niemanden verletzt hatte, aber die damalige Sub, die im Gegensatz zu ihm eine sehr erfahrene BDSMlerin und auch Masochistin gewesen war, hatte ihn danach nicht mehr ernst genommen. Das würde ihm heute, nach einem derartigen Missgeschick, zwar nicht noch mal passieren, doch er wollte es nicht herausfordern und vor allem Gillian nicht verunsichern.

Von seiner Seite brauchte sie Ruhe, Konzentration und Überlegenheit. Zögern, Unsicherheit und Skrupel hatten keinen Platz, wenn er sie vollständig für sich gewinnen wollte. Ihm war bewusst, dass er alles von ihr einforderte, auch, dass durchaus die Gefahr bestand, dass es sie überstrapazierte, egal, wie vorsichtig er vorging.

Allerdings existierte kein Weg zurück, für sie beide nicht. Es war für ihn ungewohnt, auf diese Weise zu fühlen. Bei Gillian hing viel mehr davon ab, als nur eine gelungene Session zu erleben, und das machte ihm Angst. Doch sie war nicht grauenvoll, sondern wertvoll. Er hatte vor ihr nicht geglaubt, dass er dazu imstande wäre, so tief zu empfinden. Er war ein kalter Arsch gewesen, der Samuel Higgins auf dem Gewissen hatte. Für Hunter hatte es damals nur Schwarz oder Weiß gegeben, ein Ziel, das er stur verfolgte, bis er das meiste an Geld herausgeholt hatte. Ob Gillian sich angewidert von ihm abwenden würde, wenn er ihr gestand, was für ein Mann er wirklich war? Ja, er wollte alles besser machen, doch der frühere Hunter gehörte ebenso zu ihm wie der jetzige.

„Sir, bitte …"

Er küsste sie zwischen die Schulterblätter, stellte sich im richtigen Abstand seitlich hinter sie und winkelte das Handgelenk und den Ellbogen an. Ein letztes Mal kreuzte sich sein Blick mit ihrem im Spiegel, ehe der Rohrstock quer auf ihrem Arsch landete und eine blasse Strieme hinterließ.

Der Hieb war nicht besonders fest, dennoch für sie schlimm genug, weil diese Art von Schmerz Gillian gänzlich unbekannt war. Zischend stieß sie zunächst einen Atemzug aus, um dann erleichtert einzuatmen.

Er gab ihr keine Gelegenheit, lange nachzugrübeln, und verpasste ihr unterhalb des ersten Schlags den nächsten, einen Takt unerbittlicher als der letzte.

Hübsch!

Hunter wiederholte das Vorgehen bis einschließlich des vierten Treffers, ehe er sich vor sie stellte und ihr Kinn umfasste. „Einen noch, Esclava, der deutlich fieser ausfallen wird. Wirst du es für mich ertragen?"

Sie schluckte schwer, ihre Emotionen derart aufgewühlt, dass sie sehr nah dran war, in Tränen auszubrechen, und nicht wegen des Stocks, sondern weil sie die intensive Bindung zu ihm spürte. Dass sie so dicht bei ihm war, wie bei keinem anderen Mann zuvor. Mit dem Daumen streichelte er ihre Wange.

„Ja, Sir. Ich … ich würde alles für dich aushalten, denn ich weiß, dass du mich achtest und mir nur das zumutest, was ich ertragen kann."

Die erste Träne hing in ihren Wimpern und fiel dann auf ihre Wange. Er mochte Tränen, die aus diesem Grund entstanden. Hunter wischte sie mit dem Daumen fort und unterdrückte den Reiz, ihr vor den Kopf zu knallen, dass er sie liebte. Vorhin war ihm das rausgerutscht. Es war eigentlich viel zu früh für solch schwerwiegende Worte. Noch konnte er nur raten, welchen Schaden er damit eventuell angerichtet hatte.

Er küsste sie kurz auf den Mund und nahm seinen Platz hinter ihr ein. Dieses Mal holte er ein wenig mehr aus, und der Schlag landete genau in der Mitte von den anderen, das hinterlassene Rot weitaus deutlicher zu sehen. Sie schrie auf und sackte in den Fesseln zusammen, doch sie fing sich augenblicklich und drückte die Schultern durch. Hunter legte den Stock auf den Boden und stellte sich dichter an ihre Rückseite, presste seinen Körper an ihren und umfasste sie mit einem Arm, während er mit einer Hand ihre Kehle umschloss, nicht um ihr Angst zu machen, sondern um sie innig zu halten. Gillian ließ ihren Tränen freien Lauf, und jetzt war es Zeit für Zärtlichkeiten, die er erstaunlicherweise ebenso brauchte wie sie.

„Kannst du stehen?"

Sie nickte.

„Gut, ich lasse die Kette ein wenig runter."

Er betätigte die Winde und befreite Gillian von den Manschetten, hob sie kurzerhand auf die Arme und trug sie zur Couch. Dort legte er sie ab. „Du bist fantastisch, Esclava." Er nahm einen Becher, der auf dem Beistelltisch neben dem Sofa stand, und schüttete Wasser hinein. Mit einem Lächeln griff sie danach, und er wusste genau, woran sie dachte.

„Du bist unmöglich, weißt du das? Ein anderer Sir wäre nicht so nachsichtig wie ich."

„Dann trifft es sich ja gut, dass ich keinen anderen möchte." Gierig trank sie die Flüssigkeit und er tat es ihr nach.

„Wie geht es jetzt weiter?"

Er wusste, dass sie nicht nur den heutigen Tag meinte, sondern generell. Aber ein Schritt nach dem nächsten. „Zunächst einmal …" Er riss sich das T-Shirt vom Oberkörper und sie setzte sich auf.

„Darf ich, Sir?"

„Ich dachte, du fragst nie."

„Höh?"

„Höh? Wie ist das gemeint?"

„Du sprichst kein Höhisch? Das ist eine Bildungslücke." Sie machte kurzen Prozess mit Hose und Shorts und er war froh, dass er weder Socken noch Schuhe trug.

Er legte sich zu ihr und grinste sie an. „Dieses Thema vertiefen wir ein anderes Mal, Esclava. Und ich bin mir sicher, dass ich dir ein paar neue Höhs beibringen kann, die du bisher nicht aus deinem Mund gehört hast. Heute habe ich deinen Arsch lediglich mit dem Stock gestreichelt."

Ehe sie sich um Kopf und Kragen redete, verschloss er ihren Mund mit seinem. Es war nur zu ihrem Besten! Sie schmeckte so süß und zerschmolz wie Zucker unter seinen Bemühungen. Nachgiebig lag sie unter ihm, und eigentlich hatte er weitaus mehr mit ihr vorgehabt, als sie nur zu ficken, doch jetzt wollte er genau das.

Nachdem sie ebenso atemlos war wie er, löste er seine Lippen von ihren und lächelte sie an. „Es tut mir nicht leid, Esclava, aber ich muss dir noch etwas antun“, sagte er und drang langsam in sie ein. „Die Klemmen müssen runter.“

Gillian runzelte die Stirn, unwissend, dass es viel schmerzhafter war, sie zu entfernen, als sie anzubringen, weil das Blut zurückschoss.

Er bewegte sich ein paarmal vor und zurück, genoss ihre feuchte enge Hitze, die ein deutliches Zeichen dafür war, wie sehr sie das Vorspiel erregt hatte, angefangen von der Fixierung bis zum letzten festeren Schlag. Nächstes Mal hatte er vor, ihren Arsch richtig zu zeichnen, sodass sie von den Striemen etwas hatte, wenn sie im Büro war. Und sie sollte besser einen kurzen Rock für ihn anziehen, andernfalls würde sie es bitter bereuen.

„Wappne dich, Esclava.“ Noch immer hatte sie nicht die geringste Ahnung, was ihr bevorstand, und auch das nährte seinen Sadismus. Er presste sie mit seinem Körper auf die Couch und löste die rechte Klemme. Gillian schrie herrlich auf, bis er an dem geschundenen Nippel leckte und saugte. Jetzt stöhnte sie, drängte sich ihm entgegen, während sie ängstlich darauf wartete, dass er die zweite Klemme löste.

Er tat es und ihr: „Verflucht, Sir!“, trieb ihm schon wieder ein Grinsen aufs Gesicht.

Sobald er an der Brustwarze lutschte, spürte er, wie heiß, steif und sexy sie war, zudem wie geil es sie machte. Hunter küsste jede Körperstelle von ihr, an die er herankam, und er liebte es wirklich, wie sie auf seine Bemühungen reagierte. Sie wand sich unter ihm und er stützte sich auf den Händen ab. Tief sah er ihr in die Augen, während er sie nahm, sich langsam bewegte. Auch wenn das Gefühl äußerst befriedigend war, reichte es ihm nicht!

Er musste sie von hinten haben, wollte ihren gezeichneten Arsch betrachten, und dann würde er sie ficken. Schließlich konnte er ebenso wenig aus seiner Haut wie sie. Er hielte inne und streichelte ihr über die Stirn. Wie süß sie lächeln, wie vollkommen sie sich hingeben konnte und wie sehr er das brauchte.

Sein Leben war wie ein Sandsturm gewesen, indem er einsam gefangen gewesen war, bis Gillian sich durchgekämpft hatte, um sich wild und ungezähmt auf seine Seite zu schlagen. Er hoffte, dass er sie niemals zähmen würde, und als hätte sie seine Gedanken gelesen, umfasste sie ihn und er spürte ihre Fingernägel auf seinem Rücken. Sie kratzte ihn zwar nicht, doch er fühlte sie deutlich.

„Was machst du nur mit mir, Sir?“, flüsterte sie mit belegter Stimme. „Eigentlich bist du genau das, was ich im Grunde nicht haben wollte, aber trotzdem über alles brauchte.“

„Ist das so?“ Die Frage war überflüssig, denn natürlich war das so.

„Als wüsstest du das nicht, du arroganter Achtachtelgott."

Oh! Er war in der Hierarchie aufgestiegen.

„Vorsichtig, Esclava!" Leider machte sein breites Grinsen die Drohung zunichte. „Auf alle viere mit dir." Er zog seinen Schwanz aus ihr und sie gehorchte ihm. Anscheinend wurde sie gern in dieser Position gevögelt.

Ihr Arsch war auch ohne Striemen eine Augenweide, doch jetzt sah er noch geiler aus. Er gab der Versuchung nach und leckte über die wunden Stellen, was ihr ein herrliches Stöhnen entlockte.

„Esclava, zieh deine Pobacken auseinander. Keine Angst, ich will dich nicht in den Arsch ficken. Vertrau mir, was ich vorhabe, wird dir gefallen."

Sie nahm drei deutlich sichtbare Atemzüge, ehe sie tat, was er verlangt hatte. Jetzt war die Haltung noch unterwürfiger, zudem würde es den Reiz seines Schwanzes in ihr erhöhen. Und wenn er ihr zusätzlich einen Finger in das süße Arschloch steckte, wäre die Stimulation perfekt.

Gillian keuchte auf, als er in sie eindrang, und drängte sich ihm entgegen.

„So gut fühlt sich das also an?"

„Ja, Sir."

Zunächst begnügte er sich damit, sie zu nehmen, sowohl mit seinem Schwanz als auch mit den Augen. Pures Glücksgefühl erfasste ihn als Ganzes, strömte durch seine Adern und ließ seine Erektion noch gieriger pochen. Er benetzte den Zeigefinger der linken Hand mit Speichel und presste ihn ohne Vorwarnung in die enge Öffnung. Gleichzeitig umfasste er ihr Becken mit einem Arm, sodass sie keine

Chance bekam, Maßnahmen gegen die Invasion zu ergreifen.

„Stillhalten", ermahnte er sie dennoch. „Oder soll ich einen Dildo holen, der sich etwas anders anfühlen wird als mein Finger?"

Augenblicklich erstarrte sie, ehe ihr Körper nachgab und sie erkannte, dass der neue Reiz das Gegenteil von unangenehm war. Wie er vermutet hatte, war ihr Anus ein unerforschtes Gebiet, so wie es bei den meisten Frauen war. Dabei war er eine höchst erogene Zone. Er bewegte den Finger in ihrem engen Loch zum Rhythmus seiner Stöße, und wie er es gehofft hatte, breitete sich die Stimulation auf ihren Kitzler aus. In der nächsten Session würde es mehr um ihn gehen, und er bezweifelte, dass sie dann einen Orgasmus erreichen konnte.

Doch jetzt war das nicht der Fall. Ihr ungezügeltes Stöhnen war ein deutliches Indiz, wie nahe sie dran war. Hunter fasste mit der rechten Hand um sie herum und massierte den erigierten Knubbel zusätzlich. Sie schrie tatsächlich auf, als sie sehr heftig kam, und bewegte ihre Hüften, als der Rausch sie fortriss. Hunter ließ sie den Höhepunkt ausreiten, ehe er sie auf die Matratze drückte, ihre Beine weiter spreizte, und jetzt war an seinen Stößen nichts Sanftes oder Zurückhaltendes mehr. Er konnte sie nur so hart nehmen, weil sie vollkommen entspannt war.

Er vermochte das selbst nicht länger auszuhalten! Auch ihn erwischte es mit Wucht, als sein Orgasmus ihn packte, er währenddessen eine Gänsehaut bekam und eine absolute Entspannung ihn überrollte, nachdem er sich in ihr verströmt hatte. Ermattet blieb er für ein paar Sekunden auf ihr liegen, ehe er sich neben sie legte und sie ihren Kopf auf seiner Schulter bettete.

Glücklich und erschöpft schaute sie ihn an.

„Mir scheint, dass es dir sehr gefallen hat."

„Mhmmm."

„Und der Schmerz des Stocks, wie war er für dich?"

„Wunderschön schrecklich. Ich glaube, dass ich davon noch mehr möchte, obwohl mich der eigene Wunsch erschreckt."

Perfekt!

Eine Stunde später saßen sie am Strand und beobachteten die Wellen und die Möwen.

„Habe ich Andy aus deinem Verstand bekommen?" Er musste wissen, ob ihm das gelungen war. Dieses Arschloch sollte nicht zwischen ihnen stehen und im schlimmsten Fall, könnte sie ihn unbewusst mit dem gewalttätigen Schwein vergleichen.

„Ich werde ihn nie vollständig vergessen können. Doch was du mit mir machst, ist etwas völlig anderes als sein Vorgehen. Ihm ging es nur darum, mich zu demütigen, sodass er sich mächtiger fühlte. Du dagegen machst mich groß, und das tust du in erster Linie, damit ich mich besser fühle. Es ist dir gelungen. Ich komme mir so leicht und befreit vor, irgendwie ganz. Allerdings frage ich mich, wohin du mit mir willst, sobald diese Woche vorbei ist."

Seiner Meinung nach konnte sie direkt bei ihm einziehen. Das würde eine Menge vereinfachen. Doch er befürchtete, dass dies Gillian überfordern könnte und ihr sein Vorgehen viel zu schnell ging.

Schließlich hatte er sich einfach genommen, was er gewollt hatte, ohne sein Handeln vorher mit ihr durchzusprechen.

„Es geschieht, was immer wir wollen. Aber das sollten wir nach der Woche besprechen." Wenn sie zurück im Alltagstrott war, brauchte Gillian Zeit, um zu verarbeiten, was er ihr aufgezwungen hatte. Erst dann konnte sie selbst sicher sein, dass sie ihn wollte, und zwar nicht nur den Mann, sondern auch den Master, den Sadisten. Im absoluten Glücksrausch sollte man nie Zusagen machen, die man womöglich im nüchternen Zustand nicht mehr einhalten konnte. Ihm war nach wie vor bewusst, dass seine Methoden gefährlich waren. Daran gab es nichts zu deuteln.

„Hast du eigentlich mit Zoe eine Beziehung gehabt?"

„Warum fragst du das? Ist das wichtig?"

„Für mich schon. Vielleicht war sie in der gleichen Lage, wie ich es jetzt bin."

„Ich hatte eine reine Spielbeziehung mit ihr."

Gillian starrte aufs Meer hinaus. Ihr gefiel seine Antwort nicht, obwohl sie sicherlich geahnt hatte, dass ihn mit Zoe etwas mehr verband, als dass er ihr Boss gewesen war. Ansonsten hätte sie die Frage nicht gestellt.

„Ich kann mir nicht vorstellen, dass du dein Herz außen vor halten konntest!" Und dann wurde sie bleich, als sie ihren Fauxpas erkannte. „Ich meine …"

„Was meinst du? Dass ich keine Session abhalten kann, die rein aufs Körperliche bezogen ist?"

„Es fällt mir schwer, das zu glauben, weil so viele wirklich gewaltige Emotionen beteiligt sind, die alle dermaßen intensiv sind, dass ich ständig weinen oder blöd grinsend durch die Gegend laufen könnte."

Er verspürte keine Lust, um den heißen Brei herumzureden, egal, ob er sie jetzt überforderte. Hunter verwarf seine vorherigen Überlegungen. „Liebst du mich, Gillian?"

Wenn sie ihn belog, würde das Vertrauen, das er in sie hatte, einen gehörigen Kratzer abbekommen. Sie antwortete nicht sofort und das Schweigen hing schwer zwischen ihnen. Und dann warf sie sich auf ihn, setzte sich mit gespreizten Beinen über seine und umfasste sein Gesicht. „Ich wünschte, dass ich Nein sagen könnte. Doch ich habe mich längst in dich verliebt, noch bevor du mich von diesen beiden Wüstlingen hierher verschleppen lassen hast."

Schmetterlinge im Bauch hatten bisher in seinem Leben nie eine Rolle gespielt und irgendwie holten sie das im Moment mit der Stärke eines Tornados nach.

„Aber reicht das als gemeinsame Basis?" Jetzt stand nackte Angst in ihrem Blick. Sie fürchtete sich davor, dass er ihre Gefühle mit Füßen treten könnte. „Und bist du dir wirklich sicher, dass keine deiner … Spielbeziehungen nicht doch so empfunden hat wie ich? Vielleicht hast du eine Reihe gebrochener Herzen zurückgelassen und warst zu unsensibel, um es zu bemerken?"

„Möchtest du denn nicht zuerst wissen, ob ich dich ebenso liebe?"

Sie lehnte ihre Stirn gegen seine. „Natürlich, allerdings wenn du es mir sagst, kann ich gar nicht mehr zurück. Und außerdem hast du vorhin …“

„Ich liebe dich.“ Es war das erste Mal, dass er mit einer Sub sein Gefühlsleben diskutierte. Aber Gillian war ja nicht nur seine Sub, seine Esclava, sie war so viel mehr für ihn. Er wollte mit ihr, was B mit Lucille hatte.

„Wieso? Ich meine, Zoe ist bestimmt vom Aussehen eher das, was du toll findest.“

Darum ging es ihr also! Warum drehte sich bei Frauen immer alles nur um die Kleidergröße? Er seufzte betont theatralisch. „Willst du mir etwa einen schlechten Geschmack andichten? Das würde mir nicht gefallen. Es gibt keinen Grund für dich, auf Zoe oder irgendeine andere meiner ehemaligen Subs eifersüchtig zu sein. Ich kann nicht mehr ändern, was gewesen ist, und habe nur Einfluss auf die Gegenwart, genau wie du. Du hast nach dieser Woche ausreichend Gelegenheit, um darüber nachzudenken, ob wir weitergehen sollen oder nicht. Du hast bisher nur einen Hauch von dem durchlitten, wozu ich imstande bin.“ Vielleicht hatte sie auch davor Angst.

„Das ist mir egal. Ich vertraue dir. Aber was, wenn ich dir nicht reiche? Und Zoe mehr von dir erwartet, als du wahrhaben willst? Sie in dein Leben zurückdrängt?“

„Ich will dich und nicht sie. Das ist alles, was wichtig ist. Mit dir will ich keine Spielbeziehung, und ich erachte das, was zwischen uns, auch nicht als eine.“ Prüfend musterte er Gillian. Da steckte noch etwas anderes dahinter als Eifersucht, die von ihrer Seite aus durchaus verständlich war. Doch er hatte Zoe nie erwähnt und daher musste Gillians Intuition woanders herrühren. „Wie kommst du überhaupt auf sie?"

„Sie hat mich mehrere Male per E-Mail kontaktiert und mir unter anderem mitgeteilt, was ich dir zum Geburtstag schenken könnte, sofern ich das wollte. Die Geschenke waren zu persönlich für eine normale Arbeitsbeziehung zwischen Boss und Assistentin. Außerdem hat sie es auf eine Weise gemacht, die irgendwie hinterhältig war. Sie wollte mir mitteilen, dass sie dich sehr gut kennt."

Das passte gar nicht zu der Zoe, die er kannte, aber Gillian hatte keinen Grund, Lügen über sie zu verbreiten. Und er erinnerte sich an Zoes Nachricht, die aus heiterem Himmel gekommen war. In der nächsten Woche würde er sich der Angelegenheit annehmen. Er mochte Zoe zwar nicht lieben, das bedeutete jedoch nicht, dass er sie nicht wertschätzte. Für einen Augenblick überlegte er, ob er Gillian bereits jetzt erzählen sollte, was ihn belastete. Doch er verwarf den Gedanken, denn immerhin bestand die berechtigte Gefahr, dass sie ihn zum Teufel jagte. Sein Vergehen könnte die Stimmung zwischen ihnen zerstören, sodass die verbliebenen Tage auf B's Insel nicht mehr das wären, was sie eigentlich sein sollten.

„Glaubst du mir, dass ich nur dich will?"

„Nach allem, was du getan hast, um mich zu bekommen?! Ich wäre ein Esel, wenn ich es nicht täte. Es tut mir leid, dass ich die Sprache darauf gebracht habe. Das war dumm und unvernünftig von mir. Als Ausrede kann ich nur anführen, dass ich nicht mehr ich selbst bin, seitdem ich dich kenne." Sie lachte zuckersüß. „Von der ersten Sekunde an nicht. Vor dir habe ich mich noch nie so benommen. Meine Mum würde sich für mich in Grund und Boden schämen." Sie lief knallrot an und warf ihm die Arme um den Hals. „Aber weißt du was? Ich bin so froh, dass ich dir den Parkplatz weggeschnappt habe."

„Ah, Esclava. Bisher habe ich dich nicht richtig dafür bestraft, eigentlich war es nur ein sanftes Streicheln."

„Das ist mir egal. Was immer du mir auch antust, ich bereue nichts."

„Große Worte für so eine kleine Person."

Die nächsten Minuten küsste er sie, während die Sonne im Meer versank.

Kapitel 11

Mitten in der Bewegung hielt Gillian inne und ihre zitternde Hand war allein seinem Blick geschuldet. Heute war der vorletzte Tag ihres Urlaubs und von jetzt auf gleich vibrierte ihr Körper erwartungsvoll. Gillian wusste, dass Hunter etwas mit ihr vorhatte, das nicht auf der Oberfläche verbleiben, sondern sich tief in sie eingraben würde. An diesem Tag würde er sie seinen Sadismus auf einer neuen Ebene spüren lassen.

Ihr Master fasste nach ihrem Handgelenk und führte den Löffel mit dem Joghurt und den frischen Erdbeeren an ihren Mund. Hätte er es nicht getan, wäre alles auf ihrem T-Shirt gelandet.

„Warum so nervös, Esclava?"

Spring nicht auf sein Necken an. Er sucht nach weiterer Munition, um sie auf dich abzufeuern, in Salven oder einzeln, je nachdem, was ihm besser in den Kram passt.

Doch wie immer folgte ihr Mund nicht ihrem Verstand.

„Es ist nicht einfach, einem tickenden Sadisten entgegenzutreten, der viel zu sehr von sich überzeugt ist und dazu noch seine Helfershelfer eingeladen hat."

Ungewollt huschte ihr Blick zu Charles und, Gott helfe ihr, zu Steven. Es war ein mehr als ein befremdliches Gefühl, den drei Männern gegenüberzusitzen, obendrein zu wissen, dass sie im Moment eine Sklavin war, das Eigentum, das Hunter ersteigert hatte. Aber wie aufregend es war! Ihr Magen machte einen Satz, und das aktivierte die Schmetterlinge in ihrem Bauch, die sich wie verrückt gebärdeten.

„Würdest du uns bitte Tee nachschenken?“

Das ‚Bitte' konnte er sich in den knackigen Allerwertesten schieben, denn jeder der Anwesenden wusste, dass die Höflichkeit reine Makulatur war. Gillian musste zugeben, dass sie Hunter weder durchschauen noch einschätzen konnte, wie weit er zu gehen bereit war, um an das ranzukommen, worauf er es abgesehen hatte. Jedoch war Gillian sich sehr sicher, dass es ihr nicht leichtfallen würde, es ihm zu überlassen. Hunter stieß ein lang gezogenes Seufzen aus.

„Hast du einen Verzögerungsschalter in deinem Gehirn eingebaut, der dich daran hindert, simple Befehle auf der Stelle auszuführen?“ Ein selbstgefälliges Grienen begleitete das Gesagte, was bei Gillian ein wütendes Prickeln verursachte, das ihr über Kopfhaut und Nacken rieselte. Zudem wollte sie die Intimität einer hart ausgeführten Bestrafung nur mit Hunter teilen. Die jetzige Szene war lediglich die Einleitung für sein weiteres Vorgehen. Von Gillians Reaktionen hinge es ab, wie weit Hunter sie treiben würde. Und das war mehr als scheiße!

Erpresserischer Satan!

Gillian wollte wirklich nicht aufstehen, denn das T-Shirt war drei Nummern zu klein, reichte ihr gerade bis zur Taille, und war mit Ausnahme des Halsbands das Einzige, was sie am Körper trug. Sie erinnerte sich noch sehr gut an den belustigten Ausdruck auf Hunters Gesicht, als er es ihr nach der gemeinsamen Dusche gegeben hatte. Er war dort auf seine Kosten gekommen, sie allerdings war bis zum Bersten erregt gewesen und er hatte ihr eiskalt die Erfüllung versagt. Natürlich war das nicht grundlos geschehen.

Hunters Blick zu ertragen war bereits Furcht einflößend, doch drei Augenpaare waren weit jenseits ihrer Wohlfühlzone. Sie wollte sich wahrlich nicht davon erregen lassen, dennoch verriet ihr Körper sie auf die hinterhältigste Weise. Die Situation war streng genommen zu fantastisch, um wahr zu sein, und eigentlich nur feuchten Träumen vorbehalten. Es konnte sie nicht wirklich anmachen, eine Sklavin zu sein! Männer halb nackt zu bedienen und ihnen zu Willen zu sein. Ob Hunter das zulassen würde? Sie wusste es schlichtweg nicht und das trug erheblich zum Reiz des Spiels bei. Gillian wünschte sich, dass es sich auch wie eins anfühlen würde. Aber das tat es keinesfalls, es fühlte sich schrecklich echt an.

Sie stand auf, um nach der Teekanne zu greifen, und Steven, der viel zu gut aussehend war, zog sie aus ihrer Reichweite. Jetzt musste sie sich über den Tisch beugen, um an sie heranzukommen. Zwar schaffte sie es, ihren Mund zu halten, doch bei ihrem Blick gelang es ihr offensichtlich nicht, ihn unterwürfig zu gestalten, da die Quittung auf der Stelle folgte.

„Runter mit dem T-Shirt, Esclava. Du weißt, warum." Hunter sah sie mit der Wärme eines Wolfs an, der gerade ein blutiges Steak verspeiste. Und dann schaute er bedeutungsvoll auf die neben seinem Teller liegende Tawse. Bis vorhin hatte sie nicht gewusst, was das war. Nun wusste sie es leider, denn der Sadist hatte es ihr erklärt. Diese war ganz aus schwarzem Leder gefertigt und der Griff ging in ein zweigeteiltes Lederstück über. Das Ding faszinierte sie wie eine grüne Mamba, wunderschön, gefährlich, geschmeidig, und sie sollte ihr aus dem Weg gehen, konnte es jedoch nicht.

Gillian zog sich den Fetzen Stoff über den Kopf und war sich auf einmal all ihrer Unsicherheiten bewusst. Es gab ein Arsenal an Frauen, die makelloser waren als sie.

Aber auch genügend, die noch weniger perfekt sind! Und was ist schon perfekt? Hunter findet dich heiß, und das ist alles, was zählt.

Dennoch …

Ihre Brüste fühlten sich plötzlich doppelt so schwer an und ihre Hüftknochen erwiesen sich als unauffindbar. Allerdings schien nur sie sich so negativ wahrzunehmen, wenn sie das Interesse der Männer in Betracht zog.

„Wir warten noch immer auf den Tee, Esclava. Brauchst du vielleicht eine Aufmunterung?"

Sie beugte sich über den verdammten Tisch und griff nach der Kanne. Wenigstens war ihre Hand unverständlicherweise ruhig, als sie den voyeuristischen Höhlenmännern nachschenkte.

„Stell sie ab und hol die Schale, die im Tiefkühlfach steht."

Ihr Gehirn war wie leer gefegt, als sie zum Kühlschrank hinüberging, und sie konnte sich beim besten Willen nicht ausmalen, was sie dort vorfinden würde. Ihre verkrampften Finger schafften es kaum, die Tür zu öffnen, die plötzlich ein Gewicht von vierzig Kilo hatte.

Eiswürfel!

Bei jedem anderen hätten die eigentlich harmlosen Würfel nicht ihre Fantasie angeregt. Doch was Hunter damit vorhaben könnte, entzog sich ihrer Vorstellungskraft. Was konnte ein Sadist damit anstellen, um ihr Schmerzen zuzufügen? Sie stellte die Schale auf den Tisch und versuchte, sich auf ihre Atmung zu konzentrieren oder vielleicht auf das Rauschen der Wellen, das wilde Trommeln ihres Herzens.

Es war sinnlos.

„Wir brauchen auch das Messer, das neben der Spüle liegt."

Messer! Okay, da konnte sie sich nur zu gut ausmalen, was er damit machen könnte. Viel zu gut! Schweiß brach auf ihrem Körper aus, als sie das Brotmesser holte. Irgendwie jagte ihr die gezackte Klinge weitaus mehr Angst ein, als es eine glatte getan hätte. Ihr Blick huschte erst zu Hunter, als sie es neben die Schale legte, und dann zu Steven und Charles. Alle drei wirkten absolut emotionslos und das war auf eine ganz eigene Art grauenvoll.

Hunter war allerdings noch nicht damit am Ende, sie zu verunsichern, denn als Nächstes befahl er ihr, die vier Metallspieße zu holen, die sie vorhin auf der Arbeitsfläche bemerkt hatte, als sie die Erdbeeren klein geschnitten hatte. Da waren es nur Küchenwerkzeuge gewesen, denen sie keinen Gedanken gewidmet hatte. Ihre Beine fühlten sich mittlerweile an, als hingen Bleigewichte an ihnen, und sie verspürte den überwältigenden Drang, durch die offen stehende Verandatür zu rennen und sich im Meer zu ertränken. Das war bestimmt angenehmer, als

Bekanntschaft mit all den Folterutensilien zu machen, die Hunter so sorgfältig zusammenstellte.

„Ach und den Sekundenkleber. Er liegt in der obersten Schublade." Er zeigte auf das Sideboard, das rechts neben der Tür stand.

Sekundenkleber!

Mittlerweile pendelte die Temperatur ihres Körpers zwischen kalt und heiß hin und her. Außerdem bekämpfte sie abwechselnd das hysterische Lachen oder einen Tränenausbruch, der nicht minder leidenschaftlich ausfallen würde. Das Idiom *Wechselbad der Gefühle* bekam momentan eine ganz neue Bedeutung für Gillian. Ob Hunter jetzt endlich fertig war?

Sie starrte ihm in die Augen, als sie die kleine Tube neben den restlichen Schrecken platzierte.

„Sonst noch etwas, Sir?"

„Jetzt, wo du fragst." Ein sadistisches Lächeln, eines, das er ihr bis jetzt vorenthalten hatte, ziert seine Lippen und funkelte bis in seine Iriden. „Das extra starke Klebeband und die Glitzersternchen."

Sie brauchte nicht zu fragen, wo sie das finden würde, denn der Kleber hatte neben ihnen gelegen. Auch das erledigte sie.

„Sei so nett und stell alles auf ein Tablett, einschließlich der Tawse. Bring die Sachen in B's Dungeon und warte dort auf dein heutiges Schicksal. Du weißt, wie ich es gerne habe. Also nimm eine ansprechende Position ein, während du wartest."

Hunter war sich der Aufmerksamkeit von Charles und Steven nur zu bewusst, auch, dass die Glitzersternchen vielleicht einen Hauch zu viel des Guten waren. Doch die Männer hatten sich zum Glück beherrscht, denn vor Lachen brüllende Master verloren sicherlich etwas an Autorität.

Gillian wackelte verunsichert mit der Ladung in ihr vermeintliches Verderben, als sie sich das übereifrige Gehirn zermarterte, was er vorhatte. Da er das aber selbst noch nicht so genau wusste, standen ihre Chancen in dieser Hinsicht schlecht. Er ließ sich während einer Session gern von seiner Intuition leiten und arbeitete nicht in einem festgesteckten Rahmen. Vor allem waren es die Reaktionen der Sub, die sein Handeln bestimmten. Und diese Sub war die beste, die jemals seinen Weg gekreuzt hatte.

„Du weißt schon, dass du verloren bist?“ Steven war B’s Cousin dritten Grades und ein leidenschaftlicher Gärtner, der auf dieser Insel für die Pflege des Gartens zuständig war. Allerdings hütete Steven ein paar Geheimnisse, die darauf hindeuteten, dass er in seinem Leben bereits etwas anderes getan hatte, als Büsche zu beschneiden. Doch da B den Männern blind vertraute, tat Hunter es auch, bis zu einem bestimmten Punkt. Zudem umgab B sich am liebsten mit Männern, die nicht die Nase über seinen Kink rümpften und ihn vorzugsweise selbst praktizierten. Das machte vieles leichter, wenn jemand fast mehr von einem wusste, als man sich eingestehen wollte.

„Du kannst mir ja in einer stillen Stunde erzählen, was du mit dem Kleber und dem Glitter gemacht hast.“ Charles trank seinen Tee aus und schüttelte amüsiert den Kopf.

Nicht nur Hunter frühstückte vergnüglich zu Ende, auch Steven und Charles taten es, wohl wissend, dass Gillian in der Zwischenzeit auf heißen Kohlen saß. Manchmal waren die einfachsten Dinge die effektivsten.

„Es läuft gut mit ihr." Steven biss herzhaft in eine Scheibe Brot, die mit Schinken und Frischkäse belegt war. „Falls du doch Hilfe bei ihrer Zähmung brauchst, stelle ich mich selbstlos zur Verfügung."

„Auf mich kannst du auch jederzeit zählen." Charles grinste ihn an. „Ich hätte nie gedacht, dass es ausgerechnet dich so treffen könnte."

Seit wann war er ein Buch, das offen zugänglich in einer Flatrate gelistet wurde?

„Mach dir nichts draus, ich habe schon so einige gestandene Männer gesehen, die von so einer verführerischen Blume umgehauen wurden." Charles griff nach einer Waffel, und das erinnerte Hunter daran, dass er noch Honig brauchte.

Gillian betrachtete bestimmt zum hundertsten Male die Utensilien, die allesamt ihren eigenen Schrecken beinhalteten. Sie konnte sich einfach nicht entscheiden, was davon sie am schlimmsten fand. Am sympathischsten war ihr das Eis, das fröhlich vor sich hinschmolz, und irgendwie machte ihr der Glitter genauso viel zu schaffen wie der Kleber. Der fiese Bastard hatte doch wohl nicht wirklich damit vor, was sie dachte? Mit Sekundenkleber! Wenn er das durchzog, dann konnte sie nicht garantieren, dass er nicht eines Tages aufwachen würde mit lauter kleinen Herzen, die auf seiner Brust pappten.

Eines Tages!

Gab es tatsächlich eine Zukunft für sie beide? Und wie würde es sein, mit Hunter in einer normalen Beziehung zusammenzuleben, die aber bei genauerem Hinsehen alles andere als durchschnittlich war? Erschwerend kam noch dazu, dass er ihr Boss war. Wie sollte das funktionieren? Musste sie bei jedem Wort überlegen, ob es eine Strafe nach sich zog? Das war Unsinn, oder? Nicht einmal Hunter könnte das vierundzwanzig Stunden am Tag durchziehen und hatte ihr das ja auch schon bestätigt. Das würde auf Dauer langweilig und nervig für sie beide werden. Sie war ein eigenständiger Mensch und das wollte sie auch bleiben.

Brotmesser!

Ihre Gedanken sprangen hin und her, während sie Hunter dafür verfluchte, dass er sie so lange warten ließ. Wenn er gleich die Bildfläche betrat, würde er allein kommen oder mit Charles und Steven? Sie hatte schlichtweg kein Gespür, was in seinem Gehirn köchelte, wenn es darum ging, sich sadistisch an ihr auszutoben. Da ihre Kehle plötzlich ausgetrocknet war, nahm sie sich einen der Würfel und steckte ihn in den Mund. Vielleicht hätte sie das Tablett lieber woanders hinstellen sollen, anstatt genau vor sich. Zu knien, wenn man vor Anspannung beinahe zerbarst, war furchtbar. Alles störte sie, angefangen bei der Härte der Dielen, bis zur Stille, die im Raum herrschte und die sie sekündlich stärker in den Wahnsinn trieb.

Wenn sie daran dachte, wie Steven und Charles sie in ihrem Schlafzimmer überwältigt hatten, und an das Ausmaß ihrer Emotionen, die sie von dort an erlebt hatte, wurde ihr leicht schwindlig. Und dann fiel ihr aberwitzigerweise Lizzy ein, die sie nach ihrem romantischen Wanderurlaub ausfragte. Oder Ginger! Nie würde sie dieses Abenteuer mit den

Freundinnen teilen können, und das nicht nur, weil sie es nicht verstehen würden. Allerdings wollte sie ja auch nicht so genau wissen, was die beiden im Schlafzimmer trieben. Das waren Themen, die ihr bis jetzt noch nie Probleme bereitet hatten.

Aber Lizzy und Ginger anzulügen war nichts, das ihr leichtfallen würde. Das war alles so kompliziert!

Und dann hörte sie näher kommende Schritte. Falls sie sich nicht schrecklich irrte, was es eine Person. Doch das hatte nichts zu bedeuten. Mit Hunter war alles möglich. Die Erleichterung, dass nur er es war, konnte sie nicht verbergen, sobald er das Zimmer betrat und die Tür hinter ihm ins Schloss fiel.

„Mach die Augen zu."

Nicht auch das noch! Dennoch tat sie es und es fiel ihr alles andere als leicht. Das war genauso, wie wenn man kaute, während jemand auf eine Antwort wartete, oder man bewusst blinzelte. Das, woran man sonst keinen Gedanken verschwendete, gestaltete sich plötzlich als ein Martyrium. Sie hörte, dass er zwar näher kam, allerdings nicht direkt auf sie zu. Schlagartig fiel ihr auf, dass sie seine Hände nicht gesehen hatte. Offensichtlich reichte ihm sein Sammelsurium der Schrecken nicht und er brachte noch weitere Geschenke für die Sadistenparty mit. Was immer es auch war, er hatte es irgendwo deponiert, stand inzwischen vor ihr und starrte auf sie nieder. Das spürte Gillian so deutlich, als würde Hunter sie tatsächlich berühren.

„Sieh mich an, Esclava."

Wollte sie das? War es nicht viel angenehmer, sich der Intensität seiner Aufmerksamkeit ein wenig zu entziehen? Doch das wäre nur eine Illusion. Sie öffnete die Augen. Abermals versank sie in seinem Blick, und sie fürchtete, dass es ihr nie gelingen würde, ihm standzuhalten, egal, wie oft sie sich in den blaugrünen Tiefen verlor. Es gab weder eine Landkarte dafür noch ein GPS.

„Womit sollen wir nur anfangen?“, fragte er, ganz der Master, der er war, denn diesen Tonfall bekam ein Mann ohne sadistische und dominante Tendenzen nicht hin. Wieder einmal merkte sie, dass der Klang seiner Stimme einen sehr eindrücklichen Effekt aufwies, den man wie einen Windhauch oder Hagelkörner auf der Haut spüren konnte. Obwohl es im Moment eher feine Nagelstiche waren. Am besten verblieb sie stumm wie ein Fisch und biss auch nicht in den Haken mit dem dicken fetten Leckerbissen, den er ihr vor die Nase hielt. Er zielte darauf ab, dass sie sich selbst in die Scheiße ritt, und diesmal wollte sie ihm nicht dabei behilflich sein.

„Wie erregt bist du, Esclava?“

Das konnte sie nicht ignorieren. „Nicht besonders, Sir.“

Zumindest war das bis gerade zutreffend gewesen, doch jetzt, wo er anwesend war, fühlte sie, wie der Grad ihrer Erregung und auch ihrer Angst sekündlich anstiegen.

„Steh auf und setz dich auf den Sessel, die Beine über die Lehnen. Ich möchte dich erst vorbereiten, bevor ich die Tawse benutzen kann. Wusstest du, dass man damit ziemlich hart zuschlagen kann, ohne blutige Striemen zu verursachen? Ein sehr schönes Instrument, wie ich finde. Doch eins nach dem anderen.“

Weder half er ihr auf, noch begleitete er sie. Das machte sie nervös, und sowohl das Aufstehen als auch jeder Schritt kamen ihr ungelenk vor. Dabei konnte sie formvollendet mit dem Arsch wackeln. Es war kein schmaler Sessel und ihre Beine waren äußerst weit gespreizt. Hunter hob das Tablett auf und stellte es auf den Beistelltisch, der neben dem Möbelstück stand.

„Kopf nach vorn.“ Er hakte die hintere Öse ihres Halsbandes an das Rückenteil des Möbels und betätigte dann einen Mechanismus, der diesen zurückkippte, bis sie sich in einer halb liegenden Position befand. „Hast du es bequem? Und wie sieht es mittlerweile mit dem Grad deiner Geilheit aus?“

„Besser, Sir.“

Er schaute ihr genau zwischen die Schenkel und ihm konnte kein Detail verborgen bleiben.

„Arme über den Kopf und verschränke die Finger ineinander und damit eins klar ist, sie bleiben dort, egal, was ich mache.“

Himmelherrgott! Wenn sie an die zahlreichen Möglichkeiten dachte, die er sich zusammengestellt hatte, verwandelte das seinen eigentlich simplen Befehl in eine gewaltige Hürde. Er nahm sich den Sekundenkleber und sah sie durchdringend an.

„Du schließt jetzt die Lider und wirst sie unter keinen Umständen öffnen. Tust du es, breche ich das hier sofort ab und versohle dir nur den Arsch mit der Tawse, ohne dich vorher sehr glücklich zu machen. Vertrau mir, dass ich weiß, was ich dir antun kann und was nicht.“

War sie nicht die dümmste Person, die auf der Erde wandelte? Warum verband er ihr nicht einfach die Augen und fesselte sie? *Weil das viel leichter für dich wäre. Er testet dich und das in mehr als einer Hinsicht.*

Ergeben tat sie es und auch das fiel ihr unglaublich schwer. Hunter verlange sehr viel von dir, sogar ohne ihr wehzutun. Reichte ihre devote Natur aus, um sich zu unterwerfen? Konnte sie das aushalten?

„Ganz ruhig, Esclava." Der Kleber tropfte genau auf ihre Klit und der Schock rammte ihr wie ein Presslufthammer in den Magen. Doch sie öffnete weder die Augen, noch veränderte sie ihre Haltung. Jetzt war sowieso alles zu spät. Aber müsste das Zeug nicht brennen und hart werden? Stattdessen rieselte etwas auf ihre Lustperle, und das konnte nur der Glitter sein.

„Hunter!"

„Sei still", flüsterte er und sie spürte, dass sein Atem über ihre entblößte Scham fächerte, ehe er ihr den Kitzler leckte.

Was zum Teufel tat er da?

Unvermittelt landete sein Mund auf ihrem und sie schmeckte Honig und Schokostreusel. Dieser Arsch! Erleichterung flutete jede ihrer Synapsen und sie wollte ihm wirklich die Meinung sagen. Allerdings war das kein schlaues Vorhaben. Außerdem konnte Gillian sowieso nichts von sich geben, weil er sie so leidenschaftlich küsste, dass ihr die Luft wegblieb. Er leckte über ihre Zunge und sein Atem und Speichel vermischten sich mit ihrem.

Die Wärme seiner Lippen löste sich von ihren.

„Sieh mich an, Esclava."

„Du bist so gemein." Oh, das war kein guter Satz gewesen, wenn sie das gierige Funkeln in Betracht zog, in dem mehr als ein Hauch Sadismus mitschwang. „Sir!“

„Du hast ja keine Ahnung, mein dunkler Engel.“ Er stützte sich mit den Händen neben ihrem Kopf ab und grinste ihr ins Gesicht, ehe sein Ausdruck weicher wurde. „Aber du hast mir vertraut, dich mir trotz deiner Befürchtungen hingegeben, und das ist das größte Geschenk. Wir beide haben uns eine Belohnung verdient und du erhältst deine zuerst.“ Seine Lippen berührten ihre schrecklich zart, ehe er etwas Honig auf ihre Brustwarzen träufelte. Er leckte sie sauber und saugte hart an ihnen. Der Reiz schoss direkt in ihr Geschlecht, und sie unterdrückte den Drang, Hunter zu berühren. Sie musste ihre Hände dort lassen, sonst würde er sie bestrafen, und sie konnte sich nur zu gut vorstellen, wie sich das auf sie auswirken würde. Hunter küsste sich seinen Weg nach unten und streifte mit dem Mund über ihren Venushügel.

Wie schaffte er es nur, dass sie jedes Mal auf alles, was er tat, hyperempfindlich reagierte? Ihre Haut schien zu vibrieren und das darunterliegende Gewebe zu schwingen, sodass die Berührung zu viel mehr wurde, als sie es eigentlich war. Hunter legte seine Handflächen auf die Innenflächen ihrer Oberschenkel. Es war eine sehr besitzergreifende Geste, die einen Instinkt in ihr wachrüttelte und sie mit weiterer Lust flutete. Sie brauchte das, was er mir ihr machte, auch die Angst, ebenso wie die Machtlosigkeit. Es war berauschend, sich Hunter hinzugeben, weitaus tief gehender, als sie es sich in ihren kühnsten Träumen ausgemalt hatte. Die Spreizung ihrer Beine war an der Grenze zum Schmerz und das triggerte ihre Gier auf ihren Master. Ob sie ihn so nennen durfte? Sir war unzureichend, um ihrer engen Verbundenheit gerecht zu werden.

„Master …?“

Er sah zu ihr hoch und sein Blick war unglaublich ernst, beinahe ergriffen. Jetzt glaubte sie ihm, dass er vor ihr noch nie so gefühlt hatte. Da war etwas ganz Besonderes zwischen ihnen, und das passierte nur, wenn zwei Seelen aufeinanderprallten, die sich schon immer gesucht hatten.

„Master ist perfekt, Esclava.“

Irgendwie ahnte sie, dass sie die erste Sub war, die ihn so nennen durfte, denn sie war ja mehr als eine Sub für ihn. Ihre Gedanken kamen zu einem abrupten Halt, weil er jetzt über ihre Klit leckte, und zwar nicht zaghaft, sondern ganz seinem Naturell entsprechend. Gillian musste wirklich ihre Finger fest ineinanderhaken, um sich davon abzuhalten, nach ihm zu greifen oder an ihren Nippeln zu zupfen. Seine Fingerkuppen gruben sich in das Fleisch ihrer Schenkel, und sie ahnte, dass sie blaue Flecken davontragen würde.

Doch das war ihr egal, denn zu schön war das Gefühl seiner nassen, heißen Zunge auf ihrem Kitzler. Der Schmerz war eine weitere wichtige Zutat in diesem wilden Spiel der Macht und Unterwerfung. Mit der Zungenspitze umkreiste er ihre Lustperle, und dass er ihr das schenkte, war mehr als erregend. Es gab keinen Raum für Peinlichkeit oder ein Zögern auf ihrer Seite, sodass sie wahrhaftig genießen konnte oder vielmehr musste, was er mit ihr tat. Es war nicht nur die Stimulation durch ihn, die sie so stark fühlen ließ, es waren außerdem die Nachwehen der Ängste, denen er sie ausgesetzt hatte, und ihr Vertrauen in ihn, dass sie ihn hatte agieren lassen, obwohl er ihr hätte wirklich schaden können. Die Angst vor sich selbst!

Inzwischen lutschte er an ihrer Klitoris, die so geschwollen war, dass Gillian den Reiz bis tief in ihre Vulva spürte, die sich ebenso anfühlte, auch ihre Schamlippen, was kein Wunder war, denn das Blut sammelte sich an all diesen Stellen.

„Bitte, Master, bitte lass mich kommen", flehte sie, und wenn er es jetzt von ihr verlangte, würde sie sogar auf dem Boden herumrutschen, nur damit sie Erfüllung fand. Er schob erst zwei Finger in ihr Geschlecht, dann drei und das war unglaublich heiß. Er füllte sie aus und das verstärkte die Kunst seiner oralen Fertigkeiten noch weiter. Sie war fast beschämend nass und gierig, doch das konnte und durfte sie bei ihm sein. Beinahe hätte sie den Halt ihrer Hände gelöst und konnte sich in letzter Sekunde davon abhalten.

Dass sie ihren Kopf nicht richtig anheben konnte, ihre Schenkel nicht schließen, all das riss sie fort. Gleißende Ekstase pulsierte durch sie, und sie konnte nicht mehr ausmachen, von welchem Punkt es ausging. Alles war so unfassbar schön! Wie er seine Finger in ihr bewegte, sie leckte und saugte, bis der heftige Orgasmus in pulsierenden Wellen sich den Weg bahnte.

Doch das Glücksgefühl beschränkte sich nicht nur auf den körperlichen Höhepunkt, sondern breitete sich vor allem in ihrem Verstand aus, streichelte ihre Seele, bis nur Hunter verlieb. Völlig ermattet lag sie auf dem Stuhl, und für einen Moment wünschte sie sich, dass er sie jetzt einfach ficken würde, damit sie sich danach an ihn kuscheln konnte, um fünf Tage am Stück durchzuschlafen. Er zog seine Finger aus ihr zurück und wischte sich anschließend mit der anderen Hand über den Mund.

Oh!

Die Bewegung war absolut maskulin und auf eine ganz eigene Weise dominant. Er war noch lange nicht fertig mit ihr, und auf seiner Agenda stand sicherlich keine Knuddelstunde. Er enthakte das Halsband, jedoch ohne sie vorher zu streicheln, ohne eine zärtliche Geste, die sie so herbeisehnte.

„Steh auf und stell dich dort drüben an die Wand." Selbst seine Stimme war kalt. Erneut stürzte sie in ein Wechselbad der Emotionen, das sich aus Schmerz, Freude, Sehnsüchten und Ängsten zusammensetzte. Das hier war ein anderer Hunter, als der, den sie bisher kannte, sodass sie befürchtete, heute keinesfalls nur mit ein paar Striemen davonzukommen. Konnte sie auch diesen Teil von ihm ertragen? Oder würde er sie so verschrecken, dass ihr Vertrauen sich schlussendlich lediglich als ein Luftgebilde herausstellte?

Nein!

Hunter verschränkte die Arme über der Brust, und ihr war bewusst, dass seine Handlungen im Moment darauf ausgerichtet waren, sie zu verunsichern. Und weil der Orgasmus sie verletzlich zurückgelassen hatte, konnte sie dem kaum etwas entgegensetzen. Es war nicht einfach, sich hinzustellen, da ihre verkrampften Beine beinahe nachgaben, doch irgendwie schaffte sie es. Hunter glotzte sie an, und zweifellos erfasste er jedes Detail, wobei sich das nicht auf Äußerlichkeiten beschränkte. Er wusste genau, was in ihrem Inneren für ein Chaos herrschte. Es sollte sie erzürnen, dass er sie so meisterlich bespielte, stattdessen erwachte ihr Vertrauen zu neuem Leben. Anscheinend war es auch eine neue Gillian, die sich immer stärker bemerkbar machte.

Sie lief zur Wand und starrte auf den weißen Putz.

„Halte dich an den beiden Ringen fest und streck deinen hübschen, noch blassen Arsch raus." Etwas Wärme lag in seinem Tonfall, und es schockierte sie, wie sehr sie das brauchte. Ihre verschwitzen Hände packten die Ringe, die sich fast auf ihrer Schulterhöhe befanden und ungefähr einen Meter auseinanderlagen. Sie waren mit einem genoppten Material ummantelt und dazu gedacht, dass man sich an ihnen festklammern konnte.

Wumm! Wumm! Wumm! Genauso hallte ihr Herzschlag durch ihren Leib, angefangen von den Zehen, bis hinauf zu ihrer Schädeldecke. Am liebsten würde sie ihren armen, hilflosen Po gegen die Wand pressen, anstatt ihn zur frei verfügbaren Sadistenzone zu erklären. Doch wenn sie das durchzog, würde er die passenden Maßnahmen parat haben, und sie war wirklich nicht bereit, der dunklen Seite der Macht sehenden Auges gegenüberzutreten. Also tat sie das, was ihr Master von ihr erwartete. Sie stellte sich weiter von der Wand weg und präsentierte ihm ihren Hintern, denn er wusste schließlich was damit anzufangen. Leider konnte sie sich das auch nur zu gut ausmalen, und zwar in feuriger roter Farbe.

Sie hörte, dass er sich in Bewegung setzte, einen kurzen Zwischenstopp einlegte und sich ihr dann näherte. Die Innenseiten ihrer Schenkel waren klebrig, und ihre Nippel taten fast weh, weil sie nach Zuwendungen gierten. Ihre Müdigkeit war schlagartig fort, ersetzt durch Aufregung, die so intensiv war, dass sie sowohl äußerlich als auch innerlich bebte.

Hunter stand inzwischen hinter ihr und umfasste mit einer Hand die linke Seite des Objekts seiner Begierde. Heiß fühlte er sich auf ihrer mittlerweile kalten Haut an, doch dieser Zustand war bereits jetzt zum Scheitern verurteilt.

„Deine Hände verlassen nicht die Ringe und du wirst dich mir nicht entziehen. Ich setze deine Kooperation voraus, Esclava. Enttäusche mich nicht."

Das war nicht nur ein dahergeplapperter Satz, sondern er hatte zur Folge, dass sie ihn auf einmal wirklich nicht enttäuschen wollte. Für ihn war Gillian gewillt, Schmerzen zu ertragen, die noch jenseits ihrer Vorstellungskraft lagen. Er sorgte stets dafür, dass all ihre Sehnsüchte übertroffen wurden, und was wäre sie für eine Esclava, wenn sie ihm nicht dasselbe schenkte?

„Füße etwas über Schulterbreite auseinander. So ist es gut. Du brauchst dich nicht mit deinem Jammern zurückzuhalten, da ich es voraussetze. Ich will nicht weniger, als dich in Tränen, Schweiß und wahrer Demut zu sehen." Hunter ließ ihr keine Zeit, seine Worte zu verinnerlichen, denn der jähe Schmerz, der plötzlich auf ihrer rechten Pobacke explodierte, befreite sie von allen Wahrnehmungen außer der Tortur, die auf und in ihrem Fleisch wütete. Beinahe hätte sie die Ringe losgelassen, um über ihre geschundene Oberfläche zu reiben, irgendetwas zu tun, damit das schreckliche Brennen aufhörte.

Doch sie tat weder das, noch drehte sie sich um. Tapfer blieb sie an Ort und Stelle, während Hunter ihr Qualen zufügte, die sich für immer in ihre Seele eingruben, genau dort, wohin sie gehörten.

Hunter liebte eine Züchtigung mit einer Tawse, denn man konnte hart mit ihr zuschlagen, ohne die Haut zu durchbrechen. Dennoch wägte er die Wucht präzise ab, variierte die Heftigkeit und den Takt, mit der er sie einsetzte, stets Gillians Reaktionen fest im Blickfeld. Sie war wirklich tapfer und ertrug die ersten Schläge beinahe lautlos. Weiterhin war sie zu stur und auch zu unerfahren, um zu wissen, dass sie sich damit nur selbst schadete. Pein zu ertragen und dazu noch den eigenen Stolz zu wahren, waren zwei Dinge, die von Anfang an nicht zusammenpassten und sich gegenseitig im Weg standen.

Hunter hielt kurz inne und merkte, dass er lächelte. „Gib nach, Esclava. Schrei für mich." Er packte in ihr Haar und zog ihren Kopf nach hinten. „Du wirst es für mich tun, weil ich dir keine Wahl lasse." Und dann schlug er ihr auf den rechten Oberschenkel, genau auf die Stelle unterhalb ihres Hinterns. Und das entriss ihr einen Schrei, der in seinem ganzen Körper ein Echo hinterließ. Der Sadist in ihm blühte auf, doch er gab acht, dass auch Gillian ebenso erstrahlte. Die perfekte Balance zwischen Nehmen und Geben, Pein und Lust, Tränen und Hingabe.

Ihr Arsch wurde sekündlich röter und er geiler auf sie. Jeder Treffer stachelte die Gier auf den dunklen Engel weiter an und längst schluchzte sie herzerweichend. Und zu seiner grenzenlosen Verwunderung erreichte sie sein Herz. Es war nicht nur das Verantwortungsgefühl ihr gegenüber, das ihn aufhören ließ, sondern auch die starken Gefühle, die ihn förmlich in die Knie zwangen. Er war den Tränen nah und das war ihm noch nie passiert. Es existierte kein emotionaler Abstand zwischen ihnen, sodass er Anteil an ihrem Leiden nahm, durchdringender, als er es jemals für möglich gehalten hatte. B hatte ihm davon erzählt, dass er sich bei Lucille oft so fühlte, und Hunter hatte großkotzig geglaubt, dass ihn eine derartige Gefühlsduselei niemals bedrohen könnte. Doch das war eine gewaltige Selbstüberschätzung gewesen! Zudem bedrohten die wirklich außergewöhnlichen Empfindungen ihn nicht, stattdessen bereicherten sie ihn.

Das musste Liebe sein!

Hunter ließ die Tawse auf den Boden fallen, entfernte das Halsband, umfasste Gillians Handgelenke und drückte sie über ihrem Kopf gegen die Wand. Er drängte sie dabei gegen den Putz und presste sich an ihre Rückseite. Die Glut ihres geschundenen Hinterteils war ein Beweis seines unbarmherzigen Vorgehens. Sie hatte das für ihn ertragen! Nur für ihn!

Er atmete ihren Duft ein und absorbierte das leise Stöhnen, als er sich an der wunden Haut rieb. Noch nie hatte sich das vorher für ihn so angefühlt und er hatte fast ein wenig Angst davor. War er wirklich mutig genug, um sich ganz und gar hinzugeben? Es war das, was Liebe einforderte. Aber dann erkannte er, dass dies nur teilweise stimmte, denn wenn man wahrhaftig liebte, bewahrte man sich selbst. Er verlangte schließlich nicht von Gillian, dass sie aufhörte, Gillian zu sein, und sie würde das ebenso wenig von ihm einfordern.

Sie neigte den Kopf zur Seite, damit er ihren Hals küssen konnte. Er tat nicht nur das, er biss leicht hinein und saugte an der Stelle. Ihr Arsch und ihre Oberschenkel würden nicht alles sein, was seine Spuren trug. Er wollte sie überall markieren, und tat auch genau das, wo es ihm am passendsten erschien.

Am Montag würde sie ein Tuch tragen müssen, ihr ach so köstlicher Arsch würde verflucht wehtun, und wenn dann alle nach Hause gegangen wären, würde er Gillian für ihr Leid trösten, und zwar in seinem Bett. Was anderes stand außer Frage. Scheiß was auf ein langsames Vorgehen!

Er musste sie einfach überall berühren, und mit ihren Titten würde er anfangen. Hunter umschlang sie mit einem Arm und zog sie etwas von der Wand weg, damit er Zugriff bekam. Esclava hatte keine Ahnung, wie gut die Fülle sich in seinen Händen anfühlte, als er sie knetete, und das alles andere als zärtlich. Er brauchte die Härte und daher musste Gillian es für ihn ertragen und genau das tat sie. Und als er dann wirklich fest an ihren Nippeln zupfte, keuchte sie vor Lustschmerz auf. Wahrscheinlich wurde sie schon wieder nass für ihn.

Die Tawse hatte sie nicht überfordert, und er hatte ihr Raum gelassen, sodass sie sich nicht in Agonie verlor, sondern in Begierde – und damit zu ihm zurückfand. Er war immer nah bei ihr gewesen, und sie hatte nicht versucht, sich von seiner Seite zu entfernen, stattdessen klebte sie an ihm. Er wollte noch so viel von ihr, wollte ihr noch so viele Dinge antun, ihr unbeschreiblichen Schmerz, aber auch ebenso große Lust zufügen, mit ihr lachen und … weinen. Und dazu war ein Leben nicht ausreichend!

Er musste sie jetzt sofort ficken, denn ansonsten würden seine Hoden explodieren. Hunter hob sie so, wie sie war, von den Füßen und warf sie über die Rückenlehne der Couch. Ja, das war eine Position ganz nach seinem Geschmack.

Er befreite sich von seiner Kleidung, warnte sie nicht vor und drang mit einem Stoß von hinten in sie ein. Die Höhe war perfekt, ihr Arsch war perfekt, die Sklavin war perfekt und die Frau sowieso. Nicht er hatte sie eingefangen, sondern sie ihn.

Biest!

Er machte nicht langsam, fickte sie im wahrsten Sinne des Wortes durch. Sein Becken klatschte gegen ihren tiefroten Arsch, der sicherlich im Laufe der nächsten Stunden blaue Flecken aufweisen würde. Er hielt sie an den Hüften fest, und der Anblick ihrer Arschbacken, die bei jeder seiner Bewegungen zum Reinbeißen wackelten, war einfach zu viel, um sich auch nur einen Takt zurückzuhalten.

Kurze, heftige Stöße, die ihn innerhalb von wenigen Minuten zu einem Höhepunkt katapultierten.

Sein pochender Schwanz brachte ihn ebenso um den Verstand wie Gillian.

Hunter kniff die Augen zu, stellte sich auf die Zehenspitzen, als er sich in ihr verströmte. Sein Herz schlug unfassbar schnell, und er hatte das Gefühl, nur noch aus Endorphinen zu bestehen, aus Glück und einer absoluten Zufriedenheit.

Drei Stunden später saßen sie sich beim finalen vorgezogenen Abendessen auf B's Insel auf einer Decke gegenüber, im Schatten eines Baumes. Er wartete, bis sie den letzten Bissen der Kräutertarte gegessen hatte, ehe er die Stimmung mit seinem Geständnis verdarb. Er weigerte sich, darüber nachzudenken, was er tun würde, falls das Gesagte sie derart anwidern würde, dass sie ihn von sich stieß und nichts mehr mit ihm zu tun haben wollte.

„Ich habe dir ein Versprechen gegeben, das ich jetzt einlösen möchte."

Sie schwieg und fasste nach seiner Hand.

„Du kennst meinen Ruf und weißt, wie skrupellos ich Firmen saniert habe. Mir waren die Menschen hinter den Angestellten früher egal. Alles, was für mich zählte, war Geld, denn mit jedem Pfund, Euro oder Dollar erlangte ich mehr Macht und Ansehen. Ich habe sehr viele Leben zerstört und das ist mir am Arsch vorbeigegangen."

Gillian war weiterhin still, doch sie zog weder ihre Hand zurück, noch blickte sie angewidert zur Seite.

„Und dann habe ich *Garutex* saniert. Sie produzieren Kleidung. Samuel Higgins war für das Design des Männerlabels verantwortlich. Meiner Meinung nach waren seine Ideen zu altbacken, und ich habe ihn kaltgestellt, ihn rausgeworfen, ohne mich auch nur einen Augenblick damit zu beschäftigen, dass er sein ganzes Herzblut in die Firma gesteckt hat. Er hat zwei Jahre vorher seine Frau und sein Kind bei einem Autounfall verloren, und *Garutex* war das Einzige, was ihm geblieben war. Doch all das wusste ich damals nicht, weil ich mir nicht die Mühe gemacht habe, auch nur das Geringste über Samuel zu erfahren. Er ist in mein Büro gekommen und hat sich vor meinen Augen erschossen. Ich habe seine beiden Schwestern mit Geld bestochen, sodass niemals etwas davon an die Öffentlichkeit gedrungen ist. Wenn du so willst, war ich zu feige, um mich den Konsequenzen zu stellen."

„Mein Gott, Hunter." Sie schluckte hart, mehrere Male hintereinander, wobei sie sichtlich mit den Tränen kämpfte. „Du bist aber nicht mehr diese Person, und für mich ist das alles, was zählt."

„Bist du dir sicher?"

„Du hast den größten Teil deines Vermögens an ausgesuchte Organisationen gespendet und vielen Menschen das Leben erleichtert oder sogar gerettet. Das habe ich über dich im Netz gefunden."

„Du stößt mich nicht weg?"

„Nein, Hunter. Es steht mir nicht zu, über dich zu richten. Und du hast dich mir anvertraut. Das bedeutet mir sehr viel."

Die Bürde wurde etwas leichter, doch er wusste, dass sie immer auf seiner Seele lasten würde, und das war auch gut so. Vergessen oder verdrängen durfte er nie, was er getan hatte, um solch ein Leid zu verursachen.

„Ich liebe dich jetzt, und das ist alles, was für mich wichtig ist. Den Rest schaffen wir gemeinsam, sofern du es willst. Vielleicht werde ich dir eines sogar Tages zu viel."

„Vergiss es. So leicht entkommst du mir nicht."

Geschickt verdrängte sie die dunklen Wolken und er beließ es dabei.

„Möchtest du gleich mit zu mir kommen?", fragte er sie.

„Ich brauche ein paar Tage für mich, um über uns nachzudenken. Für den Beginn reicht es mir, wenn ich dich am Montag im Büro sehe. Dass ich mit meiner Zahnbürste zu dir stoße, hat Zeit bis zum nächsten Wochenende."

Damit konnte er für den Anfang leben. Und wer wusste schon, wie es am Montagabend aussähe? Kleine Subbies konnten sich schnell einsam fühlen, das hatte er zumindest aufgeschnappt.

„Geht es dir richtig gut?"

„Sehr gut. Zum ersten Mal in meinem Leben bin ich nicht auseinandergerissen und habe auch keine Angst mehr vor meinen Bedürfnissen. Ich danke dir, Master." Sie beugte sich vor und küsste ihn auf die Lippen, der Kuss ein stilles Versprechen, dass sie von nun an ihm gehörte.

Wenig später setzten sie gemeinsam mit dem Boot über, wobei Esclava Charles mit einem faszinierten Entsetzen anstarrte, was ihn ebenso amüsierte wie Hunter. Noch während der Überfahrt schickte er über sein Smartphone eine E-Mail an Dorian. Schließlich hatte er viel mehr als nur eine Wette gewonnen.

„Etwas Wichtiges?"

„Nein. Ich habe nur meinen Bruder gebeten, den Wagen für mich vollzutanken." Die Antwort war nicht grundlegend gelogen.

Als sie auf dem Festland angekommen waren, verabschiedete sie sich von Charles mit einem Kuss auf dessen Wange, wobei sie wirkte, als würde sie ihn am liebsten ins Meer schubsen.

Hunter brachte sie nach Hause und begleitete sie zur Haustür.

„Wir sehen uns morgen früh, Gillian. Und ein kurzer Rock würde mir wirklich gefallen."

„Gute Nacht, Hunter."

Er wartete, bis sie in dem kleinen Haus verschwunden war, und er schaffte es nicht, sich das blöde Grinsen zu verkneifen, bis er sein leeres und einsames Zuhause erreichte.

Nachdem er ausgepackt und geduscht hatte, rief er Zoe an, doch sie meldete sich nicht. Hunter wusste nicht, warum, aber das beunruhigte ihn.

Kapitel 12

Gillian schreckte aus einem tiefen Schlummer hoch und blinzelte heftig, bis sie ihre vertraute Umgebung erfasste, leider auch ihren mehr als schmerzhaften Hintern.

Verflucht seist du, Hunter Silsbury!

Dass sie überhaupt hatte schlafen können, grenzte an ein Wunder. Jede Berührung mit dem Laken oder der Bettdecke hatte sie lebhaft an das unfassbar intensive Zusammensein mit ihm erinnert. Sie schielte zum Wecker, doch sie hatte ausreichend Zeit, ehe sie sich aus dem Bett quälen musste. Was hatte sie nur geweckt?

Da war ein Geräusch gewesen! An der Haustür!

Kein Einbrecher, beruhigte sie sich selbst. Jemand hatte etwas durch den Briefschlitz geworfen. Die Tür war noch die Originaltür und musste dringend durch eine modernere ersetzt werden. Bei der Gelegenheit würde sie auch einen gesonderten Briefkasten kaufen. Wer zum Geier lieferte morgens um sechs Uhr Post bei ihr ab? Ein ungutes Gefühl beschlich sie und wieder einmal wünschte sie sich einen Hund. Ob sie mit ihrem Boss über eine Halbzeitstelle verhandeln konnte, natürlich bei gleichbleibenden Bezügen …

In ihrem Shorty tapste sie die Treppe runter und starrte auf den Manila-Umschlag. Sie hob ihn hoch. Keine Briefmarke, kein Absender und kein Adressat. Eigentlich sollte sie ihn sofort wegwerfen. Aber das war so eine Sache mit der Neugierde. Sie ging in die Küche, schlitzte ihn mit einem Messer auf und holte ein Blatt Papier heraus.

Absender: hsilsbury@sott.com
Empfänger: Dorian@hotmail.com

‚Ich habe Gillian auf B's Insel mehr als einmal in seinem Luxusdungeon verführt und sie hat sich mir mit Haut und Haaren unterworfen. Somit habe ich die Wette gewonnen. Stell den Flitzer aufgetankt vor meine Tür, die Schlüssel kannst du dann persönlich bei mir abgeben. XXX Hunter'

Gillian las den Ausdruck mehrere Male, wobei ihr Gehirn sich weigerte zu begreifen, was ihre Augen sahen. Eine Wette! Das war doch ein Scherz! Das musste eine Fälschung sein!

Allerdings bestätigte eine immer lauter werdende Stimme in ihrem Kopf ihr das Gegenteil. Hatte er ihr alles nur vorgespielt, um sie ins Bett zu kriegen? Bett traf es jedoch nicht ganz. Um sich an ihr zu rächen? Würde er sie nun eiskalt der Firma verweisen?

Nein, das konnte nicht sein, dennoch verknotete sich ihr Magen, und sie war sich, was seine wahren Gefühle ihr gegenüber anging, plötzlich äußerst unsicher. Und das war nicht alles. Wer immer das ausgedruckt hatte, verfügte über das Passwort, um seinen persönlichen Ordner in seinem Mailprogramm zu öffnen. Sie hatte es nicht. Er vertraute ihr längst nicht so sehr wie Zoe, denn nur sie konnte das gewesen sein. Gillian war klar, dass Zoe ihr das nicht überreicht hatte, um ihr zu helfen, sondern um Zwietracht zu säen, was ihr leider sofort gelungen war.

Aber vielleicht war das alles nur ein blödes Missverständnis. Es gab nur einen Weg, um den Sachverhalt zu klären: Sie musste Hunter zur Rede stellen. Das war natürlich ein großer Haufen Mist, da sie gestern noch stundenlang wach gelegen und darüber gegrübelt hatte, wie sie Privates vom Geschäftlichem trennen sollte, und diese Wette war kaum ein guter Einstieg. Sie stopfte den Zettel samt Umschlag in ihre geräumige Handtasche. Anschließend stapfte Gillian ins Bad, drehte die Dusche auf und entledigte sich des Shortys.

Ihr war schlecht und sie hatte Angst und das war dieses Mal ein scheiß Gefühl. Falls Hunter nur mit ihr gespielt hatte, würde sie das richtig zerstören und ihrer Seele einen gewaltigen Schaden zufügen, von dem sie sich nie wieder erholen konnte. Dazu war das Erlebte zu tief gehend, selbst in diesem Moment. Das wurde ihr bewusst, sobald das Wasser auf ihren Po traf. Wie das brannte!

Der Rückseite ihrer Oberschenkel ging es auch nicht besser, und als sie an sich runterblickte, bemerkte sie die blauen Flecken auf den Innenseiten, die seine Fingerkuppen bei ihr hinterlassen hatten. All das erweckte die Erinnerung an die Woche zu neuem Leben, die Erkenntnis, wie sehr sie Hunter verfallen war – und das hatte schon lange vor ihrer Versteigerung angefangen.

Als sie wenig später vorm Spiegel in ihrem Schlafzimmer stand, betrachtete sie ihren Hintern, dem man ansah, was er durchgemacht hatte. An drei Stellen zierten sie Blutergüsse, die sie alles andere als entsetzten. Und dann ihr Hals! Auch dort hatte Hunter sie markiert. Wahrscheinlich konnte sie von Glück reden, dass er sie nicht mit einem Eisen gebrandmarkt hatte. Doch diesen Stempel hatte er ihrer Psyche dennoch aufgedrückt.

Seine Worte, dass er andere Subs bisher nicht an sich rangelassen hatte, sprangen an die Oberfläche ihres Verstands. Warum sollte es ausgerechnet bei ihr anders sein? Hinzu kam Zoes Schönheit, und obwohl er von keiner anderen geredet hatte, wusste sie, dass sie ebenso dem Schönheitsbild entsprachen wie seine ehemalige Assistentin und Spankgefährtin. Zugegeben, auch Gillian war bestimmt nicht hässlich, aber mit solchen Frauen konnte sie nicht mithalten, das konnte fast niemand.

Sie zog Unterwäsche über und zuckte zusammen, sobald der Stoff an ihrer Haut rieb. Großartig! Wie sollte sie bloß den Tag überleben? Ob sie im Stehen ihre Arbeit verrichten konnte? Sie entschied sich für einen Hosenanzug und eine zeltartige Bluse, bei der sie weitere drei Kleidergrößen zulegen konnte und sie würde ihr noch immer passen. Normalerweise zog sie das Monstrum nur an äußerst heißen Sommertagen im Garten an. Aus der hintersten Ecke ihrer Kommode kramte sie ein Tuch hervor und schlang es sich um den Hals. Sie sah zum Brüllen aus, denn das Rot biss sich mit dem Rot des Zelts. Egal!

Eine gute Stunde später rollte sie auf den Parkplatz und bemerkte auf der Stelle den Oldtimer, einen Alfa Romeo Spider, der auf Hunters Stellplatz stand. Am liebsten würde sie mit ihrem Fiat hintendrauffahren und für ein paar schreckliche Sekunden konnte sie dem Drang kaum widerstehen. Aber das schöne Auto konnte ja nichts dafür, dass es jetzt dem hinterhältigsten Megaarsch gehörte, der jemals auf der Erde gewandelt war. Sie stellte sich neben ihn und atmete tief durch, ehe sie genügend Mut gesammelt hatte, um das Gebäude zu betreten. Gillian begrüßte Marcella, als sie an ihr vorbeiging, und vermochte nichts gegen den fiesen Gedanken zu tun, ob die Rothaarige ab morgen ihren Platz einnehmen würde, und das bezog sich nicht nur auf das Büro.

Hör auf, so gemein zu sein! Marcella ist nett. Jeder mag sie und sie hat das bestimmt nicht geplant.

Zum Glück begegnete ihr niemand auf dem Weg in ihr Büro, denn es war noch früh. Hunter, Marcella und sie waren immer die ersten. Nachdem sie die Tür ausreichend angestarrt hatte, drückte sie die Klinke runter, und sie konnte nicht der Versuchung widerstehen, sie so heftig aufzustoßen, dass sie gegen die Wand knallte. Auf der Stelle bemerkte sie den wirklich üppigen Rosenstrauß auf ihrem Schreibtisch. Ein zartrosa Gebilde, das in einer bauchigen Glasvase stand. In ihr steckte eine Karte, die sie mit ihren blöden zitternden Fingern nahm.

‚Vielleicht überlegst du es dir mit heute Abend. Ich habe schon ein Fach in meinem Schrank für dich geräumt.' Unterschrieben hatte er mit H und einen gespannten Bogen daneben gezeichnet. Und ja, dieser scheiß Pfeil hatte sie mitten ins Herz getroffen. Eine Wette! Es flimmerte vor ihren Augen, und eine Emotion überrollte Gillian, die der Farbe ihrer Bluse keinesfalls nachstand, eigentlich sogar noch glühender war. Sie warf ihre Tasche auf den Tisch, riss das Dokument raus und schnappte sich die Vase.

Anschließend stürmte sie in sein Büro und vielleicht, wenn er nicht Esclava zu ihr gesagt hätte, wäre sie zur Besinnung gekommen. Doch er tat es und sie schüttete ihm dem gesamten Inhalt über den Kopf.

„Eine Wette! Mehr bin ich nicht für dich!"

Er sagte etwas, das sie nicht verstehen wollte, und warf den Zettel auf den Boden. Sie rannte wieder hinaus, stellte die Vase auf ihrem Schreibtisch ab, schnappte sich ihre Tasche, und sie hasste sich dafür, aber sie brach in Tränen aus, während sie aus dem Gebäude flüchtete. Im Rückspiegel erspähte sie Hunter, als sie vom Parkplatz raste und beinahe mit dem Auto von Hillary kollidiert wäre.

Bleib ruhig! Eins nach dem anderen!

Er unterdrückte den Reiz, ihr augenblicklich hinterherzurasen, denn er musste zunächst herausfinden, was zum Teufel in sie gefahren war. Wasser tropfte in seine Augen und sein Hemd klebte ihm klatschnass am Oberkörper. Er konnte froh sein, dass er die Vase nur zu einem Viertel gefüllt hatte.

Du kannst dich glücklich schätzen, dass Gillian sie dir nicht auf dem Kopf zerschmettert hat!

Wie hatte sie das mit der Wette herausgefunden? Als sie den *Spider* auf dem Parkplatz gesehen hatte, mussten ihr seine Blumen ja wie der letzte Hohn vorgekommen sein. Hunter lief an der schockierten Marcella vorbei, zurück in sein Büro, und hob den Zettel auf.

Shit! Shit! Shit!

Wer hatte sich in seinen privaten Order gehackt? Er bezweifelte, dass es Gillian gewesen war und somit blieb nur eine Person übrig. Zoe!

Hunter hatte immer ein paar Ersatzhemden im Schrank deponiert und zog sich eins an. Dann rief er Dorian an, der alles herausfinden würde, was es herauszufinden gab. Er und sein Team kannten die richtigen Verhörmethoden, und sie würden auch Zoe aufspüren, egal, wo sie sich versteckte. Was für eine zum Himmel schreiende Scheiße! Er hatte die Warnsignale ignoriert und Zoes Hilfeschrei nicht ernst genug genommen.

„Mr Silsbury?“ Hillary stand im Türrahmen und starrte ihn an. „Ist alles in Ordnung? Was ist mit Gillian?“ Natürlich blieben ihr die Schweinerei und sein nasses Haar nicht verborgen. „Ich sage Peter Bescheid. Er wird sich darum kümmern.“

„Stellen Sie bitte Gillians und mein Telefon auf Marcella um. Ein Notfall! Ich komme wahrscheinlich erst morgen zurück ins Büro.“

Damit ließ er sie stehen. So hatte er sich den Tag nicht vorgestellt und schon gar nicht das Zusammentreffen mit Gillian, das er sich in Träumen ausgemalt hatte, die genauso rosarot waren wie die Rosen. Hunter warf den Motor an und raste zu Gillians Haus, von Angst erfüllt, dass sie in ihrem aufgebrachten Zustand einen Unfall verursachen könnte. Er sparte es sich, sie anzurufen, denn sie würde sowieso nicht rangehen, und sie hatte auch keine Freisprecheinrichtung oder eine Bluetooth-Anbindung in ihrem altersschwachen Gefährt. *Und wenn sie nicht nach Hause fährt?*

Doch, das würde sie. Verletzte Kreaturen verkrochen sich immer in ihrem Bau, und das war es, was sie war: zutiefst verletzt.

Die Erleichterung, dass ihr Fiat wirklich vor ihrer Garage stand, war so gewaltig, dass die Welt kurz vor seinen Augen flimmerte. Hunter stellte den Motor ab und stieg aus, joggte zu ihrer Haustür und hörte ein herzerweichendes Schluchzen, das aus dem Garten kam, der hinter ihrem Haus lag. Hunter folgte dem Weg, der um das Gebäude herumführte, und fand sie auf dem Boden sitzend vor. Sie lehnte mit dem Rücken gegen den Stamm eines Walnussbaums und hatte die Hände vors Gesicht geschlagen, deswegen bemerkte sie ihn erst, als er direkt vor ihr stand. Das war keine gute Ausgangsposition, um mit ihr zu reden, daher setzte er sich kurzerhand neben sie und hielt sie an den Handgelenken fest, da sie Anstalten machte, auf ihn loszugehen.

„Eine Wette?“, schluchzte sie.

Das hörte sich genauso mies an, wie es war, und er wusste nicht, wie er den angerichteten Schaden aus der Welt schaffen sollte.

„Ja und nein. Jetzt beruhige dich und ich erkläre es dir.“ Er wusste, warum sein Bruder ihn herausgefordert hatte, denn ihm war von Anfang an klar gewesen, dass Gillian *die Frau* für Hunter war, auf die er immer gewartet hatte. Sein Bruder hatte nur einen weiteren Anreiz hinzugefügt, damit Hunter wirklich alles gab, um Gillian zu bekommen. Dorian verfügte über die besten Instinkte, die Hunter sich vorstellen konnte, und er hätte auf ihn hören sollen, was Zoe anbelangte.

„Bitte, Gillian. Ich liebe dich. Lass mich das bereinigen.“

Ihr Körper wurde ganz weich, und er ahnte, welche Befürchtungen sie auf dem Weg ins Büro gehabt hatte. Wahrscheinlich hatte sie vermutet, dass er sie höhnisch empfangen würde, um ihr vor den Kopf zu knallen, dass er sie nur verarscht hatte. Ihre Beziehung war noch keine richtige und daher verletzlich. Da konnte eine derartige Störung einen verheerenden Schaden anrichten. Zoe hatte das gewusst und es ausgenutzt. Gillian warf ihm die Arme um den Hals und presste ihre kleine Nase in seine Halsbeuge. Er erklärte ihr alles und versicherte ihr, dass sie natürlich kein Wettgewinn war, sondern die Liebe seines Lebens.

„Wenn du möchtest, kannst du das Auto haben und ich nehme deinen Fiat."

„Es tut mir leid, dass ich so ausgerastet bin. Ich weiß nicht, was mich da geritten hat. Doch alles, was dich anbelangt, ist nicht normal, und irgendwie bin ich überfordert."

„Was hältst du davon, wenn wir heute blaumachen und den Tag am Strand genießen?"

Er hätte sie nach der Woche nicht allein lassen sollen, das war unvernünftig und leichtsinnig gewesen. Es war die falsche Entscheidung gewesen. Schließlich hatte er sie mehr als nur aufgewühlt und die Grundmauern ihres Ichs nicht nur erschüttert, sondern auseinandergenommen. Er war seinen Pflichten als Master nur unzureichend nachgekommen, weil er es ihr hatte recht machen wollen, ohne dabei auf seinen Verstand zu hören.

„Und du packst ein paar Sachen ein und wohnst erst einmal für eine Woche bei mir. Du kannst jederzeit in dein Haus zurück, wenn es das ist, was du möchtest. Aber ich bestehe darauf, dass du mit mir kommst."

„Bist du heute nur Hunter?“

„Was immer du willst, Gillian. Bitte zweifle nicht an meiner Liebe zu dir.“

Ihr Herzschlag wurde sekündlich ruhiger, ebenso wie seiner.

Epilog

Drei Wochen später.

Dorian stand am Fenster von Hunters Büro und sah in die Dämmerung hinaus, während Hunter den Bericht las, den sein Bruder über Zoe angefertigt hatte. Wie sich herausgestellt hatte, war es kein Zufall gewesen, dass sie in jener Nacht bei den skrupellosen Sadisten gelandet war. Sie hatte das alles eingefädelt, um an Hunter heranzukommen, ungeachtet des eigenen Wohlergehens. Zoe hatte sich Hals über Kopf in ihn verliebt und er hatte sie nur wie eine Angestellte behandelt, doch da sie als Assistentin Einblicke in sehr private Dinge hatte, hatte sie seine Achillesferse herausgefunden. Auch gab es keinen Mann, in den sie sich wirklich verliebt hatte. Das war ihr letzter verzweifelter Versuch gewesen, Eifersucht in Hunter zu wecken.

„Jetzt mach dir keine Vorwürfe." Sein Bruder drehte sich ihm zu. „Sie ist eine vollendete Schauspielerin und hat genau gewusst, was sie tun musste, um an dich ranzukommen. Zoe ist verkorkst, und du weißt, wie eng die Bindung zwischen einem Master und Sklavin ist. Nicht jeder kann das aus seinem Herzen raushalten."

„Wie geht es ihr im Moment?"

„Sie bereut, was sie getan hat, und Martin kümmert sich um sie." Martin war einer der drei Partner in Dorians Firma. „Die beiden mögen sich wie Feuer und Wasser. Irgendwie erinnern sich mich an dich und Gillian.“ Sein Bruder grinste ihn an. „Zwischen euch beiden läuft es gut?“

„Ja. Die letzten Wochen haben wir damit verbracht, uns richtig gut kennenzulernen, und den Kink außen vor gelassen.“

„Und sie reizt dich trotzdem?“

„Mehr als das.“ Hunter lächelte, als er daran dachte, wie unruhig Gillian vor allem in dieser Woche geworden war. Sie brauchte wirklich einen glühenden Arsch, und er konnte es kaum abwarten, ihr diesen Wunsch zu erfüllen.

„Hast du Timothy kontaktiert? Und stellt er den Kontakt zu den Sullivans her?“ Die Sullivans waren auf das Renovieren von alten Häusern spezialisiert, und Gillians Haus brauchte unbedingt eine Modernisierung, ehe sie es verkaufen konnte. Timothy arbeitete manchmal mit Dorians Firma zusammen.

„Ja, sie schulden Timothy eine Menge und werden den Auftrag annehmen. John setzt sich nächste Woche mit dir in Verbindung.“

„Und das andere, worum ich dich gebeten habe?“

„Wird um 21 Uhr in dein Haus geliefert.“

Perfekt, jetzt war es 18 Uhr. Entgegen seinen Gewohnheiten war er heute länger bei *Sex* geblieben und Gillian musste mit ihm ausharren. Aber das hatte er alles nicht uneigennützig geplant. Er hatte noch einiges mit ihr vor und auch an dem vor ihnen liegenden Wochenende.

„Wir sehen uns, Bruder.“ Dorian schlug ihm auf die Schulter, und Hunter hörte noch, dass er ein paar scherzhafte Wörter mit Gillian wechselte. Er wartete, bis er das Zuschlagen der Wagentür vernahm, ehe er auf den Knopf der Gegensprechanlage drückte.

„Zum Diktat, Miss Cross."

Eine Minute später steckte sie stirnrunzelnd den Kopf in sein Büro, denn das war etwas, worum er sie bisher nicht gebeten hatte.

„Ernsthaft?"

„Schließ die Tür, Miss Cross, und beweg deinen Arsch hierher", wisperte er in seiner besten Masterstimme, und er versuchte, nicht zu grinsen, als er die Reaktionen bei Gillian bemerkte. Ihre Wangen nahmen dieses zarte nervöse Rot an und ein Hauch von Widerspenstigkeit huschte über ihre Mimik. Doch sie tat dennoch, was er verlangt hatte. Allerdings blieb sie vor der geschlossenen Tür stehen und stützte sich mit den Händen an dem Holz ab, während sie ihm in die Augen starrte. Er lehnte mit verschränkten Armen gegen seinen Schreibtisch und genoss es zunächst einmal, ihren Anblick gebührend zu begutachten. Sie trug einen knielangen gemusterten, schwingenden Rock, Sandalen und ein enges azurblaues T-Shirt mit einem V-Ausschnitt.

„Beug dich über den Tisch, Esclava."

Nackte Gier stand in ihren Augen, und er konnte nicht anders, als darauf zu reagieren. Viel zu lange war es her, dass er ihren saftigen Arsch versohlt hatte, und er hatte einiges bei ihr aufzuholen, war äußerst nachlässig bei ihrer Erziehung gewesen, und der Sadist in ihm war mehr als bereit zuzuschlagen.

Schönes Wortspiel, Hunter!

Sie lächelte ihn so zuckersüß an, wie es ein dunkler Engel nur konnte. „Zwing mich doch." Das Zittern in ihrer Stimme, die dazu noch ein bisschen piepsig anmutete, enttarnte den Zustand, in dem sie sich wirklich befand. Mutig war etwas anderes.

„Ernsthaft, Esclava? Meine Hände sind ebenso hart, wie es mein Wille ist. Außerdem sind wir beide ganz allein und niemand wird dein Schreien hören außer mir. Aber wie laut und lange du kreischen wirst, hängt wie immer von dir ab. Würdest du bitte …!“ Er machte eine Kopfbewegung Richtung Tisch, wobei er sich bereitmachte, sich auf sie zu stürzen, denn sie zeigte die Bereitwilligkeit eines Maulesels, der sich in einem wahrhaft angepissten Zustand befand. Nackte Angst und unverfälschte Lust lieferten sich ein Duell in ihr, und er liebte es sehr, dass sie es nicht vor ihm verbergen konnte.

„Bei drei liegst du mit entblößtem Arsch über meinem Schreibtisch. Die andere Option willst du heute wirklich nicht kennenlernen.“ Es wunderte ihn, dass sie den ziemlich großen Analplug noch nicht bemerkt hatte, aber vielleicht lag es daran, dass er vor ihm stand. Er ging etwas zur Seite, und jetzt erfasste sie alles, worauf es ankam.

„Das wagst du nicht, M… Master. Das passt niemals in mich hinein.“

„Wollen wir wetten?“

Sie warf ihm einen wirklich giftigen Blick zu und er seufzte tief. „Eins, zwei …“

Weiter kam er nicht, denn sie war endlich genau dort, wo sie sein sollte. Er wusste das ebenso wie sie.

„Streck die Arme nach vorn aus, die Handflächen auf die Tischplatte, Esclava.“ Er stellte sich hinter sie, schob ihr den Rock nach oben und zog ihr anschließend das züchtige Baumwollhöschen nach unten. Sein Schwanz wurde bereits davon hart, ehe er seine Handfläche das erste Mal auf ihren Arsch klatschen ließ, was er Sekunden später nachholte. Immer und immer wieder.

Und wenn alles vorbei war, erwartete sie eine sechs Monate alte pelzige Überraschung. Das würde er ihr allerdings nicht verraten! Jetzt wollte er, dass sie heulte, und es dauerte dieses Mal ein bisschen länger, doch schlussendlich bekam er genau das, was sie beide brauchten.

Ende

Autorin

Linda Mignani, Jahrgang 1965, geboren in Kirkcaldy (Schottland), lebt glücklich verheiratet mit ihrem Mann italienischer Herkunft im Ruhrgebiet. Den britischen Pass ziert ein grauenvolles biometrisches Passfoto. Inspiration holt sie sich beim Malen ihrer Acrylbilder. Sie liebt Regen und stürmisches Wetter, besitzt nur eine Handtasche aber unzählige Turnschuhe. Neben Büchern zählen Wandern, Joggen und Rad fahren zu ihren Leidenschaften. Damenschneiderin und Industriekauffrau sind die Berufe, die sie erlernte. Ihr Motto: Das Leben ist zu kurz, um sich zu ernst zu nehmen.

Website: http://lmignani.blogspot.com
Facebook: www.facebook.com/linda.mignani
Facebook – offizielle Seite: Linda Mignani – Autorin

Weitere Romane von Linda Mignani:

Federzirkel-Reihe:
Bittersüßer Schmerz (Teil 1)
Bittersüße Hingabe (Teil 2)
Verführung und Bestrafung (Teil 3)
Zähmung und Hingabe (Teil 4)
Vertrauen und Unterwerfung (Teil 5)
Feuerperlen (Teil 6)
Feuertango (Teil 7)
Feuernächte (Teil 8)
Bittersüße Verführung, bitterzarte Bestrafung (Teil 9)

Mitternachts-Reihe:
Mitternachtsspuren (Teil 1)
Mitternachtserwachen (Teil 2)

Die Insel:
Touch of Pain (Teil 1)
Touch of Pleasure (Teil 2)
Touch of Trust (Teil 3)
Touch of Feathers (Teil 4; Crossovover mit der Federzirkel-Reihe; erscheint im Winter 2016/17)

Blood Dragon:
Drachenschwingen (Teil 2; Fortsetzung von Kira Maedas Roman „Blood Dragon 1: Drachennacht“)
Drachendämmern (Teil 3)

Einzelromane:

Dark Tango
Kriegsbeute